当代中国文学书馆

dangdaizhongguowenxueshuguan

江花

李青松 编

中国文联出版社

图书在版编目（CIP）数据

江花 / 李青松编．-- 北京：中国文联出版社，2021.1（2024.6 重印）

ISBN 978－7－5190－4507－4

Ⅰ.①江… Ⅱ.①李… Ⅲ.①艺术—作品综合集—邵阳—现代 Ⅳ.①I218.643

中国版本图书馆 CIP 数据核字（2021）第 013920 号

编　　者　李青松
责任编辑　付劲草
责任校对　仲济云
装帧设计　中联华文

出版发行　中国文联出版社有限公司
地　　址　北京市朝阳区农展馆南里 10 号　　邮编　100125
电　　话　010－85923025（发行部）　　85923091（总编室）
经　　销　全国新华书店等
印　　刷　三河市华东印刷有限公司

开　　本　787 毫米×1092 毫米　1/16
印　　张　13.5
字　　数　250 千字
版　　次　2024 年 6 月第 1 版第 2 次印刷
定　　价　85.00 元

油画作品《初春梅子院》60×80cm 吕杰

《江花》编辑委员会

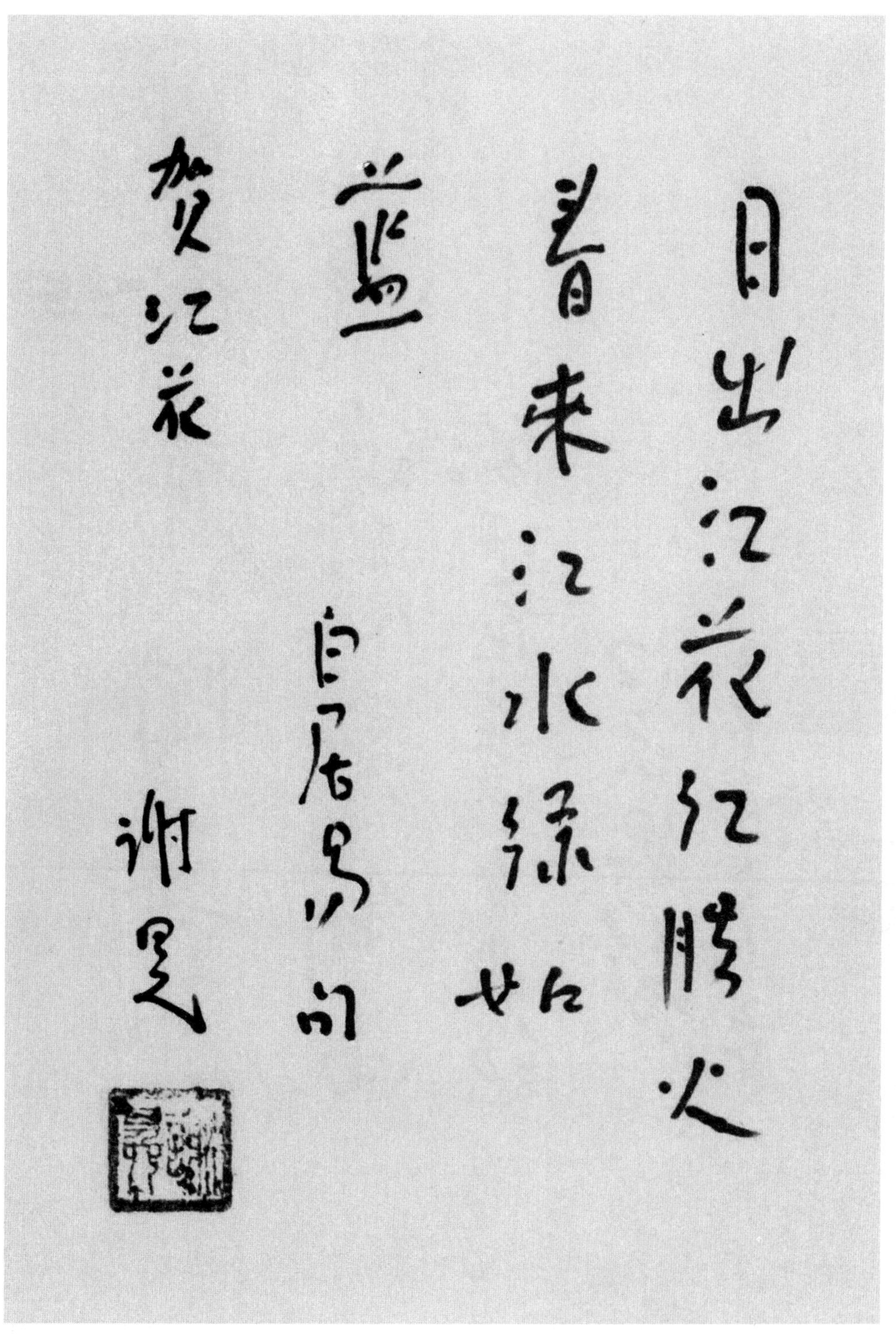

谢冕 北京大学教授、北京大学中国诗歌研究院院长

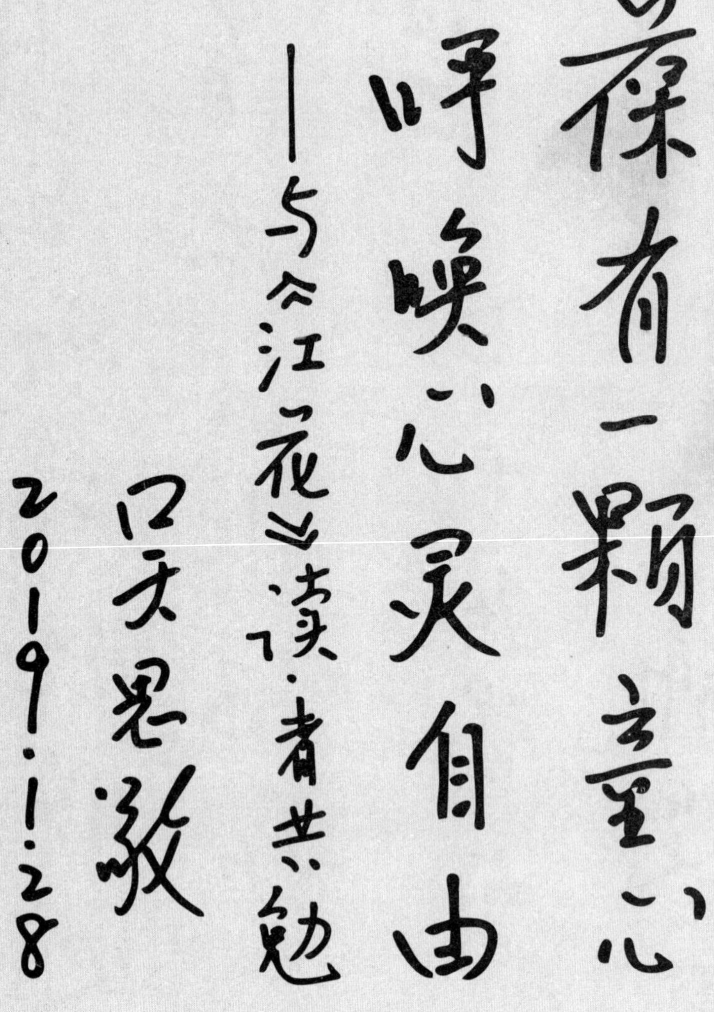

吴思敬　中国当代文学研究会副会长、首都师范大学中国诗歌研究中心副主任

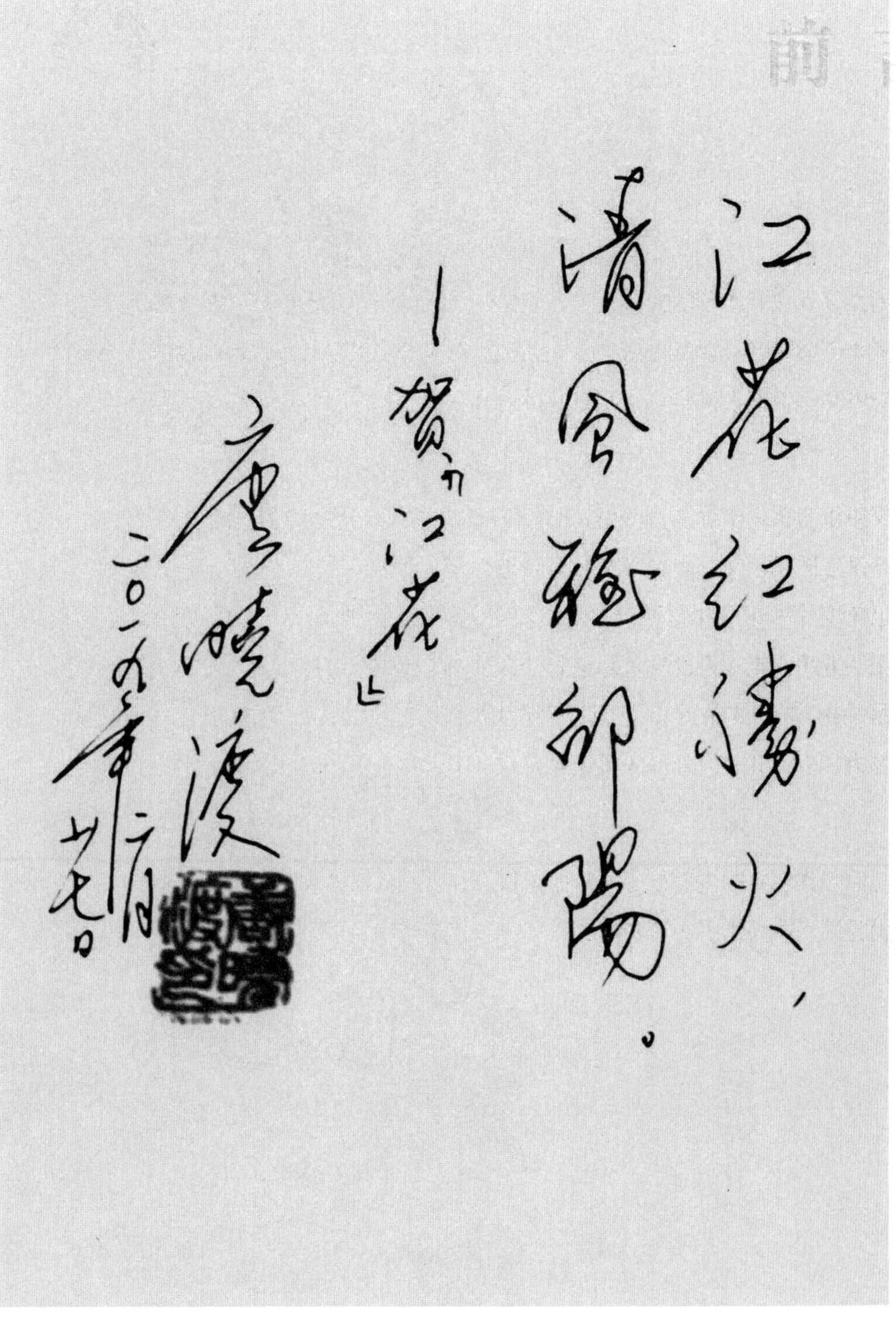

唐晓渡　中国诗歌学会副会长、作家出版社编审

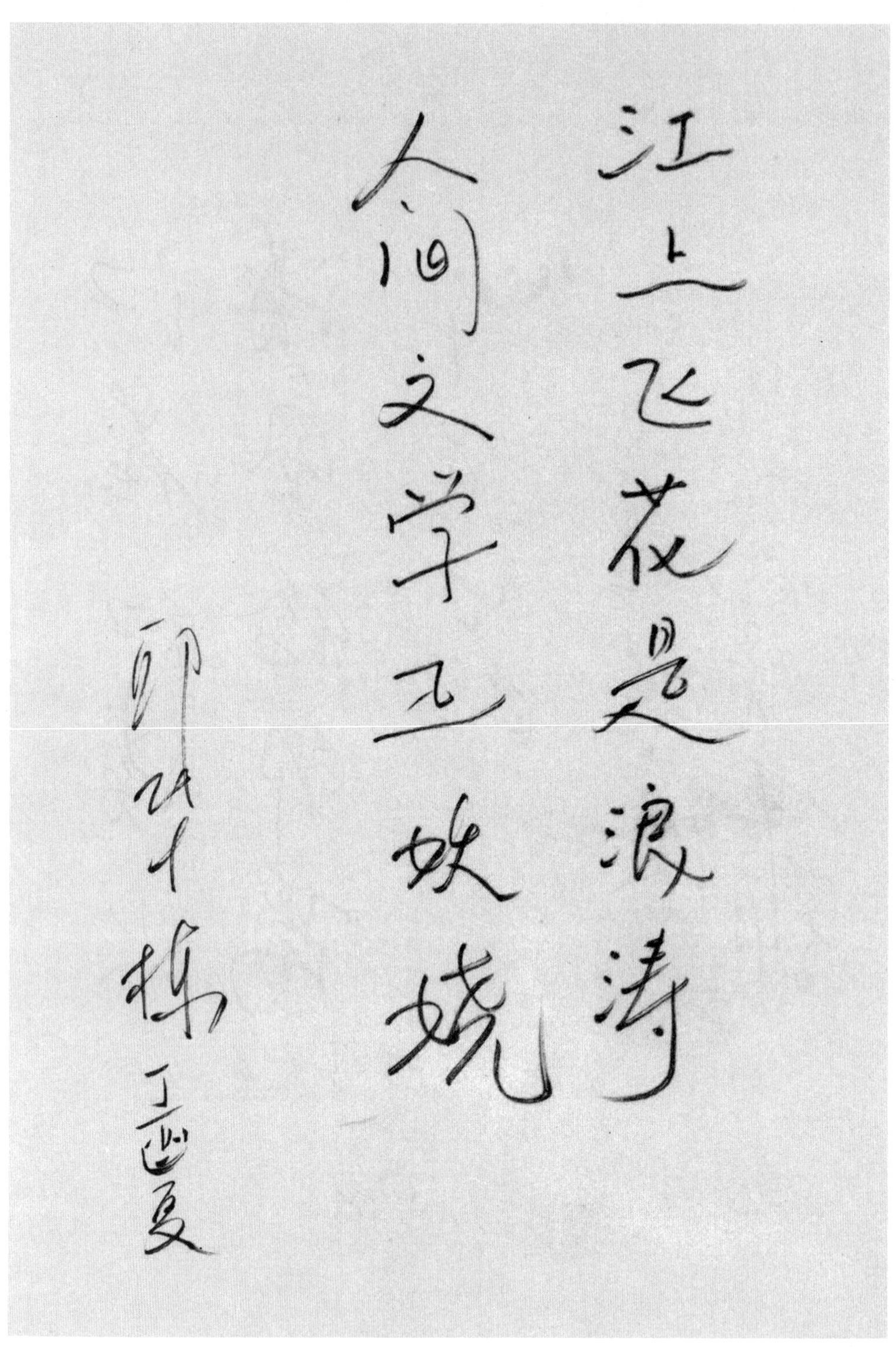

邱华栋 中国作家协会书记处书记

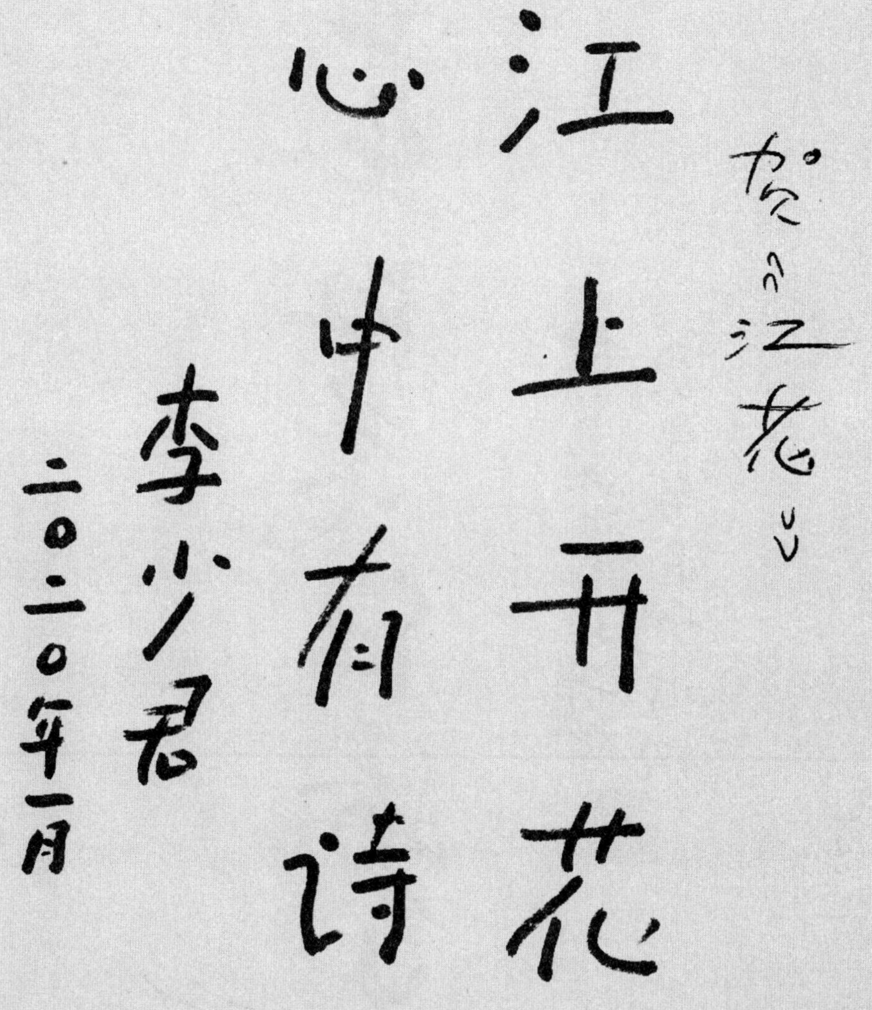

李少君　中国作家协会诗刊社主编

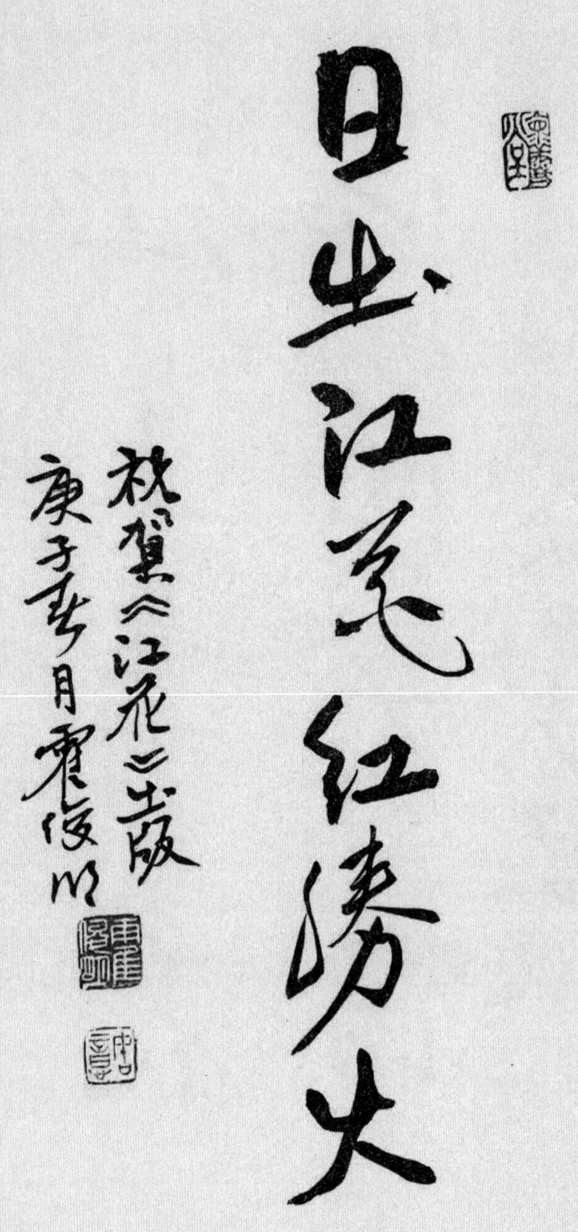

霍俊明　中国作协创研部研究员、中国作协诗歌委员会委员

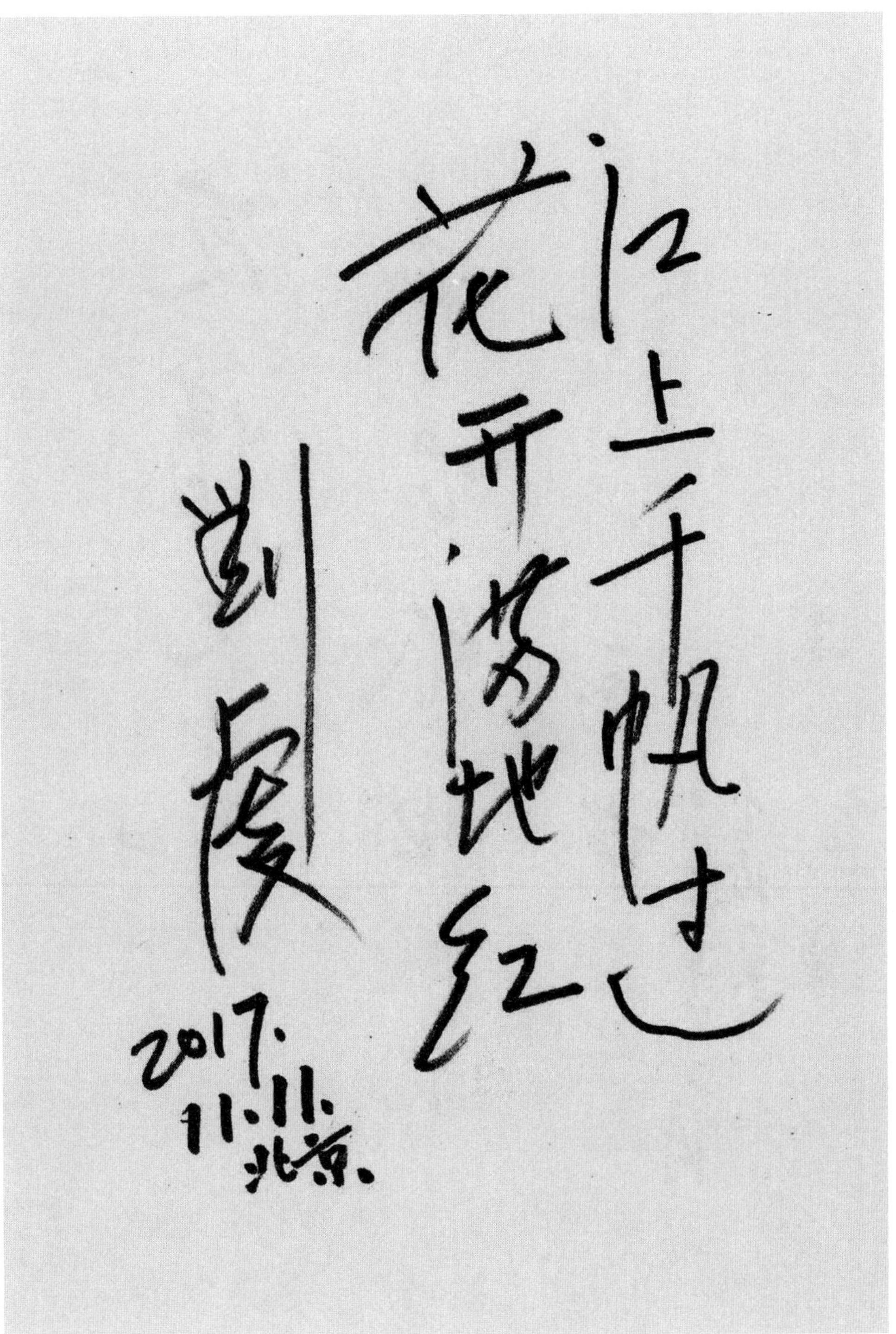

刘虔 人民日报文艺部高级编辑

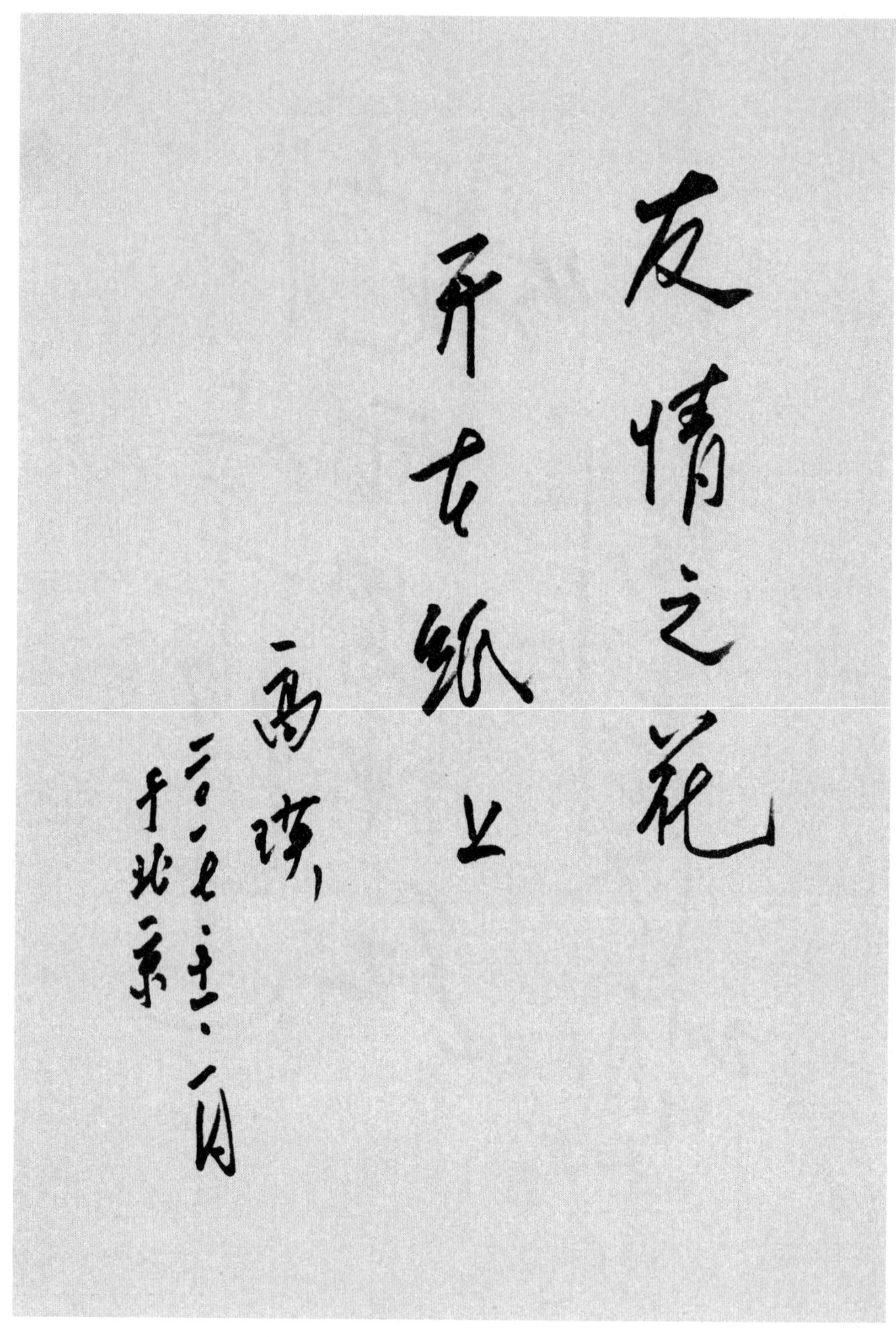

高瑛 艾青夫人、中国作家协会会员

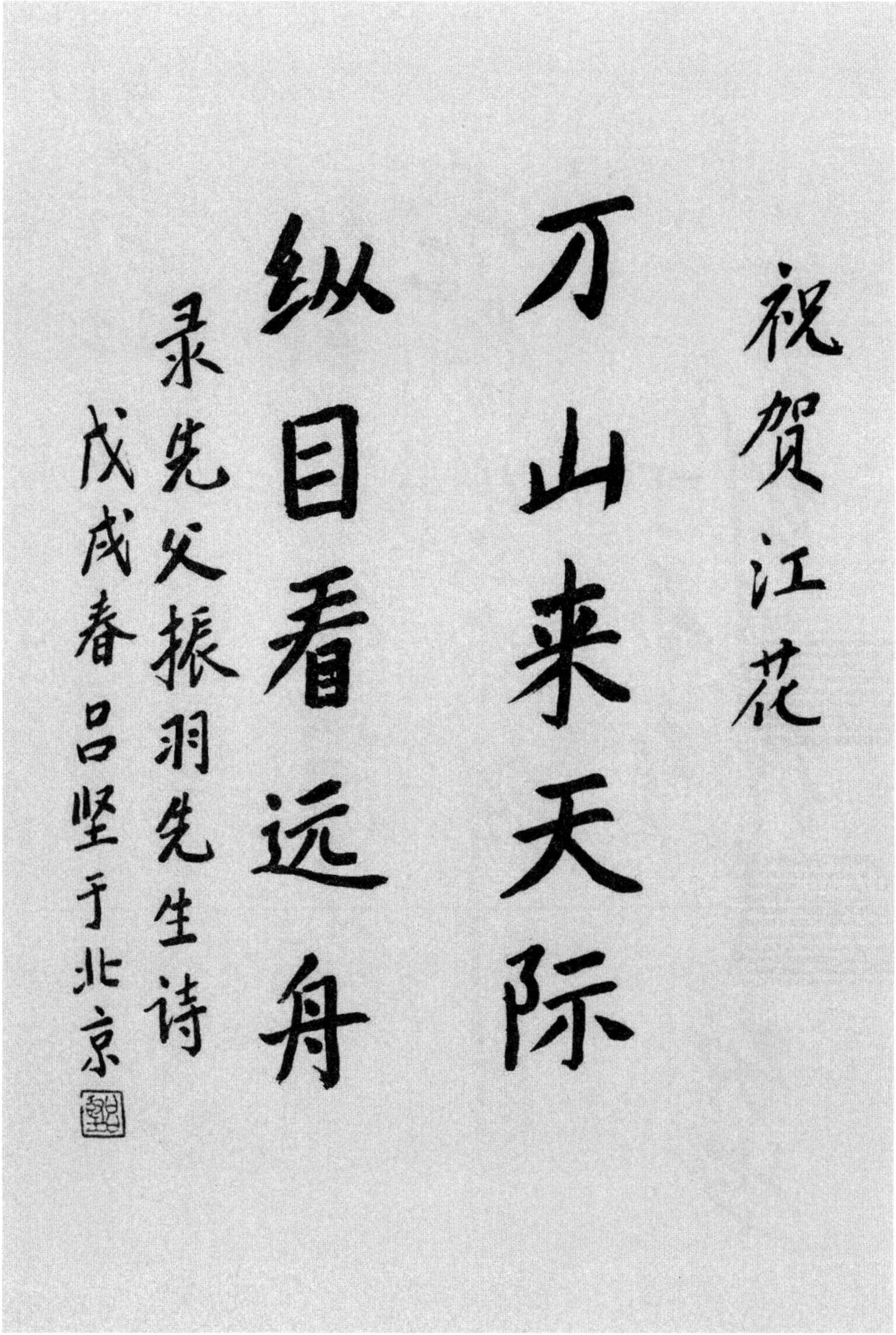

祝贺江花

万山来天际

纵目看远舟

录先父振羽先生诗

戊戌春 吕坚于北京

吕坚 中国第一历史档案馆研究员

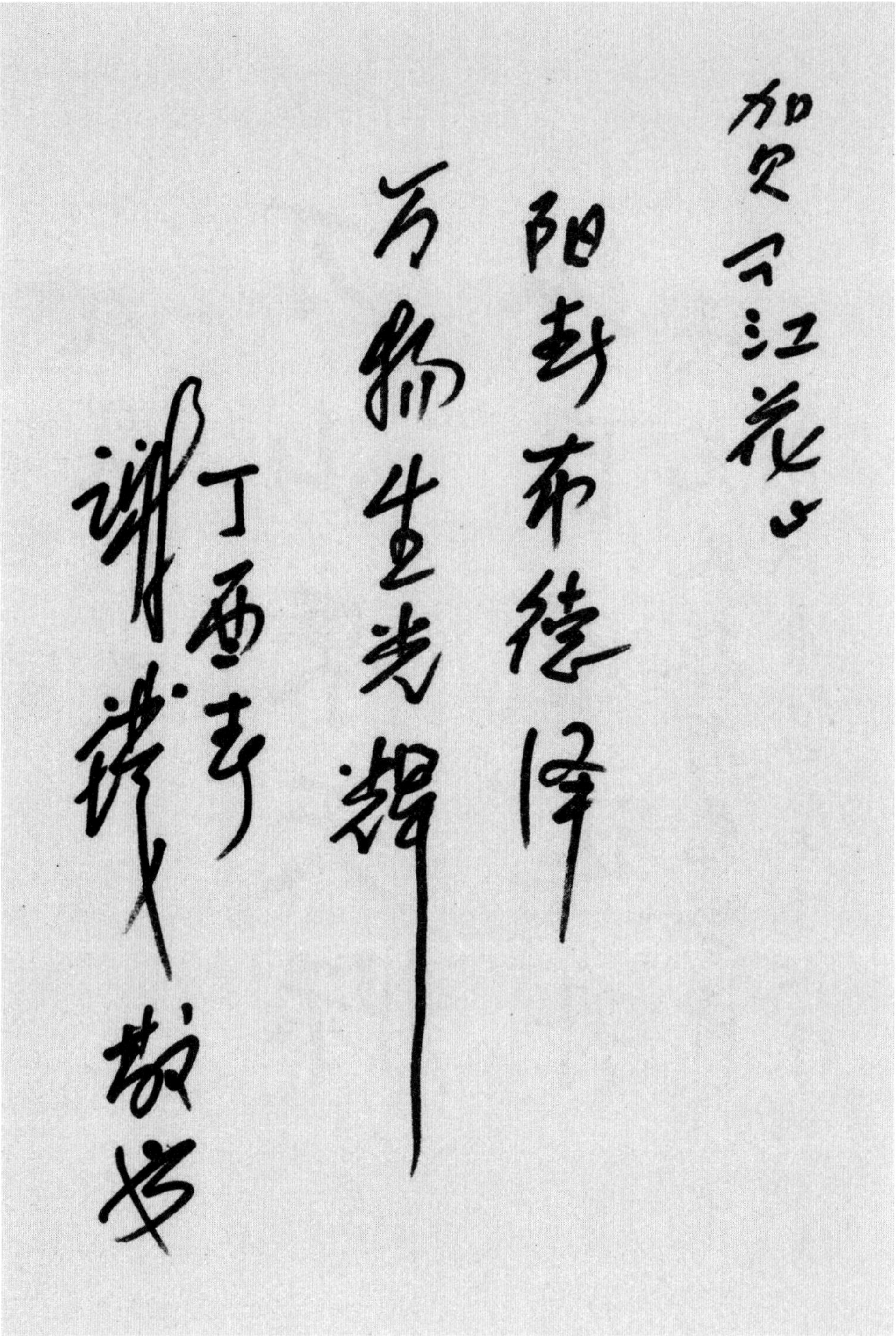

贺今江花山

阳春布德泽

万物生光辉

丁酉年

谢璞敬书

谢璞　湖南省文联原执行主席

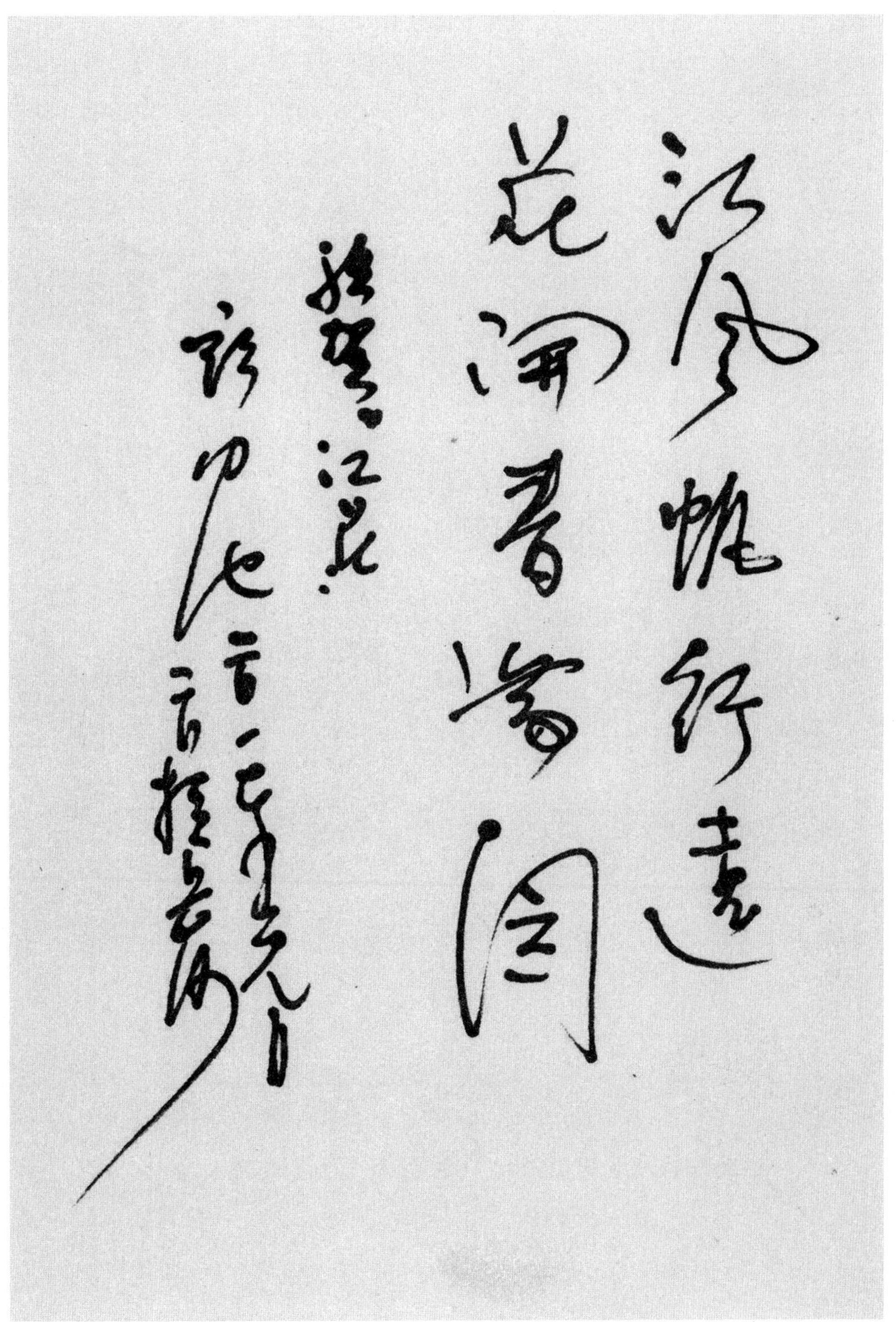

谭仲池 湖南省政协原副主席、原省文联主席

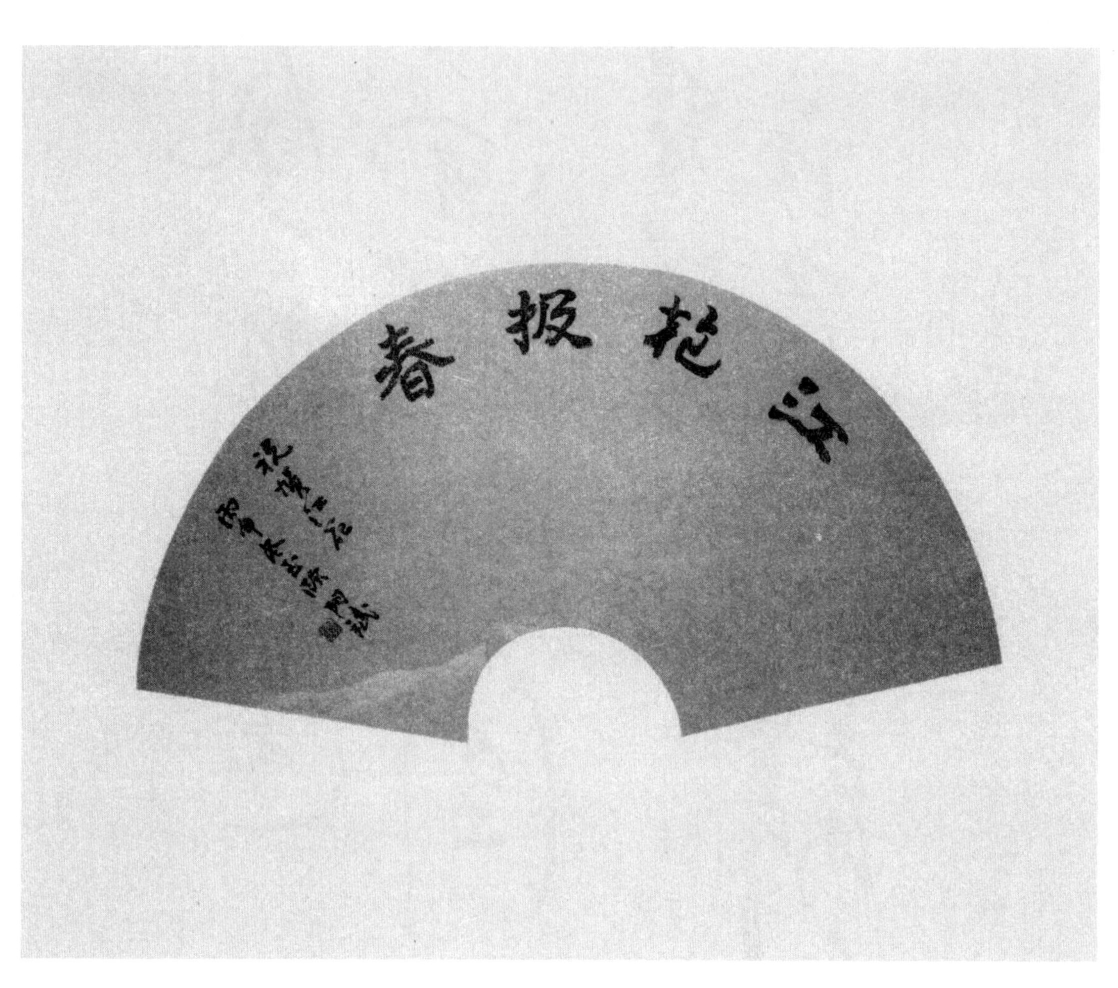

欧阳斌　湖南省政协原副主席、原省文联主席

大雅扶輪
小山承蓋

王跃文

2018年5月21日

王跃文 湖南省作家协会主席

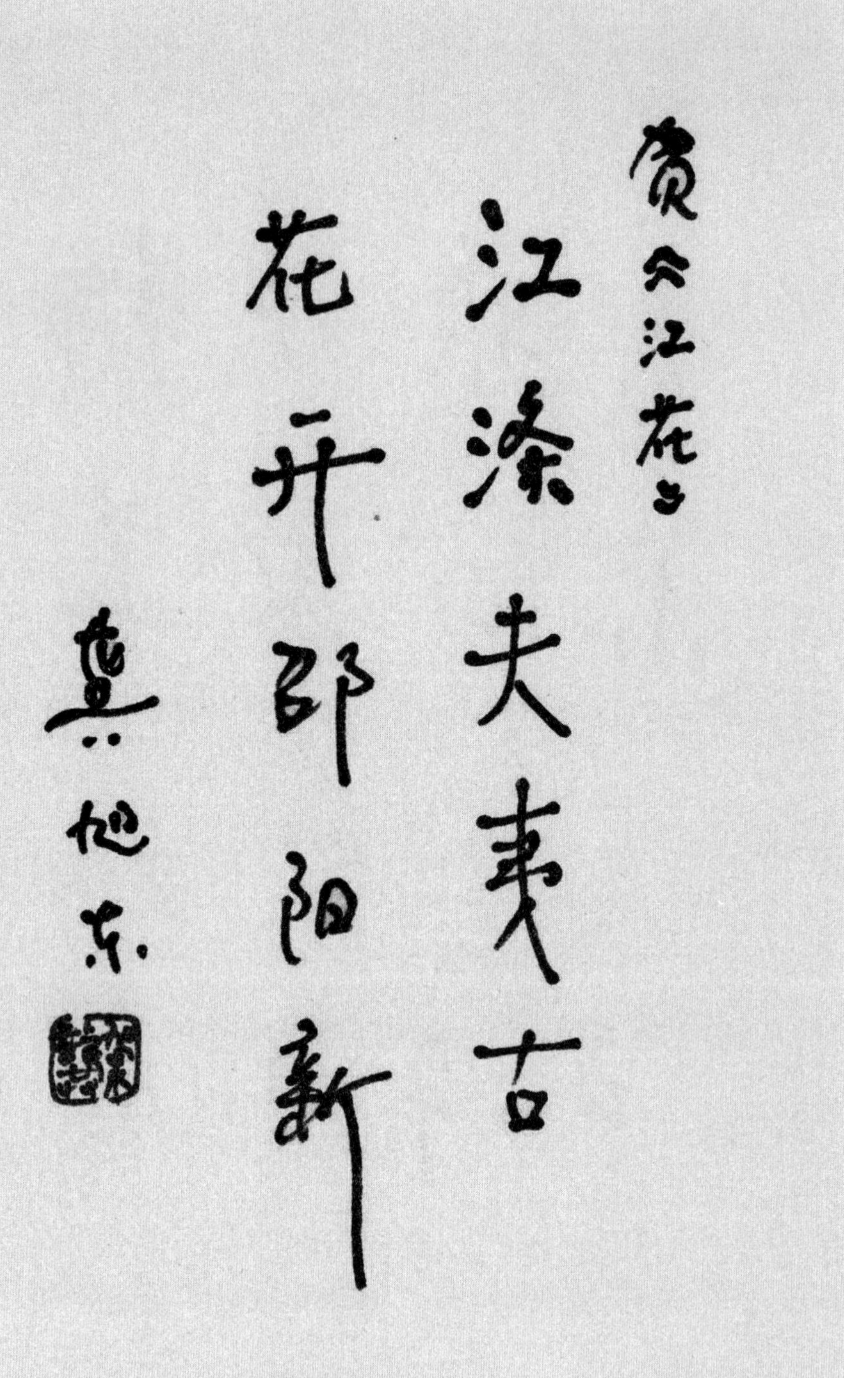

龚旭东 湖南省作协副主席、湖南日报湘江周刊主编

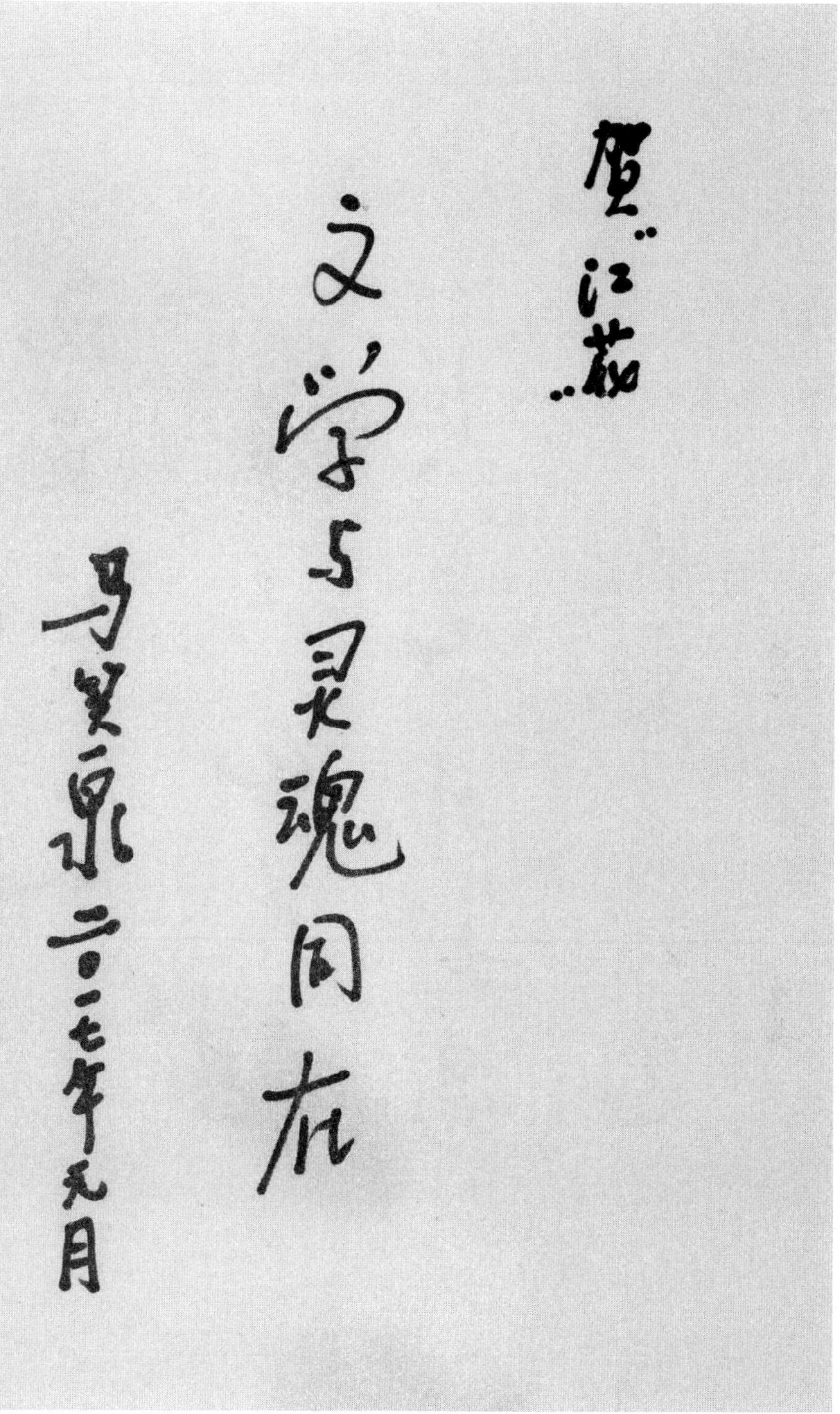

马笑泉 湖南省作家协会副主席

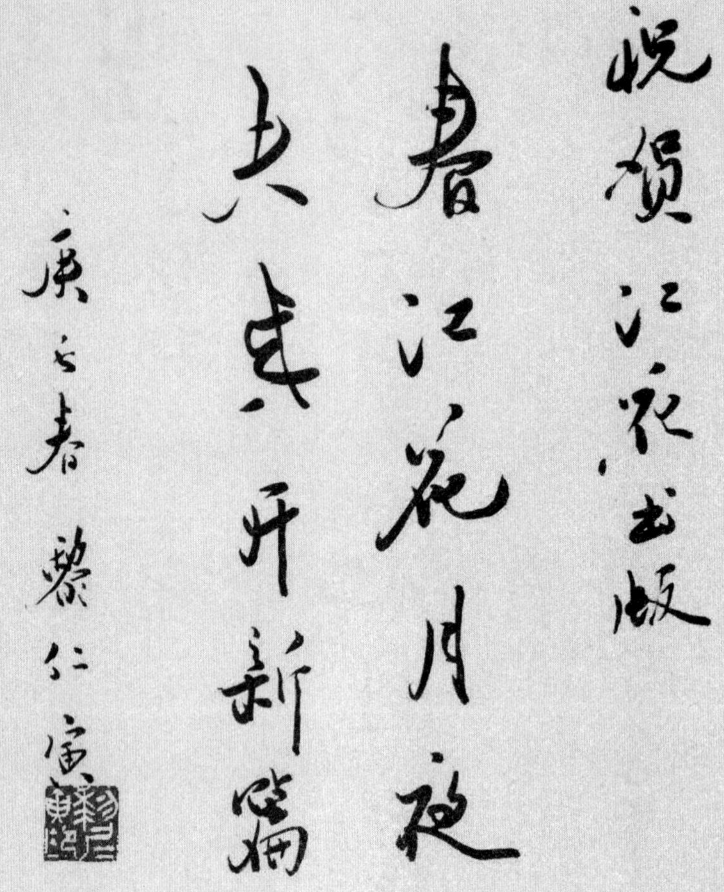

黎仁寅 作家、湖南省扶贫办副主任

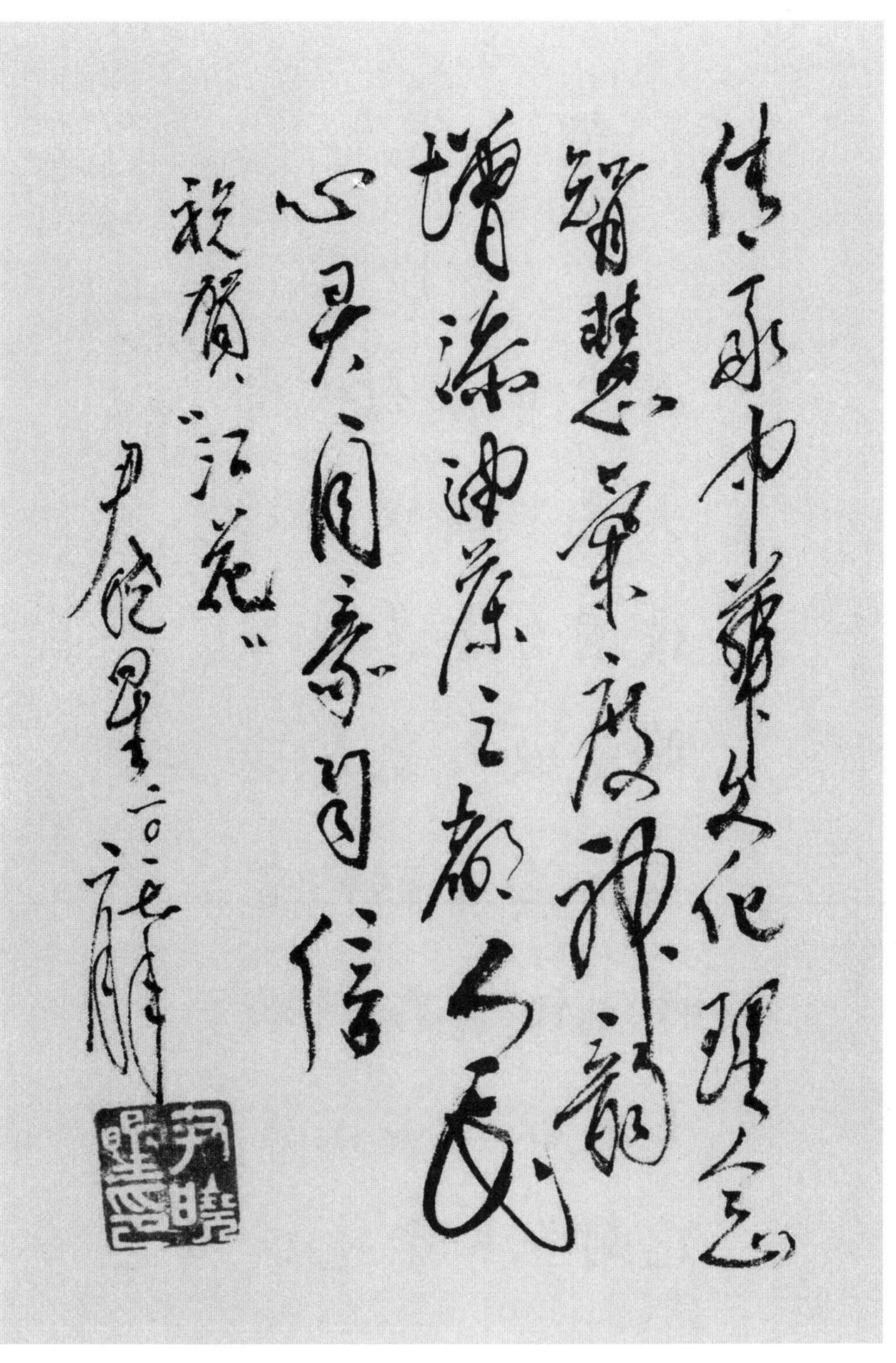

尹晓星　湖南省音乐家协会名誉副主席

贺"江花"

刘少峨

改革开放春风拂，
夫夷江畔绽江花。
侯国古老透朝气，
昭陵攸久蕴奇葩。
文人墨客勤培育，
阳光雨露轻飘洒，
春夏秋冬时交替，
花谢花开更艳华。

刘少峨 湖南省邵阳县文化馆原馆长、原《江花》主编

前言

《江花》是1981年于党的改革开放政策逐步实行与文学艺术开始复兴之际，在邵阳县文化馆应运而生，它集中刊发诗歌、散文、小说、戏剧、音乐和美术等各艺术门类的老、中、青作者之作品，特别是扶持并推出了一批新人新作，至1987年而停办。

时过三十年，邵阳县宣传和文化部门一致研究决定，在党中央高度重视文艺创作，特别是习近平总书记在第十次文代会上高屋建瓴地提出“文运与国运相牵，文脉与国脉相连”的文艺精神之时，正式复兴我县新时期以来的第一个文学艺术园地——《江花》，以组织和编辑更多的把文艺理想融入党与人民崇高事业并振奋民族精神、陶冶大众情操和升华灵魂境界的优秀作品， 并让这朵夫夷“江花”融入共筑中华民族伟大复兴时代的历史洪流中，以绽放出折射新时代并礼赞大时代之思想光华！

《江花》坚持“两为与双百”方针，以歌颂世界、赞美祖国和感悟生活、觉悟人生为已任，并以吟咏邵阳县独特风物、抒写邵阳县崭新事物和歌颂邵阳县优秀人物为主题，奉行越是民族的越是世界的、越是本土的越是独特的和越是内心的越是感人的理念，集中推出了邵阳县籍文学艺术名家意境高远的精品力作和新人佳作并附评论鉴赏，同时选发了在邵阳县工作生活的文艺人士和在县外工作生活的邵阳县籍人士的诗歌、散文、小说、戏剧和学术理论以及音乐、书法、美术和摄影等各类文艺形式的优秀作品，并挖掘呈现邵阳县历史人物弥久常新光照时代之作和健康向上、寓意深刻的人文典故，以激励后人，警策来者！

编者

2020年3月11日

目 录

小 说

戏 剧

人 物

怀 念

音 乐

开卷

郝　水

张建安

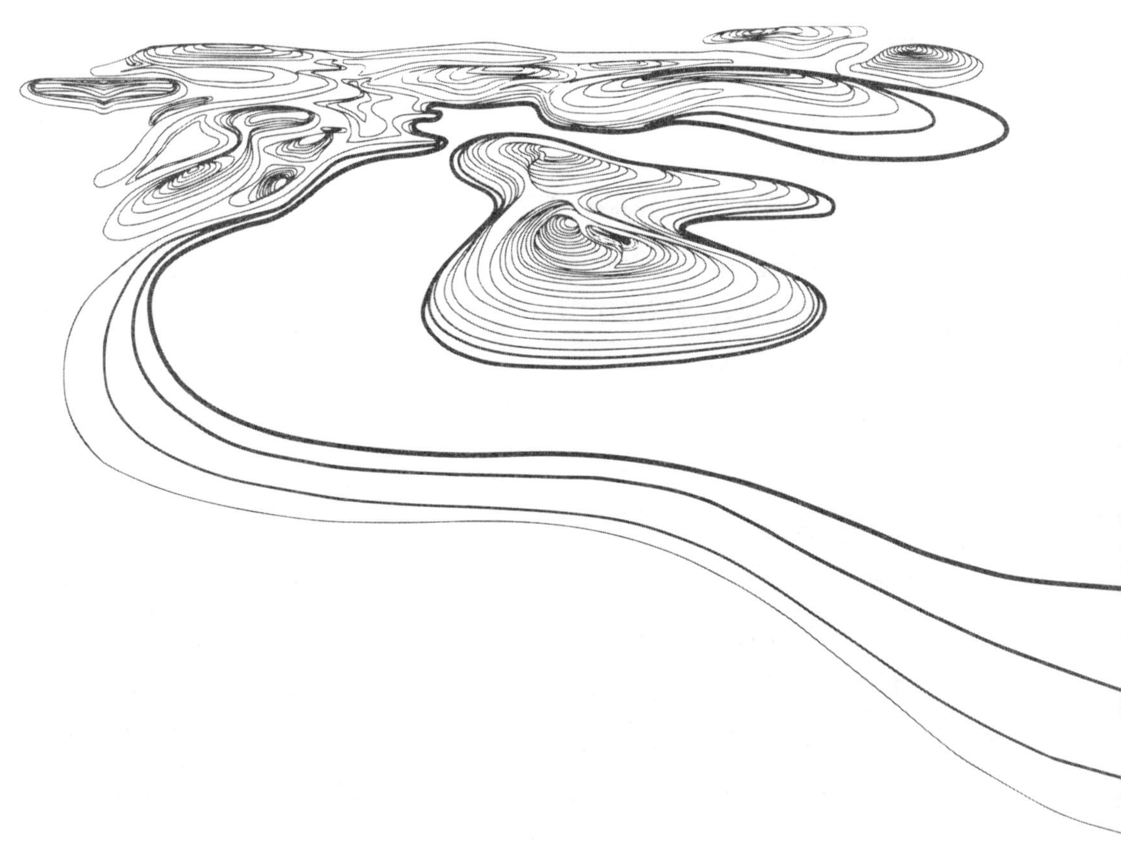

河流孕育了生命，也孕育了乡村和城市。

无论是乡村还是城市，总有一些风景和故事，虽然那些流淌在岁月里的影像斑驳了，淡远了，消失了，但是那些风景和故事随着时光的前行会越来越老，越来越有味道。

在湘西南那片苍茫的群山中，奔走着一条纤细而美丽的河流，人称郝水。

郝水，是一个谦逊而安静的名字，它游动于群山之间，演绎着时光的沉郁和岁月的沧桑。

一

在赧水上游南岸，大抵是隆回县与邵阳县交界地段，有一座恬静的村庄，名字叫九州塘。九州塘宛如一朵美丽的睡莲，默默地生息，无言地绽放，一片闲适的岁月里，不时散发出清香和芬芳。

春日的早晨，阳光驱散了雾气。九州塘村里的伢子妹子，三个一组，五个一群，结伴而行，迎着太阳，走在上学的路上。追逐，打闹，踢石子，打水漂，忙个不停，欢快而自由，一副没心没肺的样子！

河水清澈而安详，河岸边有早起的牛群默默地啃食青青的嫩草，全神贯注，旁若无人。其时，有身着黑色衣服的老人扛着长长的水烟袋，蹲坐在田坎高处，呼噜噜地吸烟，猫着腰，眯着眼，很是享受！

“舒爷爷早！”

“舒爷爷好！”

“舒爷爷的水烟飞得好高好高啊！”

…………

我们高兴地跟五保老人舒爷爷打着招呼，他不答，只“呵呵呵”地笑。

一群野孩子，呼啸而过。

二

沿河而下，我们往学校赶。

河风习习，水草青青。远处，水面波光粼粼；近处，水中有白云蓝天。游鱼，丝草，鹅卵石，清晰可见，犹如童话。

一路行走，时不时看见有渔人撒网，潇洒自如；或沉罾，气定神闲。他们捕鱼捞虾，滋养着简单而清贫的日子。

其时，有这样的画面出现：在清澈的河中心有黑压压的一大群鱼，多是草鱼、青鱼和鲤鱼构成，鱼群随我们顺江而下，规模之大，阵容之齐，让人震惊！它们一边甩尾巴，一边吐泡泡，自由而欢快，时而掀起阵阵的浪花，时而划出圆圆的旋涡……

我们只顾你追我赶，且行且笑，没有去惊扰河中的游鱼。

三

不知不觉间，我们来到了狮子岭，狮子岭是故乡方圆十里著名的山峰。

狮子岭临河而立，靠近河边，有一条逼窄的小路，每当路经此地，我们常提心吊胆。若在雨天，稍不小心，就会摔倒，还有可能滚河里去。我们虽很不情愿从这里经过，但没有办法，它是我们上学的必经之路。

出太阳的时候，狮子岭还是祥和安全的。河边的水面上暴露着几十块大石头，年深月久，那石头变得黑乎乎的，很苍老。可就在那一块一块黑色石头上，居然爬满了晒太阳的肉肉的团鱼。那些蠢物憨憨的，笨笨的，爬在石头上闭目养神，一动也不动，样子非常可爱，也非常可笑。

年少的我们，无知而顽皮，竟然无情地对着那些黑乎乎的生灵投掷石块，还相互较劲，试图比赛看谁打得多、打得准！

那些不幸被击中的团鱼，好像也不怎么生气，只是“扑通”“扑通”地相继潜入水里，然后缓缓地朝水深处游去……

四

每年的春末夏初，赧水河总要发几次洪水。洪水退后，沙洲的低洼处就积满了水，不少反应迟钝的鱼没来得及逃离水洼。

有一次我们放学回家，当走到一个制瓦厂附近时，看到一位挑水桶的制瓦匠。制瓦匠打着赤膊，穿条短裤，脊背晒得黑红黑红，健康而强壮。只见他漫不经心地哼着小曲，准备去水洼里挑水，和泥制瓦。

下坡时，他突然急急忙忙搁下水桶，扬起扁担，风一样地奔向水洼地带。

原来，他看见了那水洼里藏着的一条大鱼。毫不犹豫，他举起扁担就在水洼里一顿乱打，从水洼这头打到水洼那头，又从水洼那头打到水洼这头，反反复复搞了好几个回合，就那么大的一个浅水洼，那条倒霉的鱼又怎么跑得了呢！

我们站在岸边欣赏了一场人鱼大战，可怜那条肥实的大青鱼，硬是被壮汉用扁担活活打死。大青鱼起码有十多斤重，最终成了制瓦匠家餐桌上的美味。这在我们年幼的心里，也深刻地留下了一幅“扁担打鱼”的珍贵画面。

五

岁月如歌。

现实生活中不见得尽是阳光普照、温婉如诗。有时，也有阴霾、恐怖和苦难。

在赧水河下游的一个拐弯处，一个地方叫“柳山边”，那里有一片浓密的树林，集合生长着樟树、柳树、杨树、枫树等高大乔木，也有一堆堆密密麻麻的灌木丛。

古老的樟树下，时不时见有乡民铺设些破坛、破罐、破碗等残片，上面还留存有阴森森的鸡血和鸡毛，树枝杈上还缠满了无数红红的布条，布条随风飘舞，释放出一种神秘恐怖的气息。樟树，是故乡一带的风水树，也是乡村的迷信树！

乡民贫苦，每每遇病遭灾，他们想不出什么解脱病苦的好办法，只得无奈地求助神灵。于是，选择杀牲祭拜神灵，以求得到神灵的关照和保佑！

这可是我们放学回家的必由之地，尤其是阴雨天气，我们感觉那地方特别恐怖。通常，是不敢独自在那一带行走的。

少年心灵脆弱，胆小怕事。

故乡，还有许多令少年畏惧的地方。如“柳山边”的另一向是荒山野岭，山岭尽是荒凉的坟墓。有人说，那里埋葬的都是一些凶杀、喝农药、吊脖子等非正常死亡的人，或是一些因患急病而暴毙的年轻人。哎，令人毛骨悚然的地方！

六

赧水是资江河上游的正脉，另一条支流叫夫夷河，两条支流在邵阳县双江口地段交汇，自此而下始称“资江”。

旧时，湘西南公路很少，人们交通运输主要依靠水路，来自大山的木材、山货等物资大多只能依赖行船，或放排运送。绥宁、城步、武冈、洞口、隆回等地的煤炭、大米、土纸、桐油、茶叶、山药等物质，大多是靠这条赧水运抵资江，然后，再由资江送达宝庆、益阳、汉口等商贸繁华之地。

小时候，在赧水河边，我是见过造船的，至今，我还熟悉造船的基本工序和流程。

秋日，在河岸宽阔地带，或是在沙洲上，造船师傅将上好的木材铸成一块一块厚实的木板。然后，将这些木板又一块一块地交叉叠在一起，置放于早先搭好的棚子里，任河风吹拂，等待晾干。

没事的时候，我们就来到河边看造船，或修船。

故乡的沙洲，仿佛就是一个简易造船厂。每天总有几位师傅在那儿敲敲打打，时不时有“叮咚”“叮咚”的敲击声，河对岸的高山不断传来回声，此起彼伏，此伏彼起，往复回环，呈现出那年月少有的忙碌景象。

记得，造船师傅首先将早已晾干的成块的老松树木板刨光，再用马王钉将一块一块的长条木板钉制成船的雏形。然后，在成形木船的空隙处錾进一些竹面丝、棕丝等纤维物质，再在它的外面涂上特制的“油石灰”，涂完晾干，干了又涂，如此要反反复复多次。

“油石灰”是桐油与过滤的精细石灰调合而成，这种涂料硬化后坚如水泥，但它不笨重，而且耐水防腐，是旧时上好的造船材料。木船精心打制成以后，还要涂几层厚厚的桐油。这样，一艘油光可鉴的老红色的木船就大功告成了！

木船业的兴盛给河流两岸的人们提供了更多的就业机会，这其中最主要的是两个行当：一是造船师，人称“船木匠”；二是驾船水手，又称“船老板”。

船老板因为熟谙水性，有技术，经验丰富，因此他们收入大多不错。

七

在乡下，赧水河是我们少年儿童娱乐的天堂。

九、十岁的时候，每逢星期天，我们便随大人们一起下河扯丝草，丝草就是河里的水草。在我的故乡，丝草算得上是一种优质的喂猪饲料。

春夏之际，丝草长得又青又嫩，特别丰茂。

我们真正是一群乡下野孩子，无所顾忌，一丝不挂。

来到河边，我们憋足气力，一个猛子扎进河里，可以在水中待好几分钟。潜水一个来回，可扯出一大捆丝草。出水时很得意，一边摇头甩水，一边大笑，仿佛是将军凯旋，很有成就感。

在有阳光的天气，我们在河水中还可睁开眼睛。在水底，我们能清楚地看见那红红白白的细石和游鱼。那些鱼，似乎也不怎么回避我们，鱼们总是在我们的身旁游弋，转来转去，好像我们是早早相识的朋友……

八

那时节，农村的机械化程度还不高，木船行驶的动力主要靠划桨。划桨时船行速度很慢，而且，也很容易让人疲劳。

因此，每当起风的时候，船老板便在那高高的桅杆上悬升起风帆。风帆张开的时候，船速快捷——这时的船老板非常潇洒，显得特别有风度。

在赧水河边，我们常能看到这样的场面：疾行的木船一艘接着一艘，绵延好几里，形成长长的队伍，呈现出非常动人的壮观景象——红色的木船配上洁白的风帆，有一种浪漫和诗意。可以想象，假如有十几、或几十艘帆船在河面上疾行，那会是怎样的一道风景呢？

借着风力，一线长长的帆船队伍在河面上飞驰，水鸟在帆影之间追逐、翩飞、起舞，此时的船老板们个个显得异常兴奋。他们露出喝饱了紫外线的臂膀，露出了古铜色的皮肤，在阳光的映照下格外熠熠生辉。他们不时还开心地打着“喔喝”，或吹着婉转的口哨，这些辛劳的行船人常常要给自己制造快乐，也让两岸的乡民见证人与河流的默契，和美与怡然。

九

随着现代化进程的加速，特别是赧水河下游修建了渣滩电站以后，河流两岸的公路越来越多了，赧水河载货的行船越来越少了。

如今的河面上，见得更多的是靠柴油机发动的挖沙船，轰轰隆隆地劳作不息，那滚滚升腾的浓烟取代了从前那一片片洁白的风帆，那残忍的挖斗如凶恶的野兽，整天在使劲地啃噬着古老的河流，这使美丽的赧水河变得千疮百孔、遍体鳞伤。那如诗如画的白帆永远不见了，那欢快追帆的鸥鹭没有了，那飘逸灵动的抒情气象也已终结……

如烟往事，仿佛一个飘逝的梦！

几十年过去了，可远去的白帆永远印在我的心里，那飞动的风姿，那精美的剪影，永远是那么纯美，那是我心中永远的乡愁！

张建安

1965年出生，邵阳县黄亭市人。
中国作家协会会员，
中国文艺评论家协会会员，
湖南省文学评论学会副会长，
曾获第六届毛泽东文学奖。
现为湖南艺术学院教授、科研处处长。

一个优雅的古琴弹奏者

——读张建安散文随想

栗碧婷

秋夜清幽，凉意微溢，橘黄灯下，我安静地读着张建安先生的文字，似古雅苍郁的琴声里邂逅了一朵朵盛开的古莲，一朵朵晶莹、初绽的古莲，悠扬的琴声里，散发出淡淡的香味，灵动的音符间，心便被那种静香默默牵引，沉入，微醺，感念。那些栖落在古莲上的优雅、醇美、古典、朴素，于清迥幽奇的音乐中发出亮晶晶的光芒……

一　弹奏者的姿态

有人说过“文字是用来表达精神诉求的一种形式，精神的高洁代表着灵魂的底色”。张建安的散文除了让你领会到一份高洁、典雅、古朴、醇美之外，还让你领略到他那博大的胸襟，悲悯的情怀，以及一种由内向外散发的儒雅之气，士林之风。有的人喜欢雕琢文字，有的人喜欢玄弄文字，可他却似一个优雅、沉稳的古琴演奏者，于丰富、本真的内心世界里，专心致志地弹奏文字，穿透一切物性，一个个真情淋漓的音符，或飘逸、洒脱，或柔美、苍郁，无一不展示着他丰赡而深邃的精神世界。

大凡所有的乐声都是从人的内心流出，是情感的自然流淌，是感性和理性的并行。我要说，他是一个真正的弹奏者，一个手法娴熟，技艺精湛的演绎者。在他用心地挑，抹、勾、拨刺、注、撞之间，一个个“文字”便灵动而出，汇合成一幅幅优美的篇章，似一朵朵凝聚了无限魅力的古莲，芬芳四溢，余韵无穷。

说到散文，我首先想到的是形和韵。我提到的形是指文章的语言构造的意境，这种形虽然看不见，但可以通过对文字的触摸去感受作者架构文本的姿态；韵，我所指的是文字的延展度和深广性，以及文字审美的纯正性，如果形和韵能有机契合，那么文字的生命力就更加丰盈。于这点上，张建安先生无疑是我们学习的楷模，在我读过的众多散文中，他的作品对我来说，是很具有诱惑力的。如他在《千年的梁祝，千年的爱情》中写道：

“而我这个向往千年古朴情怀的梦寻者，心灵已然得到了默默地濯洗、净化，宛如幻化出一双洁白如乳的翅膀，轻盈地飞越那片碧草青青、繁花盛开的爱情园林……”

这段文字构筑了一种优美、恬静的自然场景，敏锐地刻画出了他在这经典的爱情故事中感受到的一切，在个性化独特鲜明的视角里，渗透了他纯朴、本真的情怀。在当下这个物欲横流的时代里，他却声称自己是个寻梦者。可以感觉得到，他渴望一种平实质朴的生活，也体现了他的审美追求。这种景与意，形与韵的完美结合，深深地打动了读者，也留下了无限的遐想。

他在《烟雨故乡》中写道：

“由近而远，淡烟轻雨，朦胧一片。那重重叠叠的清明雨，如花似梦，纤纤柔柔。”

文本挺简练，精致，当我一接触到这些文字时，就立即被他营造的那种意境，以及灵美脱俗的语言所吸引。这是文本的开篇之语，寥寥几笔就勾勒出一幅江南雨景。看似写雨，意在抒写一腔绵密的思乡情怀，一帘柔密纤细的雨雾，岂不正是作者一怀浓稠的相思，缥缥缈缈，缠缠绵绵。他无疑是个感性的人，感觉的传达过程中，彰显着内心的清澈和沉静，形和韵的融合中，让读者获得了内心的共同感知和共鸣。

二　美丽的倒影

一个人文章风格的形成，和他的生活、经历，以及文化底蕴息息相关。张建安有着深厚的文学根基和很强的文字表达能力，已出过多部有影响力的文学专著。他的文字非常凝练、优美、沉稳、大气，质地硬朗，文章风格洒脱、浑厚。有时我说他的很多文字都接近于散文诗了，体现着散文诗精练的特质，这也是缘于他长期的积累和磨砺，才使得文字展现如此独特、撼人的魅力。

他常以优美，或怆然的历史故事为背景，融入自己独到的见解，演绎出首首动听、唯美的曲子。音乐的波河里，每一个音符，都泛出美丽的倒影，让人迷恋，也让人感怀。

他喜欢古琴，真的是喜欢，在他的很多作品里，都写到“琴声”，且对古琴演奏的技巧也是娴熟在心。如他在《〈潇湘水云〉无限意》里写道：

“我喜欢古琴曲，喜欢它缠绵中的忧伤，更喜欢它古典中的苍凉！”

“每当虚虚实实的曲调响起，就好像天外有一种奇特的声音在召唤，召唤人们跌进别样的世界，听琴，听史，听那些已经远去的古人，把故事演绎得惊心动魄，抑或愁肠百结！当此之时，我的血液就好像在燃烧！”

“在我看来，每一支琴曲都似乎有自己的灵魂，那灵魂总在七弦流转的气流里，款款地站出来，活生生地走近你我，歌咏着曾经远逝的岁月与人生。”

他有自己的审美意趣，忧伤或苍凉的琴声里，他能从纷纭的红尘里分离出属于自己的最纯粹的精神轨迹。听琴，听史，“听”过去，“听”现在，又怎能不激荡起作者内心本真的情感。我要向这份“古意”致敬，因为“古意”荡尽红尘，让情感浓烈。

很多时候，一读他的作品，脑海里就会闪现两个字——“隐士”。他就如一位性情儒雅，敦厚的智者面对一汪碧水，一片青山，率性地抚琴而歌。清澈的碧水里，倒影清晰，神情怡然。他将自己至真至纯的情感托给古琴，托给山山水水。

“乐曲一开始，琴师手指轻点琴弦，制造出飘逸灵动的泛音，展示核心曲调，玲珑的泛音表现了一派朦胧的湖光山色，美丽的抒情成功地营造了烟雨朦胧的氛围，使人仿佛进入到了一种碧波荡漾、烟雾缭绕的意境。”（《〈潇湘水云〉无限意》）

笔触灵美、细腻，想象空阔、舒展，轻而易举地就把读者带入意境，不得不叹服他精湛的笔力，这也是作者达观、善美的个性使然。

作家张建安深谙散文的写作之道，描写真实、细腻，直逼内心。文章的内核越发散发出魅力之光。文字的起承转合之处，也是修炼得完美无瑕。如他在《飞越的梦想》里写道：“我想念故乡，特别想念故乡那两座山，以及两山夹持着的那条河流。河流是伴随我长大的烟雨，烟雨是流淌在我梦乡的河流。”这一段话，令我久久回味。先不说内涵，单看文字的衔接方式，就格外别致，圆润流畅，韵律感极强。简单的意象就营造出纯净而动人的场景，最后一句让意境得到了扩张和延展。这样的组合，在他的作品里，经常出现，如此精彩的笔法，我甚是喜欢。

三　记忆深处的抒写

记忆深深浅浅，在繁杂细碎生活的挤兑下，有的甚至如一首无字的歌，无韵的曲，于时间的隧道里渐行渐远。可当抖落生活的碎屑，独坐于沉静的黑夜时，内心里总有些东西发出如锦缎般撕裂的脆响，闪现出莲花朵上耀眼的光芒。

“故乡”“童年”这样的词语多次在张教授的作品里出现。记得我最开始读他的一篇散文就叫作《童年的草籽花》，描写了记忆深处那美丽的紫云英，那浸透着美丽和忧伤的文字一直在我的脑海中萦回。后来又陆续读到他的《故乡的油茶》《烟雨故乡》《飞越的梦想》，这些文字记录着童年生活的点滴，记录了故乡曾经沧桑的容颜。他在这些文字里寄予了无限的深情，展现作者悲悯的情怀，大爱无涯的宽阔胸襟。

“这不禁让我思考起油茶树的形象来：油茶树碧叶如染，浓重、苍郁，最令人惊叹的是它的枝干，紫铜色、古朴，仿佛生来就准备负累载重似的。不是？它简直没有一棵树干是直的，都是微微地弓着身子。枝干横斜，很硬、很韧，一如我那弯着背脊劳苦一生的乡民。”（《故乡的油茶》）

我为这样的爱而感动，为他的静美和善良而感动。记起培根说过的这样一句话：“美德犹如名香，经燃烧或压榨其香愈烈。”这一节作者通过对记忆深处油茶树的叶、色、形的描写，很自然地推及到人，成功地实现了意念上的升华，表达了作者对故乡一腔深沉的爱。这份爱如晨露般清澈，晶莹。不得不佩服他沉稳的思考力度。当一个好的作品在我们面前展现时，内心总会有一扇情感之窗悄悄打开，陷进更深的沉思。

记忆中的许多优美自然景物曾给了我们很多的灵感以及心灵的愉悦，回到自然，回到那种青山绿水的氛围，回到恬静而从容的内心，我们的知觉就会变得透明起来。他在《夷江物语》里这样写道：

“水光山色融为一体，游人鱼鸟相向与共。清风习习，碧波漾漾。筏在水中漂，人在画中游。流连此间，作为从现实的激烈竞争中遁逸而出的我们，在这与大自然真诚、平等的对视中，无疑可以抛却许多红尘的杂念、世俗的浮躁、心灵的烦忧！”

从这里看到了作者澄澈而通明的内心，他渴望一种染着青草味的生活，寄情山水，探寻一种生命的本质意义。如此真切的情感，让读者感喟满襟。

作为弹奏者，乐声是否感人，是否能引起听者共鸣，我认为应该取决于弹奏者的技艺和心，如果二者不能完美融合，那么它的游走是绝对缺乏突破力的，无法撼动心扉，引人入胜。作为一个文字的弹奏家，又何尝不是如此。我认为张建安先生是一个很出色的弹奏家，一个优雅的古琴演奏者，从他手里蹦出来的一个个音符，都是古色古香，温婉灵美，绚丽动人。这样的音符是因为来源于他诚恳而不懈的追求，来源于对生活的热爱，来源于一颗善感美好的心。

散文

家住吊脚楼

陈望衡

去湘西凤凰古城游览，游伴们对吊脚楼啧啧称羡，我总微笑着说，我家也住吊脚楼。同伴惊讶地望着我，问，你是湘西人吗？我说，不，家住湘西南，邵阳县城关镇塘渡口。

夫夷水自广西的大山劈山越岭，蜿蜒而来，家乡小镇就建在这条江边。自上而下依次为上街，中街。中街的一头接着上街，另一头分叉，转弯的一条街名横街，直行处则是一座石板桥，桥名白鹤桥，过桥也是街——下街了。下街几乎全是各种手工作坊。印象最深的是铁匠铺，整天叮叮当当，炉火飘红，火星飞溅。妈妈说，我就出生在这条街上的一座屋子里。

上、中、横三条街上两旁全是商铺，我爸开的商铺在横街，铺号福兴隆。我还记得另一些商铺的名号:裕义和、茂春华、大吉祥、同仁和……

街市印象最深的是青石板街面。大片的青石板，纹理细腻，光洁清爽。夏日喜欢赤脚走，感受丝丝清凉。雨夜听“嘚嘚笃笃”的木屐声，那是在青石板上敲出的乐声，石板做成的古筝声。有段时间母亲在中街的店铺上班，我等母亲回家，总能准确地辨别出母亲的用木屐敲出的古筝声。

临河的商铺全是吊脚楼。儿时的我很喜欢站在吊脚楼上看河，特别喜欢看渡船如何漂过来，又如何漂过去的，不厌其烦，因为每趟渡船都有它的风景，有它的乐趣，不会重复的。

吊脚楼上观景最好的时候莫过于端午节了。这天，所有店铺的吊脚楼向市民开放，早早地，吊脚楼上就挤满了看客，等着看赛龙舟了。孩子不耐烦等，先在街上玩，听到锣鼓声，就朝吊脚楼上跑，在大人的裤脚间穿梭，想挤到最前面。上午十点来钟，比赛开始了。河面上，七八条龙舟在江面疾驰，锣鼓喧天，浪花飞扬。一会儿，这一个回合结果出来了。胜利者高举桨片，齐声呼喊；失败者悄然离去，准备下一回合再拼。

中街最繁华。我每天都要去中街玩。中街最好玩的地方名关圣殿。崇楼宏殿，临街而立，金碧辉煌。关圣大帝横眉怒目，威风凛凛，童年的我不敢仰望。其实给我无穷快乐的不是这道观，而是道观前的广场。广场石头铺就，有座高高的大戏台，与关圣殿相对而望。戏台上不时地上演大戏。那头盔上插野鸡尾翎的白袍将军最让我迷醉。我有一位女同学，父母都是演员，她爸演花脸，她妈演花旦，很迷人。孩子的我们按戏台上的人物妆扮自己，或小生，或花旦，削支竹片当刀枪，像模像样地也演起戏来。“文化大革命”期间，我回乡见到过这位童年的阿娇，她说爸妈被批斗，早不演戏了。我看见她的眼角噙着泪。

关圣殿广场的码头最大，有渡船穿梭。无所事事的我喜欢坐渡船，不是要过河，而是为了靠在船边戏水，那小手激起的浪花，让我陶醉，至今还能想象着那浪花的美丽。有时也过河去玩，河滩有一条伸向河中的青石礅，是靠渡船的码头。在石墩上跳过来跳过去，很有趣。

童年，主要在渡口玩。少年，活动范围上下延伸七八里。距镇五六里远，临夫夷水上游，有一座险峻的山——书堂山。面江有一座浑圆的巨大的石崖，崖下一条狭仄的小路，临路是万丈深渊。行人于此莫不提心吊胆。石崖中部，向内凹进一大块，像是人工开凿，顶部、地面均极平整，形成一座大厅。真是天造地设，壮丽无比！儿时听到过仙人造石臼为穷人碾米的故事，我却一直认为，那石厅应是仙人为欣赏夫夷美景而造的观景台。

距镇七八里处夫夷水下游，有一村，名双江口，这是夫夷水与资江会合的地方。我去过那地方：小沙洲，为丛林。丛林两边，隐约可见两条河流会合了，说是隐约，因为非常平静，没有喧嚷，也没有浪花，只是发现水面宽阔了，水量丰沛了。仿佛一个梦——幽静甜美的梦！一只渔舟飘过来了，划出一圈圈涟漪，晚霞中，江面浮光跃金。梦仿佛醒了，仍然静悄悄，静悄悄。

……

最近，从家乡传来一个信息，说要重新改造家乡的小镇，要建设一条沿河风光带。好啊，这也是我多年的愿望了！

怎么会是愿望？塘渡口不是本来就很美吗？这里，我不能不说明，我上面所描述的塘渡口的美丽，只存在于20世纪70年代。由于种种社会的原因，塘渡口镇的吊脚楼不在了，青石板街不在了，关圣殿不在了，大戏台不在了，剩下的就是河对岸码头上七八个青石墩。

邵阳县是全国级的贫困县。虽然全县人民都觉得县城有些破旧，但囊中羞涩，拿不出钱来改造。这些年，家乡在脱贫的道路上突飞猛进，新城区高楼林立，街道宽敞。如今，又开始改造旧城区了。这多么大的进步啊！

得到信息的当天晚上，我做了个美梦:先是在关圣殿前看大戏，然后，在吊脚楼上看赛龙舟！儿时的朋友在一起打打闹闹，其中有阿娇，她的酒涡还是那样美丽……

2017年12月

(发表于2018年1月15日《人民日报》海外版海外网)

陈望衡

陈望衡，邵阳县塘渡口城关镇人，1944年10月出生。
日本大阪大学文学博士，武汉大学哲学学院教授，
武汉大学城市设计学院特聘教授，
博士生导师，国务院特殊津贴优秀专家（1992年）。
曾为美国亚利桑那州立大学、德国特里尔大学高级访问学者，
应邀在斯坦福大学、加州大学伯克利分校、哈佛大学敦巴顿橡树园高级研究中心、芝加哥大学、大阪大学等名校做过讲座。
著有《中国古典美学史》《当代美学原理》《环境美学》《文明前的“文明”》（英国劳君里奇出版社）、（新加坡亚太出版公司）等专著近四十部。
曾两次获中国高校人文社会科学优秀成果奖。
并多次获湖北省政府人文社会科学优秀成果奖。
学界誉为“中国环境美学主要开拓者”“中国美学史研究领军人物”“境界本体论美学”的开创者。
目前承担国家社科基金重大项目《中国环境美学史研究》为该项目首席科学家。

油榨坊与白天鹅

——石竹山蔡家油榨坊的呼唤

蔡镇楚

风光绮丽的石竹山，一条蜿蜒曲折的江水，如丝如带，静静地流淌着。随着当年学大寨的声浪，横跨江水的古老木桥，改换成了石砌的水坝。被抬高的水位，蜿蜒曲折，从上游石拱桥到拦河石坝，由小而大，形成一个奇特的水面景观。站在石竹山上，俯瞰石竹江水，阳光折射着洁白的水面，人们惊奇地发现，那肥胖的身姿，那弯曲的颈项，那曲项向天歌的鹅嘴，惟妙惟肖地呈现出一只从天而降的白天鹅，与石竹山苍翠欲滴的古老油茶林相映成趣。

白天鹅胸脯左边梯田上，是一座古老的油榨坊，木架青瓦，烟雾缭绕，榨锤声声："榨油呀——嗨哟！齐用力呀——嗨哟！"赤膊上阵的男人们，手握着茶树秆子拧成的双秆树藤，或牵动着榨锤的尾索，带动着巨大的石质榨锤，狠狠地榨着油榨上的茶树木尖，所发出一阵阵整齐而粗犷的号子，回荡在石竹山的原野上，追逐着展翅欲飞的白天鹅，给寂寥和宁静的山村带来了一片茶油的芬香……

这是一座简陋而古老的油榨坊。半径三米的圆形石凿碾槽里，均匀装着板栗大小的油茶籽颗粒。人们吆喝着耕牛，牵引着一个巨大的石碾盘，沿着石凿的圆形碾槽外边转着圆圈，碾盘发出一声声尖厉的磨擦声，一而再，再而三，将油茶籽碾成粉末。石碾盘

的另一边是榨油间，偌大的土质煤火蒸灶，特大的荷叶铁锅，圆锥形的木质蒸桶，蒸汽缭绕，茶粉喷香。榨油师傅，将蒸桶里面蒸熟的茶籽粉，倒进一个个直径一尺五、高五寸的木板圆圈，里面四周整齐地摆放着稻草编织物，用脚板踩紧，用稻草包装而成一个个茶饼，再套上两个铁箍，等待进榨的茶枯饼，堆积着，排列着，散发出浓郁的芬香。

油榨实际上是木质榨油机，由两个巨大的likely树挖空合成，两头用坚硬的木头架掐紧支撑着，如同四个护卫的武士，粗壮有力，承受着巨大无比的冲击。茶籽被榨压成枯饼，茶油沿着木质漏槽，汩汩流进油桶。清亮透明的茶油呀，一桶一桶，如橙黄色的玛瑙，也像金黄色的糖水，滋润着茶乡人的心田。

家母王氏，是前清贡生之女；家父蔡纯河，比蔡锷将军小两岁，同宗同祠，关系甚佳。1961年我考上湖南大学，遵照父亲的重托，我以蔡氏后裔的身份，特地上岳麓山祭拜松坡将军。而今的家乡，流传着“邵阳二蔡，一文一武”的戏言，也算是对邵阳蔡氏门宗的充分肯定和社会认同。

孩提时代，父亲榨油，兄长帮忙，我常跟着拉石碾盘的水牛，吆喝着，在碾槽边上转悠着。解放后，我们几个兄弟入学读书了，才懂得这座油榨坊，乃是我们兄弟读书生活的主要经济来源，开始懂得如何珍惜祖传油榨坊的一石一柱，一木一物。随着我们兄弟在求学之路上的健康成长，石竹山蔡家油榨坊以其规模和精湛技术，成为中国油茶之乡闻名遐迩的油榨坊。

石竹山蔡家油榨坊，始建于清朝道光丁未年（1847年），一个人头高的大石碾子上，镌刻着“道光丁未年正月十五日承龙侄天泰、天福立”字样，匠师是蒋道恒。从先祖承龙、天泰、天福，传到家父手里，已经传承了三四代。还有一个掩埋在担杆底下的石碾子，不知是清朝何年的制作，肯定比道光年间替代它的新碾子要早得多。父亲自己添置了一个石磨子，替换原来的混泥土竹篾磨子，专门为磨碎油菜籽而造，上面镌刻着“民国三十二年五月二十二日立，蔡纯河私办”字样，匠师是萧化成。岁月沧桑，从清朝道光年间到如今，蔡家油榨坊已经走过了一百九十多年的历史。

岁月悠悠，斗转星移。而今，邵阳别处的油榨坊已经荡然无存，唯有石竹山蔡家油榨坊，依然如故。那木质结构的巨大楼屋，那一根根巨大的木柱横梁，那偌大的石碾子、石碾槽、石磨，那巨大无比的木质榨油机，那高高吊在横梁下的石锤子……都还在静静地诉说着昔日的辉煌，给人留下无尽的历史沧桑之感。

古往今来，蔡家油榨坊，既是油榨房，又是我们家的住房。家父带着兄长蔡柏庭，农忙耕田，农闲榨油，既造福乡梓，又送我们兄弟读书。这里出了远近第一个大学生，第一个大学教授。我们带着侄辈们从油榨坊走出来，走向全国，走向世界；唯有家兄蔡柏庭，作为蔡家油榨坊唯一的第四代传人，始终以老党员的姿态，坚守在这座古老的油榨坊里，虽然已经年过八旬，依然虔诚地守护着这里的历史陈迹和人世沧桑。他的仙逝，蔡家油榨坊从此失去了手工榨油技术的一代匠师。如今，这座古老的蔡家油榨坊，作为邵阳县唯一保存至今的古老油榨坊，曾有中国台湾等地电视媒体多次在此录像，有人想出高价收买，蔡家子孙也多次向当地政府呼吁，然而省市县文物部门却无力关注，年久失修，留下的木质结构支撑着青瓦独梁，处在风雨飘摇之中。

邵阳县是中国油茶之乡，我出生于油茶世家，为打造“邵阳茶油”品牌，2015年年底，我曾受县政府之邀回到故乡，为其油茶产业发展出谋划策，发表《茶油流香，润泽中华》的专题报告，为之绘制四米多长的《中国油茶之乡：邵阳县全景图》，以寄托一位专家教授对家乡父老的赤子之心。

每当我们回到故乡，面对这座生我养我而又破旧不堪的石竹山蔡家油榨坊，我感到无比的愧疚，感受到的是沉重的历史，是沧桑的岁月。石竹山蔡家油榨坊，无言地面对着石竹江上展翅欲飞的白天鹅，仰视着上游的昆仑山。岁月如歌，这190多年的历史兴衰和艰苦历程，是年轮的诉说，还是对辉煌历史的眷恋？是对不可移动文物遗址保护不力的愧疚，还是对美好未来的期盼？

蔡镇楚

男，1941年11月12日出生，湖南邵阳县蔡桥人，号石竹山人，现任湖南师范大学文学院教授。文艺学博士点“文化批评与文化产业研究方向”首席导师。讲有中国文学史、中国文学批评史、中国诗话研究、唐宋诗词等课程。1992年起享受国务院颁发的政府特殊津贴。

中国诗话研究专家、中国文学批评家、唐宋诗词研究专家、中国茶文化研究专家，被誉为“中国诗话第一人”“东方诗话学的开创者”“二十世纪中国文学批评九大家”之一、“中华茶祖神农文化的主要奠基人”。他曾受教于钱钟书先生，知识广博，功底深厚，才思敏捷，富有开创性，是中国著名学者，又是著名作家与剧作家，湖南省作家协会会员，长篇小说有《白沙溪》(2010年湖南人民出版社)、《出城》(钱钟书《围城》子弟篇，2011年湖南文艺出版社)，散文集《书房之梦》，诗文集《石竹山房诗文选》。影视剧本有《黑美人》《楚台风》《陈圆圆》《火烧长沙》等。

榨油坊

李云春

油菜花开了，开满了荷塘畔，开满了红嘴坝，开满了爬河岭，块块相接，片片相连，颜色金黄，透明厚重，微风吹来，花海荡漾，一幅壮阔的自然油画巨作挂在天地之间。

成群的小蜜蜂来了，辛勤地采着蜜，高兴地唱着歌。三五结伴的小女孩，提着小竹篮，在油菜地里穿梭匍行，扯猪草，唱童谣，头上、身上沾满了油菜花，一个个像花神一样美丽。

油菜很快成熟了，油籽注满了油。接着收割了，用连枷敲打，用筛子去外壳，把菜籽装进箩筐里挑回，用晒垫放到晒谷坪连晒几日，然后储存到仓库里。派若干人挑着菜籽，牵一头牛，准备几桶水，再派两个帮手，就可以送去中山鸭婆田的榨油坊榨油了。这个油坊负起了几个大队榨油的业务，油榨大，器物好，技术精，关键是榨油的两个主要人物让人放心，榨得好：一个叫肖体状，我叫肖伯伯，一个是李殷勤，是我阿爸。他们年轻体壮，心灵手巧，技术精湛，待人和善，又有多年的打油经验。

鸭婆田榨油坊修建在一个山梁上，山梁是张家蛇形山的山腰靠西一边。垅坑里是一条小溪，从土桥村一直流到鸭婆田，流到张家后山，流入长塘江。油坊对面是陈家院子，从土桥村到陈家院子，地势也是由高到低；因风水之说，为了弥补下游地势低洼之缺陷，分别在土桥和陈家院子的出口处建了两个惜字塔，塔高十米，直径约两米，砖石结构，以利风水，聚财藏宝。以小溪为中心，两边的村落都是后靠山峦，前接田垅，颇觉气势不凡，乾坤朗朗。

走近榨房，黑色的瓦，黄泥的墙，房的结构是典型的湘南民居风格，一座三间通廊式。从右步入屋内，但见柱梁疏朗，排列整齐，空间宽敞；正中堂屋内，巨大的油榨赫然站在那儿，像一对恩爱夫妻，紧紧拥抱在一起。油榨黢黑黢黑的，略带一点深深的暗红色，油光发亮。榨膛内装得满满当当的一榨麸饼，油榨底部有一勺子，把大小澄黄的油哗哗地流进油盆内。悬挂得高高的大石锤还在摇晃，它可能刚进行过一场激烈的冲撞。灶膛内柴火烧得熊熊正旺，灶膛边踩麸人快闪忙碌。踩好的麸饼，又可以装满两榨膛。屋的另一边，榨完油的麸饼堆得山一样地上了墙，等待社员们挑走做肥料，发展生产多打粮。油房内所有的东西都染上了油，染上油的东西发着光，散发着沁人的油香。处在下风处，一至两里远的地方，过往的人，也能闻到油坊的油香。看着肖伯和阿爸，里里外外地忙，衣裤、肩膀和脸上，处处闪着油的光亮。

碾房就在榨房的隔壁，走进碾房，只见一头黄牛拉着碾车在行走。碾盘的地儿内高外低，槽内满满的菜籽粉，散发着香喷喷的味道。碾车有四个脚，每个脚的两边固定着两个铁轮子，加在一起是八个铁轮子。铁轮的两边是凹槽形的，使压榨的物体更加高效。碾车用铁链和牛桠连接到牛肩上，碾车的中心轴被固定在碾盘内的硬地上，碾车上安装了一个孔榫与交柱相连接。我看到这一切很稀奇，很新鲜，也很有诱惑力。那个坐在碾车上赶车的老伯，看到我在碾房里驻足了好长时间，猜透了我的心思，他从碾车上走下来，招呼我说："看你贪味，你来试一试。"我高兴极了，一个箭步冲上去，坐到碾车中部，手里接过牛绳和牛梢子，心里激动不已，感觉又有些担心，怕牛跑掉了；赶车了一段时间，我和牛之间建立了信任，增加了自信心，黄牛走得很平稳，我把牛绳提一下，黄牛立马就快步起来，牛绳一放下，牛就放慢了步履。赶碾子，牛跑的是逆时针方向。碾盘内不时有菜籽粉被带到碾盘内的地上，地上有一个小扫把，看到地上的菜籽粉多了，就要从碾车上跳下来，顺着碾车旋转的方向，把地上的菜籽粉扫入槽内。菜籽粉碾碎后，用小撮箕收集到箩筐里，挑到榨房蒸煮。

房靠墙处，垒起了一个灶台，灶台上架设了一口很大的荷叶锅，中间注满了水。上面放一个木蒸笼。把碾好的菜籽粉用特制的包袱包裹起来，放进蒸笼中，用荷叶锅盖盖在上面密封好。往灶膛里添柴烧火，灶堂里的柴火烧得红彤彤的。灶上蒸笼里的菜籽粉，被蒸得热气腾腾，火候到了，只见肖伯伯卷起裤子，撩到膝盖，紧了紧腰间的白汗巾，把蒸笼盖子掀起，放到灶旁，伸手从蒸笼里取出蒸熟的菜籽粉包袱袋，放进一个大木盆内，抓起两个饼箍整齐地摆在地上，将一些稻草撒到上面，用一个大木瓢，从包袱袋中舀出菜籽粉，放进铁箍内，他双脚光丫丫地踩上去，左脚十分麻利地从箍外把稻草扫入箍内。右脚接过左脚压到麸饼内的稻草，快速地踩下去，菜籽粉从蒸桶中取出是高温的，所以踩到上面又是滚烫滚烫的，如果不快速移动步伐就会烫伤脚。因此，肖伯伯踩麸犹似在跳一曲舞蹈，一个山野村夫的桑巴舞。用反时针后退的方式踩踏麸饼，待伸在箍外的稻草全部踩入箍内后，他继续踩踏片刻，可清楚地看到稻草已经被踩服，互相交错地衔咬着，牢不可破。他蹲下身，把铁箍稍稍调整一下，把菜籽饼放到一边堆起来，这样重复地踩饼，反复地蒸煮，一条龙式的制作。不到两个时辰，一榨菜籽饼就做好了，菜籽饼做好后，紧接着就是装榨，榨的饼槽是和麸饼一致的，麸饼放进去恰好卡位，不大不小，刚刚正好，大榨底部开凿有出油槽，中部开有出油口，榨外地上，放着一个接油大盆，稳稳当当地坚守在那里纹丝不动，很是放心。装一榨麸饼，四五十个，全部装到右边，左边装油楔，这油楔是硬质杂木，或油茶树制作而成，坚硬无比。这油楔有各种样式，方的、扁的、宽的、窄的，装的方式不一样，他们的效果就不一样，比如，一榨油饼被压扁了，无须换饼，只需换楔，把这一榨榨干了才换下一榨。装一榨，榨一榨，一榨一榨来。

这大榨是由两棵巨大的松树组成的。据说当年鸭婆田大队开会决定制作油榨，集合了一帮人马，大家拿着柴刀，扛着斧头，抬着黄龙大绳，上山分别寻找，仔细搜索符合要求的大松树。在一个斜坡上，一棵又高又大的松树，底部被茂密的茅柴簇拥着，近不得身，立刻上去了几个人，用柴刀一阵子砍开了，大松树赤裸地站在了人们的面前，大家跑上去伸手拥抱，三人牵手才刚抱住。“好家伙，就这棵了”，队长说完扬起斧头砍了起来。树大，可同时上两个人分上下两边挥斧作业，砍大树和砍小树放口子是不一样的，砍小树只需要放很小的口子，就可以把树砍倒。砍大树就不一样了，要放大口子，砍起来大开大合，还要不时地往手心吐着口水，增大摩擦，伴着“唉”声，斧子落下，木块飞溅，“啪啪啪”的声音飞到山岗，在山谷中回荡，二人砍到一袋烟工夫，已是大汗淋漓，大家看到队长气喘吁吁，立即站出来一个人顶了上去，接过斧子，跨开双腿，奋力向大树砍去……另一个精瘦干练的小伙子，劈斧的速度不是很快，但是坚实有力，劲道了得，掉下来的木块又大又厚，“啪啪啪”的声音非常厚实而响亮。这样换了几个轮回，大树底部上下两边的口子放得也差不多了，最后让身手好的一人操斧，看树的长势选择倒落方向，操作起来又不至于砸倒砸伤其他的幼树。巨大的树身和树冠，带着呼呼的风声，发出虎啸龙吟般的声音倒地，震得大地轰响。按照事先的设计布置，大家分头做着各自的工作，整枝的整枝，削皮的削皮，下料的下料，两把鲤鱼大锯也同时锯了起来；为什么叫鲤鱼大锯呢？看它的外形，中间肚子宽大，两端逐渐缩小，尤其是工作起来的运行轨迹极似鲤鱼在水中的姿态，所以称鲤鱼大锯实在是再贴切不过了。锯鲤鱼大锯技术性极高，两人都是行家能手，两人各站一边，根据自己的习惯选择上首下首，左边右边，两人可以以不同的站立方式锯树，也可以以相同的方式对锯。当钢锯朝自己身边拉时，左手主要是把握方向，右手拼力朝下朝身边用力拉锯，另一边人的双手往对方平推下压用力，双方换边，但动作姿势不变，锯大树是大活，是大美，双方一左一右，一来一往，一开一合，恰如两个太极大师在推手。

油榨树锯好之后，根据麸饼的大小，要掏挖木槽，几个木匠挥起斧子，一齐上阵，“噼噼啪啪”地忙活起来，一阵工夫之后，粗大的树干顿时变得规整起来，最上方出现了两米多长的麸饼槽的雏形，呈现淡淡的黄色，雍容庄严。或许，大榨树也被感动了吧，周身也流出了豆大的油脂来。这两个油榨树，每一个长有一丈五尺余，高约三尺，重五千多斤。大家七手八脚地把四道黄龙大绳，套上了大榨树干，穿进横梁，搭好抬杠，系紧绳口，每组八人，分四个小组，共有三十二人，两棵油榨树就要六十四人搬运；再加上组织的，指挥的，喊号子的，看热闹围观的，就像一个盛大的节日，非常壮观。油榨树抬回榨坊大坪里，由木匠们进一步进行精工制作，榫孔凿得不差分毫，梁柱相接严丝合缝，油楔做得各不相同，油槽挖得光滑流通，精到细致，美观大方。

油榨大石锤悬挂在一个高高的人字木架下，石锤长方形，有三百余斤，石锤上边沿凿了两个镰刀把大小的圆孔，用茶树枝条火烤扭绵扳弯，穿过石锤，两根又粗又大的黄龙大绳把石锤牢牢地抓起。阿爸和肖伯走到石锤两边，阿爸站在左边，肖伯站在右边，两人手扶了石锤手柄，开始用力把石锤向后推起，升到高点时，借用惯性向左前方冲去，待石锤到达顶点，两人迅速地借力，把石锤往后方荡起至最高点前再加速加力，身体侧斜，前脚外翻，后脚踮起，再借势加力加速同时旋转扭动身体，利用腰胯之力，把石锤向着榨楔再奋力一推，在碰撞前的一刹那，两人的手立即松开，只听到“轰”的一声巨响，油楔前进，油榨和油坊都为之震动。石锤悠起的势，把人字木架荡得“咿呀咿呀”地响。两人接过石锤木柄继续荡起撞击，并伴以轻快的山歌小调。当油饼压薄，油楔松动后，就要调整油楔，重新撞击，再调整再撞击，直到把油饼的油榨干为止，重装一榨继续推锤。油坊榨油的声音，几里以外都可以听到，是山中庄严的音乐，庄严到和佛钟一样，让人感动，能给人气力。

这劳动的场面影响了我，更感动了我，我索性也模仿榨油的过程，在碾房的门口边，架起了一个炒菜籽粉的小灶台，灶台是用两块砖头垒起来的，锅是用一个土红色的陶坯碗代替的，从碾房舀了半碗菜籽粉放到里面，拾了一个半尺长的木片在锅中炒了起来，因为火有点大，锅又太小，把菜籽粉炒烧着了，我急得没有办法应对，慌乱中把锅打翻了，锅掉下灶膛里，打起一个烧得通红的木炭跳到我的脖子上，并一下钻进衣服里，火炭烧得我疼痛难忍，我急忙乱扯乱拽衣服，试图减轻火炭烧灼的强度。但我穿的内衣是扎进裤子里面的，所以火炭到了裤腰带的地方就下不去了，任凭我怎么扯和拽，火炭就在原处不动，情急之下我双手只好一阵猛捏狠掐，把火炭捏碎了，这才一咕噜从右脚裤子中全部抖了出来。当我撩开衣服，脱下裤子来看时，右侧腰带处，烧得血肉模糊，剧痛不已，只得忍着，也没敷药，还不敢告诉阿爸和阿妈。五十多年的岁月过去了，每当看到刻在身上的印记，便想到阿爸高大的身影，他们踩麸、推锤榨油的雕塑般的形象，已牢牢地铭记在我的记忆里，也永远地烙印在我的心里。

李云春

1952年生，邵阳县塘田市人。先后毕业于同济医科大学、中央工艺美术学院。师从著名画家赵夫、李宝林、黄胄、蒋采苹等先生。现为中国国画家协会会员，湖南省美术家协会会员，民族艺术画院特聘客座教授。自上世纪八十年代末以来，作品陆续参选省市以及中国美协主办的全国美术展览并获奖、并发表、出版和被收藏。

中国工笔人物《榨油坊》 215.7cm × 149.5cm 李云春 画

放排潭江

黄连德

1

那回放排潭江，实在是我人生中的一大蠢事，且那背景又很有些特别，而过程亦不甚乏味，所以五十年来，总也忘记不得。

我那年在名义上是读高三了，而所谓的“文化大革命”，也进行到第二个年头。记得上海的一月风暴之后，全国山河一片红，我们学校的各派群众组织也实行大联合，在搞“复课闹革命”了。这对一心想考大学的农家子弟来说，无异于黑暗之期黎明似的看到了一线光亮。

殊不知，惊魂未定的先生，惶惶然哪里收得拢教书的心思，而风雨时袭中的学子也不免心猿意马，无情无绪，因此，那复课就渐渐地成了形式主义。“革命”呢，虽然我们负责编辑的校刊《战地黄花》还在勉强地办着，但那些大而无当的大批判文章，我们既写得日感厌倦，就终至兴味索然了。好不容易捱到正常的毕业时间，却不仅考大学的美梦彻底粉碎，而且不能毕业，说要继续留校闹革命。这样一来，我们于彷徨苦闷之外，更添了一种不知如何，无所事事的无聊。而就在这个时候，有人来邀我们去潭江放排了。

2

那是秋风日凉中秋渐近的一天下午。我和启明、和平、金容、自然几个要好的同学，正在乱七八糟地聊天，冷不防一个叫铁牛的同学闯了进来，“好消息，好消息，我们放排木去！”接着一口气说明了来由。原来他的叔叔在位于谷洲桥的县八中当总务主任，抓基建，他们学校有几个立方米的木材，眼下在我们学校旁边的河滩上堆着，正待运走，铁牛的意思是问我们有没有兴趣，如果有，那就放木排去。

铁牛的话刚一落音，我们几个人几乎是异口同声地说：“好呀，放！”那是一个兴奋，好像是久困笼中的鸟儿，立马要被放飞到广阔的天空中去；那一种豪气，又仿佛是有件家国大事，需要我们去毅然担当。我们甚至连放排的报酬怎样都没有问半句，就把事情敲定了。而且说干就干，分头行动，做起各项准备工作来。想到明早就要“扬帆出发”，那一夜，我们还真是欣欣然，有好一阵子没有睡着呢。

3

匆匆吃了早饭，匆匆来到了河滩边，我们动手扎排时，大阳已经跃上了高霞山巅。早晨的阳光真好，河边的空气真好，我们的心情尤其是好。

大树五根一排，小点的七根一排，每排三块横木用钉子一订，用篣索一扎，再用蚂蟥钉两头一加固，那排就扎好了。放入水中浮起时，人就赶紧跳将上去，双脚踩定，把正中间的一根树跨在胯下以保持平衡，然后竹篙从旁一点，木排就滑行而去了。我们一个人负责两个排，咬头衔尾，迤逦而行，有说有笑，其乐陶陶。却不料下了一个浅滩，转了一个小弯，于平阔处行了里把路的样子时，前边排上就突然发出连声的惊叫，到边一看，原来是一座石坝赫然在目地拦住了去路。大家立时呆若木鸡，只有一个劲地摇头苦笑了。

潭江水浅多坝，方便灌溉而不利航运，这是常识，我们几个人的家都在两岸，可谓司空见惯；尤其眼下这一座坝，位于学校近处，更是朝夕可见。对此，我们尤其应该想到，可就偏偏没有想到。

其实，不是没有想到，而是压根儿就没有去想。当其时，我们一听到“放排”两个字时，就立马联想到电影《青山恋》，脑子里就立马展现出一幅美妙的春江放排图，心里头就立马诗意盎然地自我陶醉起来，还哪里去想什么“大坝横江”呢！

然而，自怨自艾，垂头丧气是没有用的，遇难而退更非大丈夫所为。不就是一个小小的坝吗，有什么了不起——过！

决心一下定，办法就有了，我们拆了一个排，选两根又粗又长的杉树，一头坝上一头坝下地斜斜架起，然后，棍撬手抬地把排移到坝的外沿，顺着那架起的树，刷地溜到坝下，那等着的人即予控制，并收束陆续下坝的排，重新编队前行。好像又过了一个坝，又重新扎了一次松散的排，当过了板桥而太阳已然落山，暮色开始笼江时，我们一个个都精疲力尽了，于是大叫：收工、呷夜饭、明天再来！

夜饭是在江边蒋自然家中呷的。自然的母亲非常热情又非常质朴。她当然知道年轻人的“肚量”，又生怕饭鼎罐小了煮少了饭，便换了煮猪食的大铁鼎罐，煮了至少四升米的饭，结果，被我们六个人一顿狼吞虎咽，风卷残云，呷了个锅底朝天，把碗筷一放嘴巴一抹时，我们自己也感到不好意思了。于是赶快道谢，赶紧走人，却又是一路有说有笑地踏着月光，回到学校睡觉去了。

4

到底人年轻，睡一觉便万事大吉，第二天，我们迎着太阳出发时，又显得精神抖擞，兴致勃勃的了。

水流缓缓，排行缓缓，缓行慢走中，水面渐渐宽了起来，且有一个风景别致的地方扑进了眼帘。

青山逶迤处，有一道高岩临江矗立。那刀砍斧削的绝壁，几乎不见绿树青藤野花的点缀，只青白泛黄的一色，与一湾碧流相映生辉，反平添了不少气势和风致。其时岩头上有几个人影在晃动，便又有山歌声飘了下来，竟也是“郎呀，妹呀”地唱得情意绵绵，又自自然然。正待把兴致提起，好好地听它一听时，前头的人就在大喊了：“快来，快来，又要下坝了！”

我们各个把排在坝头撑定，稍事休息时，当地一位老农扛着锄头走到坝上来了。金容就主动敬烟，和平便赶紧划火柴喂火，把老头乐得笑眯眯的。他先是说我们人长得聪俊，又懂礼貌，肯定是读书人；接着就问我们为什么不在学校读书，而来放排，我们回答学校里没有书读时，他就这样说：“要放排，也要到大河里去放，在这潭江里放，我长到快六十岁了，还是第一次看到。”他还问我们放排多少钱一天，我们说，我们不讲钱，图味！他就笑了，“图味，这个味怕不太好图吧！”我们也只笑笑，并不回答。便开始搬排下坝了，老人家也来帮忙，一边极诚恳地告诫说：“年轻人，书还是要读的，这是正道，听说前一向学生们也闹造反，哎，造什么反，没有好结果的！”我们就赶紧申明：“我们早就不闹造反了，我们不是放排木来了嘛！”

“很好，很好！”他扬起手和我们道别。好些年后，我们一想起那位老农的话，就心存感激并打心眼里佩服他的先见之明。

5

我们把排放到大里桥时，太阳也开始落山了。因为必须在这里过夜，我们便把排在桥头湾定，并就着桥洞搭了一个窝棚，从老乡那里弄来了好几捆稻草，往地下一铺，那一夜的安居便有了保障似的。

也就近去了一位同学的家，只是伊人不在，她的老妈妈倒是用了十二分的热情招待我们，呷了夜饭，还要留宿，我们念着那个窝棚和那些木材，便千恩万谢地婉辞了，但老人家还是要我们各个抓了好几把花生和薯片带走，说是夜里讲白话呷起好耍。

回到窝棚了，胡乱地坐着、靠着、躺着、蜷缩着，于听着水声，数着星星的中间，聊闲天，开玩笑，把正在故事中的两位才子讲得默然无语。便又唱《莫斯科郊外的晚上》，唱《三套车》，却不料唱着唱着、聊着聊着时就莫名其妙地起了伤感，有了牢骚：想我等也是贫苦出身，也算有志青年，要是有大学考，考不起那算我们没本事；要是外敌入侵，有仗打，我们不敢上前线，那也是胆小鬼……然而，现在、眼下，我们竟没头没脑冒冒失失的来放这磨人地排来了。时乎？命乎？此心不甘！

然而牢骚还没有发完，连日的疲劳就集中来袭了。笑渐不闻声渐消，开始是一个两个，继则三个四个，终于六个人都沉沉地睡去，“不知东方之既白”。

6

次日清晨，我们继续驾排下行。经新家山，过徐家桥，也就七八里水路的样子，我们就到了黄土坝。

这个黄土坝是进入下花桥田荡的标志，坝虽不大却也不小。好在我们已经有了两天放排下坝的经验，过此一关，便不是什么太难的事。只是启明不小心弄伤了脚，而金容又在下坝不远处，因饿过了头，又抽了一卷烟，竟被醉得面色惨白，一身冷汗地躺倒在沙滩上，好一阵子才回过神来。幸亏金容的母亲，挑着送饭菜的担子，救星似的赶到了，她一边看着我们呷饭，一边数落我们在潭江放排是“脑壳进了水”。我们也不分辩，只勾起脑壳一个劲地扒饭。

金容的家就在下花桥镇上，是我们此行的必经之地，我们放排到边时，天色还早，但金容的母亲就坚持要我们收工上岸，住进了他家。呷夜饭时，老人家再次劝我们不要放下去了，而这时，铁牛的叔叔也捎了口信来，说已经联系拖拉机来运了。这样一来，我们的“放排潭江”，便真的“半途”而废了。

只是这看似匪夷所思却又无怪其然的放排潭江，原本只为了一个小小的梦。所幸梦儿虽破，尚有一些光和影的碎片在那水声山色中闪烁；而整整半个世纪之后的今天，我们再把它从曾经的河流里打捞起来的时候，又觉得别样的温馨和亲切。也许人生的回忆大抵如是，纵似苦果，咀嚼之余，也回甘绵绵，意味深长……

2017年9月18日

黄连德

男，1947年生，邵阳县黄荆乡人。

湖南省作协会员。

出版散文集《白水清溪》。

散文《梅州落日》《人间正道》先后三次在全省全国获奖。

2020年3月逝世。

相　亲　唐畏保

转眼间，我已到了谈婚论娶的年龄。开始有人为我说媒提亲。于是我开始有了许多次哭笑不得的相亲经历。

我的第一次相亲是在一九六六年，那年，我二十一岁。

一天，我一位亲戚的岳母，经常给青年男女牵线搭桥的一位热心老人，她给我做媒来了。

她给我说的姑娘住在离我家二十几里远的一个山冲里。因为是第一次有人给我说对象，母亲很高兴，我呢，当然也不好意思对女方的情况刨根问底。只听媒人告诉我，女方家庭也是地主，姑娘今年十八岁，人很聪明，只是个头比较矮。姑娘的父母为人都十分贤惠。还说姑娘的父亲说过，她的女儿找对象，就要找成分差的，地主、富农的儿子都比较聪明，而且彼此彼此，双方就不会互相嫌弃，才会疼人。如果把女儿嫁到成分好的人家里去，碰上不好的把女儿不当人，反而更加受气。

“呃，这个人倒是挺有头脑。”我心里想。

第二天，我随媒人去相亲。临行前，媒人嘱咐：“这回我是包你十拿九稳，你一定要带上筛茶的钱。”

今天的年轻人，恐怕很少知道那个时代缔结婚姻方面的一些规矩，比如，“筛茶”是什么意思，现在的姑娘、小伙子知道的一定不多。解放前，农村婚姻完全由父母作主，有换庚帖、合八字、下聘、拜天地等名堂。解放后婚姻自主，这一套把戏当然废而不用了。但这种“自主”的婚姻毕竟又掺杂金钱物资和父母半包办的性质。二十世纪六十至七十年代，我们这儿的农村婚姻就非得过四道必不可少的程序，实际上就是男方向女方赠送财物或女方向男方索要财物的四道规矩。筛茶是第一道，即通过媒人撮合，把双方情况分别介绍之后，第一次由媒人陪着后生去女方家里和姑娘见面，见面后，如男方同意和女方谈对象，则可留在女方家吃饭。如女方也同样同意，则要由姑娘向小伙子敬上一碗茶，小伙子接茶喝完后，掏出一个事先准备好的红包放在茶碗内回赠姑娘。这样，双方的恋爱关系便算正式确定。“筛茶”之后，还有看当（地方）、订婚、过门等程序，每道程序男方均要按规矩向女方赠送一定的彩礼。

第一次去相亲，我还是有些腼腆，离家出村的时候，我让媒人走大路，我悄悄从村后抄小路出了村。我怕碰上我那班调皮的年轻人拦路取笑我。路上，我总是和媒人故意拉开一段距离，生怕被别人看见我和媒人走在一起。其时正是春深季节，但我无心欣赏一路上的花红柳绿，鸟鸣啾啾。我反复在心里猜想着我将要见到的对象是什么模样，盘算着见到姑娘的父母如何称呼，盘算着见到姑娘如何说话，就这样胡思乱想着翻岭过坳走了二十几里山路，去到那个村子，走进了那户人家。

由于事先媒人就和他家约好的日子，他们家早已做好了迎客的准备。破旧的房间已打扫得干干净净，桌凳也抹得一尘不染，厨房里摆放着已经切好的鱼和肉。我们刚到屋前，他们一家人便迎了出来，一位十三四岁的小姑娘麻利地接过我和媒人手中的伞。女方的父母四十开外，忠厚本分中又显出几分利落。我按照在路上想好的方式，和他们全家打了招呼，并向村里来围观的男人们一一散发了香烟。他们全家对我的热情使我完全放下了拘谨，从容大方而又不失礼，言语利索又很有分寸。我刚落座，只听得门外阶沿上的女人们在议论：“这个后生人不错。”女人们的窃窃私议更增加了我的自信，那一刻，我的自我感觉十分良好。

女主人去厨房准备菜饭去了。女方的父亲陪着我寒暄。良久，我除了看见那个十三四岁的小女孩在堂屋里来来往往打了几个转身之外，始终没有看见我期待中的姑娘出现。茶饭很快摆上桌来，我开始纳闷，既然约我来相亲，怎么不见姑娘出来呃，我连人都没有见着，怎么好意思就坐下来吃人家的酒饭呢。我刚才的那份从容自信没有了，心里开始慌乱起来。

“请，请，吃饭，吃饭。”我不由自主在主人的殷勤热烈的客套中，胡乱地扒了几口饭。我刚放下碗，进门时为我接伞的那个小姑娘便倒来一盆热气腾腾的洗脸水，搓了一把毛巾递给我，我在接毛巾的时候，发现那小姑娘的脸一下子红到脖后根。

擦完了脸，那小姑娘又为我筛了一碗热茶，茶里还放了一块红糖。

我喝完茶，正要放下碗时，媒人突然在我的脚背上重重地踩了一下。我明白了，媒人是暗示我把“筛茶礼”拿出来，可是……

我不知所措。

到此时，我已无法顾及尴尬，回头对媒人轻轻说了一句：“我还没有看见人呢。”

媒人立刻用嘴向那小女孩一呶。

天哪，我今天来相亲的对象竟然就是这个小姑娘，在我的眼中，她不过是个小学生而已。

事后我才知道，这小姑娘当时十六岁，媒人向我介绍她时，故意夸大了两岁。由于她不长个子，看上去确实只有十三四岁的模样。

我进退维谷，面对这稚气未脱的小姑娘，我放在裤兜里的“筛茶礼”拿得出来吗？我感到莫大的屈辱和悲哀，为自己，为这小姑娘。

我想放下茶碗立马脱逃，但是，我能轻易走得开吗？你今天跟着媒人到人家家里来相亲，人家是酒也备了，菜也备了，姑娘你也看见了，人家村上村下都知道今天是他家的女儿谈对象。如今你酒也吃了，饭也吃了，姑娘筛的茶你也喝了，就这么拍着屁股走了，你如何向人家解释交代？

我无可奈何，只得迅速地从裤兜里掏出那个装着六十元钱的红包放进碗里，递给那小姑娘，说：“小妹妹，谢谢你。”

我想，这就算作他们家为我花费的酒饭钱吧！

然后，我很有礼貌地和他们家人打过招呼，拉着媒人，逃出了那个村子。

路上，媒人对我说：“我和他们讲好了，初八日到你家来看当。”

“多谢您老关心，这件事就莫再造孽了吧。”

“怎么，你不同意，那你为什么吃人家的饭，喝人家的茶。”

我无法去责备媒人，我也无法过多地责备我自己，我只有惨然一笑。

十来年过后，一次偶然的场合，我在塘渡口大街上又碰上了这位姑娘。这时，我仍然是一个年过三十的光棍，而她已出落成一位漂亮的少妇。我早已认不出她来，她却一眼认出了我。她半嗔半羞地向我打了招呼，然后转身亟亟离去。

我望着她的背影，心里默默地为她祝福。

唐畏保

1945年生，塘渡口镇人。四十岁时被破格录用为国家干部，先后从事过专业编剧、机关材料写作、地方志编纂等工作。爱好涉及戏剧文学、小说、散文、诗词、公文写作、史志编纂等各个领域，古今文体皆能，出版著述多种。

故乡山水四景素描 夏启平

不语的高霞山

又是一年春草绿。县城开往五峰铺镇的小客车上，乘客很多。一位身着休闲服，脚蹬旅游鞋的小伙子坐在我的对面。当他听我说是专程回地跨三市，南承永州，北连邵阳，东接衡阳的故乡五峰铺去登游高霞山时，这位同车的朋友兴致勃发，侃侃而谈，谈他对具有六百多年历史古老的五峰铺镇印象，更谈他对高霞山的赞美。他说他已经第七次去高霞山了，每一次都有不同的感受。听他这么一说，攀爬过五次高霞山的我兴趣也高涨了起来。

走近高霞山，满眼便是山的影子，山脚下的树木也显得稀少了许多。

高霞山是邵阳古县的一颗明珠，一年四季游人不断，每年的五一和十一，这里更是游人如织，热闹非凡。

群山逶迤，势鼎五峰——高霞山的头一眼，不俗。

高霞山集名山之长——雄伟、险峻、巍然、秀丽、默然、无声无息，却有一股震撼心魄的力量。

高霞山如此壮美霞山岭陡峻峰行，庵院菩萨人人尊；南路五峰铺，宝庆占一方；春、夏、秋、冬四季景色各异，是得天独厚的避暑胜地。

山不在高，有仙则名。水不在深，有龙则灵。唐代诗人刘禹锡如此说过。

登上峰顶，一览众山起伏如浪，在云雾的缭绕下，远处的山浮于轮廓中。站在云彩缭绕的半空，满目欢喜地浏览着高霞山的一草一木，尽己之智慧和见识去体悟这自然美和人文美。高霞山的体魄是完美的，它的高大和雄伟、宽广和深厚、奇险和俊秀深深地吸引着我。慈眉善目的道教大佛赋予了高霞山一道瑰丽的文化风景线。站在峰顶，看群峰拱岱，琼阁掩映，一目千里，阅尽苍生。上顶天下俯地，飘飘然顿有唯我独尊之感，心中不免漾出一种异样的意韵。久住尘嚣的我，只觉风尘尽卸，心脉如洗。山道上人流如潮，与沉寂的山形成反差，山的灵性便融于动与静的和谐之中了。当然，说山是沉寂的也不尽然，时有生灵游动，也不乏鸟语与蝉声。在现代都市里，飞鸟大都已成玩鸟人笼中的囚徒，那鸟鸣，已失去原有的清脆，掺杂着哀怨之声。游览高霞山，除了一饱眼福，也能聆听鸟儿自由的放歌。我循鸟声望去，却不见它停歇在哪里，它们在说些什么呢？凡夫俗子的我，始终未能破解它们滔滔不绝的神秘语言。

我敢说这山是有灵性的！

登上山峰的高处，居高临远，视野与胸襟豁然开朗。晴朗的天空下，鸟瞰四周，但见峰峦恰似海中仙岛，白云如浪似雪缠绕山腰，茫茫山野在蓝天的衬托下，有如交锦错绣的丝绒织成的豪华地毯。山在人间，人在山间，人与山原是一个隔不开的世界。人们带着凡间哀怨愁苦走进山间，晨钟暮鼓中，或多或少地悟出了原本不明的禅理玄机，看破红尘，一身轻松走出山门，那些令人愁苦的旧事便永久地留在了山间。在人与自然漫长的进化中，山体的存在往往超出了自然的范畴而成为寄托人类思想情感的一种载体。

手扶古松，凉意沁人。众山间，留有多少游人的身影。无数个寒暑过往里，风霜雨雪是以怎样的力量，锲而不舍地磨砺着这些山的脊梁。高霞山不语，目睹古往今来游人卸下的几多荣辱，几多悲欢，默默地隐藏在山中。大地绿了又黄，黄了又绿，春来秋往的游客，让这寂寞的山的生命繁荣了。高霞山不语，却用坚硬而锋利的山石刻写了历史的衰荣。

我坚信山是有灵性的，这也是祖宗说过的。山川大地，万物有灵，三山五岳皆是神。游人千里迢迢前来游山，难道仅仅慕其壮美而无其他？我不敢妄下断言。对我而言，除了欣赏山的险峻挺拔，更有虔诚朝拜的敬意存于心中。古往今来，谁人能够读懂巍巍群山蕴藏着的无穷奥妙？

高霞山虽好，却也不是我能久留之地，因为所居的都市在召唤着我们归去。告别高霞山返归途中，遐思悠悠。车行很远，不忘回头与山道别。那飘在山边的浮云多像群山挥舞的手臂，在和我依依惜别。

迷恋桃花岛

时下，时兴农家游，青少年们是尝新鲜、赶时髦，我们中年人则有返璞归真之感。我们这辈人大都是来自农村，对农村有着一种特殊的感情。温温民风民俗，品品泥土气息，寻找逝去的岁月，别有一番情趣。

春光明媚，柳暗花明，正是春游的大好时光。

九公桥镇有一个桃花岛，岛虽不大，但景色迷人，空气特别新鲜。仲春时节，桃花盛开，景态媚人，这里成了城市人农家游的好去处。

我相约了几位好友，包了一辆小车，20公里路，半小时就到了景点。将车停在农家院坝，就乘竹筏直扑桃花岛上。

下了竹筏，众人沿石阶拾级而上，但见那怒放的桃花，与朝霞相映，染红了半边

天。和暖的春风，混合着湿润的桃香，沁人心脾。离桃园愈近，花影渐明，那一团团、一堆堆，粉红色的簇簇桃花，如绣如织，被嫩绿的新叶簇拥着，滴彩流翠，令人赏心悦目。对我们这些久居城镇、渴望绿色的“中年族”来说，确实是一种难得的享受。

人勤春来早，果农们一片忙碌。桃林深处，传来了一阵姑娘的嬉笑声。我们循声走去，但见姑娘们一个个杏红毛衣，柳绿头围，一张张被寒冷的春风染红了的脸蛋，与桃花争辉。一幅“人面桃花”的图画，展现在我们面前。

我们向她们走近，只见她们有的在采花，有的在剪枝。看着好端端的桃花被采摘，好好的枝子被剪掉，我们感到十分惋惜和惊奇。“你们这样摘花、剪枝，岂不可惜吗？”朋友老谭不禁相问。一位姑娘回答说：“造机器、写文章，你们这些师傅是行家，种桃栽花你们可就不在行了。我们这片桃林叫美人桃，不仅可供欣赏，而且果大汁多，口味极好，是桃中的上品。美人桃不打虚花，朵朵都可育桃；一树桃花几千朵，不可能都叫它们长成桃。营养供不上，迟早都要掉果的。因此必须间花。间下来的花，可作香料，也可食用，剪下来的枝子，又可作为鲜花上市，这些都是效益呀！”

眼镜老张是个文人，观察问题特深，文笔老辣，入木三分，素有老学究之称。他很快就发现了“新大陆”：“大家来看呀，桃花本是五瓣花，这里的桃花怎么五瓣、七瓣、九瓣不等呀？”带着这个问题，我们请教了一位果农小姐。她抿嘴笑了笑，没正面回答我们的问题，却给我们讲了一个故事。她说：“当年王母娘娘为了赐福人间，命仙女们将蟠桃移赠人间，五仙女栽的是五瓣桃，七仙女栽的是七瓣桃，九仙女勤快聪明，栽出了九瓣桃……”她接着说，“仙女不是别人，就是我们这些辛勤的种桃人。”美丽的神话，风趣的说笑，把我们引入了又一个仙境。

良辰易逝，我们在桃园里欣赏说笑，不知不觉，已是晌午用餐的时间，于是我们沿阶而下。农家人热情地接待了我们，苞谷糊糊、手擀面、香椿炒蛋、香菇肉片汤，外加几味野菜，味道鲜美极了。面对久违了的美餐，我们来不及谦让，狼吞虎咽，就如风卷残云，一桌饭菜很快就被我们席卷一空。农家大嫂不得不再上新菜……

归途中，我们边走边议论。从桃花的艳而不俗、卓尔不群、潇潇洒洒、落落大方的品格，谈到五果桃为先，桃子的美味、营养和药用价值，又追溯到古人以桃木为神木，制贺年片、桃符……最后归到叶落归根、回归自然的话题。到了家门口，仍然话兴未尽。

第二故乡的竹园

本人有两个值得自豪的美丽故乡，一个是生养我的“小上海”五峰铺镇，另一个则是哺育我成长的下花桥镇田中小山村——在我六岁的时候，因父亲一腔激情热血被错划成右派，举家下放在那“蛮荒”的黄荆岭脚下一个名不见经传的小山村（芦塘生产队）十年整。我因此成了生产队里的放牛娃，虽然生活相当清苦艰辛，但许多童年趣事至今历历在目，难以忘怀。特别是村后背连绵起伏的黄荆岭脚下，成了我放牛的好场所。那里生长着一片片青翠的竹园。千百年来挺拔的楠竹、婀娜的云竹，一片又一片地环抱着一个又一个大大小小的幽美村庄，护卫着、养育着不知疲倦地劳作在这片神奇土地上的勤劳而善良的乡民。

在牛背上，漫步竹海，碧绿的竹园里飞扬着天真烂漫，飞扬着孩子们的欢歌笑语。斑鸠把家安在粗大的竹梢，把椭圆、青灰色的小蛋下在窝里，破壳而出的雏斑鸠摇晃着金色的尖嘴，蒙蒙地咕咕叫唤着。野鸡飞来飞去，张开那五颜六色的漂亮翅羽，从这一丛竹子飞到那一丛竹子，又从那一丛竹子飞到另一丛竹子。偶尔还有狐狸、野兔、獾出没其间。我和小伙伴在竹林里嬉闹着钻来钻去，不是惊飞了野鸡，就是打扰了斑鸠；有时野兔、狐狸唰啦一声从面前蹿过，让人打个激灵。静寂的夏夜，坐在竹园的水沟旁，听此起彼伏的蛙鼓和鸣，好像欣赏美妙的音乐……

俗话说，春雨贵如油。难得的春雨沙沙沙地洒进翠绿的竹园里。待到雨过天晴，尖尖的竹笋破土而出，几乎是一夜工夫，满园新笋如织，处处生机勃发，雄赳赳、气昂昂地争先恐后向上拔节。没有几天，新笋变新竹，长得高过了原来的老竹。这时，我们这些孩子，就会跟在父母身后，小心地走进竹园，感受雨后的诗情。

新笋的壳也就是外皮，俗称粽叶，它一片片一层层自动剥落在四周，孩子们放了学去竹园捡拾，再把撕起条状的粽叶打成小捆，交给奶奶、妈妈、姐姐编织垫子或其他器物。也包粽子、米粉肉包子，剩下的卖给走村串户的收荒者。我们这些孩子拿了自己的劳动所得买书本、买文具，高兴得一蹦三尺。竹笋还是一种美食。然而笋就是宝，是不可以采折的，因为我们都知道大笋成大竹，小笋成小竹，只有病笋才可去除做菜。星期天，提了铲子，钻进竹园里，找到病笋，铲掉。母亲做的笋炒鸡蛋，香脆得别有一番风味。三十余年以来，我曾吃过大江南北的笋片，但与童年时的鲜笋比较起来，口感委实差多了。曾记得当年我把自己在竹园牛背上体悟到的一副不甚工整的对联：“竹本无心，节外何生许多枝；藕虽有洞，心中不染半点尘”嵌进初中课堂作文“我美丽的家乡”内，博获语文老师兼班主任邓星林的高度赞赏，他的批语“清词丽句，且观察深微，而赋励人一生哲理，读之令人击节……”并以之作为范文亲手用遒劲的毛笔字抄录张贴到校园栏内，令我终生难忘，一颗矢志“文学梦”的种子从此深植于我青少年时代的心灵。

有个词儿叫美不胜收，用它来形容春天的竹林，真是再恰当不过了。竹园里那浑身长满短小而又带尖刺的刺梅花儿开放了。一团团一簇簇地竞相舒展，形成了一片片鲜花似的世界，起风了，刺梅花儿与青青竹叶一起摇晃，把花瓣摇落到穿园而过的溪水里，清凌凌的水面上立时荡漾起五彩缤纷的花带。沿着溪渠，小姐姐小妹妹们唱跳着，追赶欢畅的流水，看着水上落花流向田野，流向远方。特别是那缠绕在河沿、沟渠边的矮竹和荆棵上的野葡萄，结出的小葡萄如豌豆大小，一嘟噜一嘟噜地悬挂着。先是青绿的，渐渐地由黄至红，再后来，熟透了，就变成了黑红黑红的了。将熟透的野葡萄放入口中，好像不用嚼，自动就化了，哪一个孩子不是啧啧称颂。

我最忘不了的是那翠竹下的花米桃。说是花米桃，实际上是草莓，一种野生草莓。它要比栽培草莓小许多，比玻璃球还要小点儿，但极好看，极好吃。花米桃的茎蔓在草棵上缠来缠去，有的还爬上竹杆。我常常惊叹，那么纤细的茎蔓绕竹丛而缠，却能够养育、承载那么饱满而艳红欲滴的花米桃！顺着蔓，摘一个，吃一个，不大一会儿工夫，小嘴片就染成红的了。花米桃的味道真的好极了，特别适合孩子的口味，它甜里有酸，酸中溢甜，又酸又甜，甜多于酸，吃起来可口爽心，回想起来至今还令人垂涎欲滴而难以释怀呢。小时候吃的花米桃最深的印象是新鲜，特别是清晨刚采摘的，还沾着夜露，亮亮的，美美的，清清的，爽爽的。那可是天赐的仙果，不可言传的快意。

童年的竹园是一帧迷人的风景画，童年的竹园是一部长长的书卷，童年的竹园是母亲博大、善良的心，是我走不出、读不完、永远魂牵梦绕的情感家园……

最美，就是金江水

登临恢宏的金江水库坝基，放眼望去，终于见到了金江水库的美貌，犹如揭开了一位深闺少女神秘而美丽的面纱，心中一股激情不禁油然而生。金江水库，这个在邵阳县负有名气的生态旅游之地曾多次听人说过，但我真正亲密接触这还是第一次。

我来不及快步前行，立即停下来伫足观望。首先映入眼帘的是，一江碧绿的清水静静地依偎着周围黛青色的山峦，蜿蜿蜒蜒一望无边，是那么恬然，那么静谧。在冬日柔和阳光的照映下，仿佛是一对恋人依偎在一起缠绵诉说。那宽阔平静的江面，犹如少女清秀的脸庞，偶尔被风吹皱的微微水波正如她甜蜜的笑靥，似乎在向每位游客表示诚挚的欢迎和问候。虽然她没有用语言或文字来表述，但我似乎读懂了她深藏的心意。她太爱这片土地了，而且爱得那么无私，爱得那么深沉，年复一年，日复一日地在这片土地上静静地守候，毫无保留地化为土地身上温暖流淌的血液。然而，她的爱又是那么单调和寂寞，陪伴她的除了大山和鸟儿，周围再也没有住得亲近的人家。在这里，曾经的小桥、流水、人家早已化为一场旧梦，也许是先辈们不忍心打扰她们特意保留这片完好的原生态，因此只见今日的山水相依相恋。置身在这样的桃源境地中，金江水库能见到我们一群兴致高昂的游客，能听到我们回荡山谷的欢声笑语，你说她不欢欣鼓舞吗？

美丽的金江水哟，你静静地流，流出的是一段纯洁、忠诚、唯美感人的爱情故事。当岁月流逝，生命之潮渐渐隐退，你的坚贞与博爱化为山水相连处深深镌刻的条条轮纹，是如此彻骨，如此清晰。

漫步在冬日的暖阳下，偶尔几声清脆的鸟鸣撩拨开我舒畅的心扉；美丽的金江水库，此情此景，更是惹我心醉。我不禁加快了前行的步伐，去找寻金江水的源头。走过水泥铺就的梯形坝基，我们步入一片山林。举目四望，漫山红透，层林尽染，片片红枫似乎在向我们展露她那火热的情怀，还有其他树上垂挂着不知名的红野果，更是诱人可爱。呼吸着山林里清新的空气，顿觉心旷神怡，城市的喧嚣、烦躁、劳累顷刻间全都忘掉，心终于回归到自然，是何等放松与轻快，“宁静致远，淡泊明志”是内心最好的写照了。穿过幽静的山林，便踏入水库周边的干涸地。此时前行了五六里，已经步入水库的腰地，这里有一片宽广的滩地。我席地而坐，静静地看平阔如镜的水面，心胸似乎也变得开阔许多。江边不远处有几位垂钓者，即使是这么宽大的水库方圆十几里，他们还有这般耐心和执着，真是令我敬佩和感动。此时，我突然想起一句诗：“山不在高，有仙则名；水不在深，有龙则灵。”对于金江水库，我想应是有人则灵。若有更多的人去亲近她，去关爱她，她会更富有生机和灵性。即使现已冬日，但这里的山是青的，这里的水是绿的，我从内心赞叹这方生态保护得如此完美。假若时值夏季，邀几位朋友，坐在绿茵如毯的草地上，搞一个篝火晚会，享受江面徐徐清风，对酒邀明月，举杯话人生，又是何等的惬意与痛畅呢？美哉，金江的山；美哉，金江的水；青山绿水是每位爱山乐水者心中最美的画！

金江之水何处来？我得找寻到她深藏的发源地。沿水库岸边大约走了两小时路程，突然脚下的泥土变得酥软开来。我是农村长大的孩子，自然意识到这里曾经是一片农民播种收获的田地，他们在这片土地上曾经留下过几多深情几多希望，但后来为了水库建设不得不忍痛割爱举家搬迁。再往前抬头一看，那伫立在水库中间用石头砌建的古院落大门，虽然历经风霜雨雪的侵蚀和时序的冲刷，依然还坚挺如昔，只是它身后再也看不见昔日的大院和主人了。任时光流转，这座石牌坊仍如一个伟岸的将军在默默守护着他忠爱的故土，一块块历经沧桑的石砖上面仿佛记述着昔日村民的勤劳耕作和魂牵梦萦的田园生活。我站在石牌坊旁往回望，观看时间的碎步和踉跄，安静而淡然地想象一些遥远的故事和其中的欢乐悲伤。前辈的勤劳大度，在今日的文明发展中该如何品读，如何眺望？远去的历史，会带给每位游者许多思考和感怀。终于，在石牌坊附近我见到了金江水的源头——一条清澈的小溪水。我心里不禁一震：难道方圆十几里的金江水库原来就是这么一支小溪流汇聚而成？的确，就是这涓涓细流最终汇成了宽广的金江水库，这是库区人民的生命之水，也是库区万物生长的生命之水。

哦，美丽的金江水哟，你静静地流；你流淌着一段动人的田园故事，你留下了传说，留下了歌声，养育了庄稼，养育了生灵……

离别时，我依然眷恋这源头之水，无限感恩这源头之水，轻轻俯下身子，用手掬一捧清水洒在脸庞，清凉之感无比欢畅，心里也默默祝愿这孕育万物之水能带给人们幸福吉祥。

这次与美丽的金江水库仅是短短三小时的相逢，临走依旧牵念：这里的确是文人挥笔泼墨、纵情诗文的好地方；的确是四方游客亲近山水、流连忘返的好去处。在这里：望一望蓝天，云是一种飘逸；拂一拂衣袖，风是一种舞蹈；读一读自然，水是一种神灵。美丽的金江水库，她一定会令每位游者不经意地想念，就像堤岸垂柳甩出的水袖，日夜和流水温情纠缠。

如果有人问我，金江水库最美的是什么？我会十分真切地回答：最美是金江水！因为她给一代代，一辈辈的人们带来了生命与希望！

夏启平

1962年出生，笔名碧泉，男，汉族，邵阳县五峰铺镇人。现任县政府房改办主任，省作协会员，省作协“七大”“八大”代表，省诗词协“八大”代表，县作协主席，县诗联协会常务副会长，车氏文化研究会副会长兼秘书长等。1986年开始创作并发表处女作， 迄今已在全国各级报纸杂志上发表诗歌、散文、小说及报告文学等计一千七百余篇（首），总计一百九十余万字。著有诗歌集《我并非一无所有》，亲情感悟集《祖母的棕榈扇》，散文、小说选集《读海》（黑龙江出版社）和散文、小说及报告文学选集《烟雨红船》（中国文化出版社）与小说选集《情断高桥》（中国文联出版社）及古体诗词选集《红丘陵吟草》（长江文艺出版社）等。文学作品共有一百余次在国内外各级征文大赛中获奖。

雨里的江南

陈子寒

端午，湘西南小镇流行吃饺子、包粽子。一大早，我就被街头的热闹吵醒，童年是梦之国度，孩子们喜欢做梦。可是，我挣扎着，用力地揉眼睛，支撑着爬起来，走到屋外，看看街上的情形，就像得了什么礼物似的，看上几眼，心里得到了满足，再回到床上，睡回笼觉。

孩子怕寂寞，我是怕小镇过于清淡。热闹，热闹就是儿时热爱的事物。

南方的麦子就是在端午前后收割的。搭车从学校回老家，柏油路上晒满了麦子，让过往的车子压，还有豆秆，随意地铺在路上，任车流碾过。

我至今没搞懂家乡的端午节为何流行“包饺子”，到了北方以后，我才知道，“饺子”更多地属于北方，是北方年夜饭的主角，而我们老家人包的，皮薄馅少，只能叫馄饨。

除了饺子，还得包包子，而且包出各种形状，和平时小饭馆里卖的包子绝然不同。我姨夫就是个包包子的高手，他最拿手的是“鱼包子”，把面捏成“鱼”的形状，造型生动，形态逼真，结构完整。给鱼肚里塞上糖，甜蜜蜜的，却不腻人，最讨我们喜欢。因为有个能干的姨夫，一到端午，我就有鱼包子吃，吃之前，当然免不了在小朋友面前显摆一番。

我姨夫还会讲鬼故事。20世纪80年代初，乡下供电不足，记忆中的夜晚，多半是黑黑的。冬夜，大家围着火炉，再罩上一块小而旧的棉袄，支起耳朵，听大人们讲故事。反正也没有手表，没有闹钟，用不着计算时间，时间还不像现在这样珍贵，可以任意挥霍。睡眠也不像现在这般需要通过挣扎才能获得。唉，童年一结束，生命就像走入了一片荒原，挣扎都是徒劳了……

我们时常被吓得不敢上床去睡。越害怕，越想听，越听，越不敢去睡……可是孩子们终究支撑不到太晚，最后也就稀里糊涂地睡过去了。

我一直记得姨夫讲过一个鬼如何厉害，他绘声绘色地描述鬼头发多长，舌头多红，能伸多远，叫的声音多恐怖，害人多么厉害……姨夫说话很慢，因为他是个憨性子，这种人最适合讲鬼故事了，听上去比较靠谱，一字一句的，令人信任。

鬼再厉害，终究是敌不过人的。鬼有本事，人的本事更大。所以，有个胆大的人，就打算去捉拿那个鬼。他带了一把砍柴刀，弯月形的，当然很锋利，貌似《西游记》里降妖除魔的宝贝、法器一类。其实姨夫说的刀叫“磨令刀”，就是我们那一带相当普通的砍柴刀。我小时候自制雷公，用的就是这种刀，结果刀功不过关，砍到自己的手，至今留有疤痕。

姨夫给“磨令刀”取了个怪怪的名字，叫“嘎攻嘎”。我们听得心都跳出来了，我相信世上确实有这样的刀，我甚至将鬼出没的地方，和我去打过松子、摘过茶泡的一片树林联系起来，那里正好有一间破旧废弃的屋子，阴森森的，气氛相当恐怖……

鬼是有套路的。他会变，会选择时机下手。总之，它非常厉害。可是，那个大胆狂徒，不，应该说那个敢去捉鬼的壮士，他懂鬼的门道，没有中它的计，结果抓鬼人得手了，成功地用“嘎攻嘎”将鬼毙命……

我们长长地舒了一口气，可又暗中希望故事不结束得太早……

姨夫在我三十岁那年就得肝癌死了，只活了五十来岁。我在京城没有回去送他，没人叫我回去，好像也没有回去的必要。尽管我时常会想起姨夫，想起他的鱼包子和鬼故事，但我的确不曾为他的死流过眼泪。我为他悲伤，但好像也只是悲伤而已。在乡下，死人是稀松平常的事，我儿时对死亡极度恐惧，好在，长大了一些，岁月让人变迟钝了，看得多了，恐惧就减退了一些。

端午，粽子，鱼包子，鬼故事……时光飞逝，世界繁华。

此刻，窗外雨声潇潇，无须入梦，就可触摸到江南了，真好……

陈子寒

1976年8月生于岩口铺，中学时代曾创办文学社，后获中国人民大学哲学硕士学位。现居北京，为博雅书房出版公司总编，主编《在北大听讲座》系列丛书。

那些年的年味

吴小林

我家乡有一句俚语："小孩盼过年，大人盼插田。"说的是小孩与大人对待过年的不同心情。

小孩过年了有新衣服穿，有糖果吃，他们是高兴的。但大人们过年了要花一笔不少的钱，他们要为亲戚朋友之间的迎来送往操心。过完年，家里的粮食不多了，大人们希望快一点插田，稻谷早一点熟。

那时我们很穷，一年也没有吃上几顿肉。过年了，我们盼生产队能分一点肉改善一下生活。

记得那年，我一家六口人分了一斤二两肉。大年三十夜，父亲把肉大块地切了，放在萝卜中煮。肉中的香味飘了出来，我与妹妹都流了口水。父亲把肉夹了出来，说要等舅舅来拜年才吃，我们每人吃了一碗萝卜。

那年的正月初一，队长把我们小孩集中起来，每人发了两颗糖。我们把糖剥开，先把纸上的糖舔干净，再把糖含在嘴里，让糖慢慢地融化。

我的糖很快吃完了，小红还有一颗没有吃，她把糖放在手里反复地看。我一把抢了就走，小红没追上我，她捡了一块石头往我扔来。顿时，我的头鲜血直流。

看到我出了血，小孩们都慌了，大家都在大喊大叫，大人们跑了过来。我们的父母没有骂我们，母亲给我包了一块布。他们说新年见红是好兆头，今年一定会有好运气。这年，我六岁。

田土实行家庭承包制后，我们的生活慢慢地好起来了。记得田土到户的第一年，我家里推了十二匝豆腐。从早上推到晚上，我的手起了泡。但我们的心情是兴奋的，因为这一年我们家第一次杀了年猪，并且从池塘里捞了两桶鱼。

那些年的正月初一，我们都是给院子里的长辈拜年。长辈们给我们倒茶，茶都是热气腾腾的，里面都放了糖。长辈们说，我们以后的日子红红火火，并且有甜头。走的时候，女主人往我们的口袋里塞瓜子、糖果，她们说袋里有东西，心里就踏实。

初三、初四，我们去给舅舅、姑姑拜年。进门的时候，我们先喝茶。桌上有瓜子、花生、糖果，还有猪肝、猪耳朵之类。出门的时候，父亲已交代，我们只能吃一些瓜子、花生，那些糖果、猪肝是拿来装饰的，要等过了正月十五过完年了才能吃。吃饭的时候，我们夹菜只能夹身边的，不能夹到对面去，筷子也不能乱翻。多吃白菜、萝卜，鸡、鱼、肉要少吃，因为那些好菜还要留给下一餐。

记忆中的过年总是与下雪连在一起的，下雪了才有年的味道。我们堆雪人，打雪仗，把鞭炮放在雪堆里。或者围着火炉听老人们讲故事，虽然那些故事已经老掉牙了，但我们仍然听得津津有味。

最热闹的是唱大戏了。土地还没有解冻，耕种还没有到时候，这是一年最轻闲的时候。有人请了戏班子，在晒谷场搭一个台子，大家从家里搬了凳子过来，随便找一个地方，尖着耳朵听。唱戏的不专业，听戏的也不懂，但没关系，大家图的是热闹、开心。听说你们村里唱大戏，十里八乡的亲戚、朋友都来了，看戏是他们走亲访友的好借口。

慢慢地，年轻人都外出打工了，村里只剩下老人和孩子。村里冷清了，年味也淡了。

我有十五个年头没有回家过年了。昨天给父亲打电话，问他年货准备得怎么样了，父亲说："我喂了一头猪等你回来过年杀，你却不回来，现在只能把它卖了。我与你妈妈二个人在家也不要买很多的年货，买多了也吃不完。两个人冷冷清清的，过年也没有什么意思。"

听了父亲的话，我的眼眶湿润了。

吴小林

1969年生，邵阳县长乐乡人。1988年高中毕业后开始漂泊，现居深圳龙华新区。有作品在《工人日报》《农民日报》《长沙晚报》《长江日报》《佛山文艺》《中国教育》等刊物发表。

湘南名山阳乌岭

刘泽达

走在邵阳县境内，有一座神奇的山，海拔520米，一峰独秀，如鹤立鸡群，这便是湘南名山阳乌岭了。油茶飘香的季节 ，我一游家乡的名山，感受着阳乌岭的不同凡响。

阳乌岭被称为“小南岳”，当地人又叫它“天子山”。山顶有寺名“阳乌寺”。道光五年，道光帝率大臣张铭山等登临阳乌岭最高处，但见万山苍翠来朝拱！一时豪情雅怀，挥墨泼毫写下“大观在上”并御赐金匾悬殿内。立于寺院大门外，极目远眺，万山朝拱，云霞增彩，巍巍雪峰山在眼前如马奔腾，滔滔赧水河在脚下细流如带，北望昭陵（邵阳）之楼，南俯夫夷清波，虽值盛夏，但山风阵阵，衣袂如飘，顿感惬意凉爽。

两千多年前，秦始皇征讨六国，一统天下。那时 ，中原硕石儒学之士卢生 、侯生奉旨赴荆楚之南，寻求不老仙方，无果。为避秦暴政，二士隐武冈云山，遍游七十一峰，卢生游至一岭见林木茂盛，山顶清泉，久雨不溢，久旱不涸，乃道家福地也！卢生欣喜，结茅为棚，在此息身修炼，欲求飞仙升举，遂将此峰取名“阳乌岭”（乌为阴，寓意此岭乃天地阴阳造化之功）。

“山不在高，有仙则名。”阳乌岭历史悠久，虔诚的香客信徒络绎不绝，山寺一度香火日盛，声名远播。相传八仙游阳乌，弈于阳乌之巅，钓于赧水之滨，有八仙潭之名也！寺院大门的墙壁上八仙塑图栩栩如生。门梁上双龙戏珠，守护院内神像。明万历宰相张居正，两广御史李俨，清翰林院学士张之洞，武昌进士刘安，长沙进士马德芳均到此观光题诗作联，被称为扬州八怪之一的书画家郑板桥也曾来此写生作诗，在名人的映衬下，阳乌岭风雅大增。

1938年，日寇大肆侵华，著名历史学家吕振羽回到家乡，创办了“塘田战时讲学院”，讲学之余，吕振羽与好友同游阳乌岭，举目所望是湘西南的锦绣山河，抗战的烽火硝烟，中国人民的英勇抵抗，多少英雄儿女血洒疆场，血沃中华！吕振羽感慨万千，屹立在阳乌岭顶峰，向着连绵起伏的雪峰山大声吟诗：“阳光暖国运。”随同的张天翼接：“乌气冷人心。”讲学院的李仲融不甘示弱：“驱散九重雾。”最后由张居先定局：“现出五角星。”山风呼啸，回应着志士豪情。

时光荏苒，岁月更新。阳乌寺在20世纪50年代被毁，几经善士捐款重修，如今已通水泥公路，虽盘旋陡峭，却直达山寺。一位来自远方的僧客说：“阳乌寺避闹市，其峰独拔，周围群山都在其峰下，是欣赏风景的最佳场所。”徒步下山，坐在回程的中巴车上，车行平野，回望新修的阳乌寺中山殿在六月的蓝天白云下金碧辉煌，清晰可见。

刘泽达

男，汉族，1973年生，邵阳县白仓镇水津村人。笔名一夫，中共党员，长沙县作家协会会员，邵阳市作家协会会员。曾自费前往毛泽东文学院听长篇小说创作专题讲座。创作的诗歌、散文陆续在县、市、省级党报党刊发表及被国家级网站转载。2014年荣获长沙县“书香星沙”读书征文三等奖，长沙县图书馆阅读知识竞赛二等奖，2015年荣获长沙县“振兴黄汉是初衷”征文优秀奖，荣获长沙县泉塘街道“欢乐潇湘、品质长沙”系列文化活动征文比赛三等奖，2015年9月荣获第二届中外诗歌散文邀请赛三等奖。

母亲的菜园

刘芳金

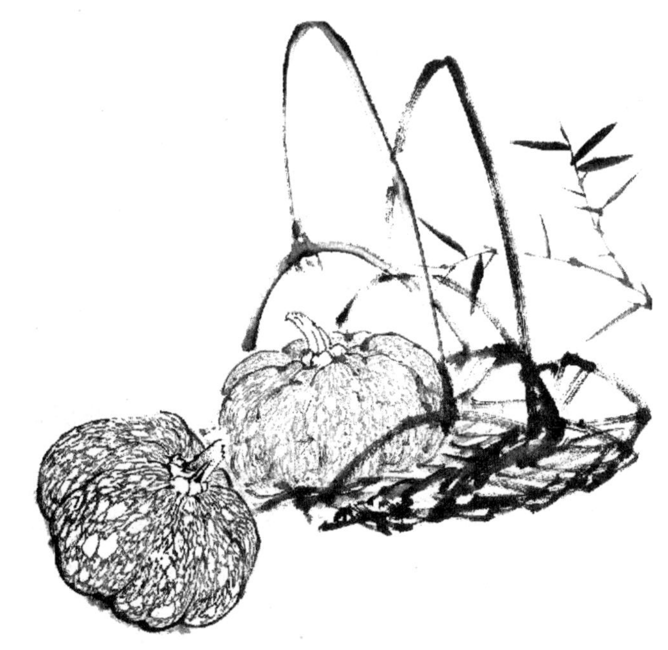

母亲是地地道道的农民，所有吃的蔬菜都是来自亲手种的菜园。

母亲的菜园就在房子的后面。因为菜园离房子近，常常有鸡狗去搞破坏，哥哥便把菜园围起了篱笆墙，围得严严实实的,仅仅留了一扇门供进出。

母亲很勤劳。每个季节，菜园子里都种满了时令蔬菜，整个园子从来就没空闲过。春天，百花争艳，各种花都像赶趟似的竞放。母亲的菜园子的花也不甘落后，白菜花金黄金黄，萝卜花雪白雪白，菜豆花淡紫淡紫……春天也是播种的好季节，母亲抓住时机种下各种各样的菜。刚刚到夏天，园子的菜长得可欢啦！角落的南瓜藤一直沿着篱笆墙根爬，丝瓜藤、苦瓜藤就攀在篱笆墙上。这边一小块的茄子树正吹着紫色的喇叭，那边一小块辣椒枝头开满了雪白的花，如果不蹲下来看，你绝对发现不了藏在密密麻麻叶子底下的小青椒。空心菜、苋菜、韭菜一丛一丛的，碧绿碧绿的叶儿绿得发亮，绿得直逼你的眼。黄瓜、四季豆、豆挂子等结在藤上的蔬菜，母亲都用小竹竿给他们安了家。到了秋天，收了夏季的菜，母亲忙于种下冬天的菜。白菜萝卜种得最多，四叶蔓、花菜，莴笋、芹菜、葱、蒜等也应有尽有。每个季节，母亲菜园子的各种蔬菜都长得很茂盛。

母亲种菜很细心。什么季节该种什么菜，什么菜该下足底肥，什么菜该下追肥，母亲都安排得井井有条。下种、浇水、施肥、捉虫、除草、收割，母亲都能把握最恰当的时机。母亲照看菜园子，好像照看自己的孩子一样细心，不管什么菜遇虫害，她都很担心。躲在叶子背面的蚜虫，密密麻麻的，几乎和菜叶子一种颜色；青虫的颜色和菜的枝叶也很难区别；钻进土里的蚕子虫更难找出来。为此，母亲花费很多时间去捉虫。几乎是每天，母亲都要到菜园子去窜几个来回。看着满园子长得很茂盛的菜，母亲觉得很欣慰。

我生孩子的那年，为了给我照顾小孩，母亲含着泪卖掉了耕牛，很不舍地关上了菜园子的门，和我一起住到了城里。母亲给我照看小孩子，比照看菜园子更勤劳，更细心。母亲每天二十四小时都不曾离开我的孩子半步，吃饭时把孩子抱在手中，睡觉时把孩子带在身边，哪怕是在上厕所时，也会侧着耳朵听听我的孩子是不是哭了。孩子的每一个表情，每一个动作，都会引起母亲的注意。孩子哭了，是要尿尿了，还是要吃了，或是哪里不舒服了，母亲都能分辨得很清楚。已经为人母的我，常常很佩服母亲的细心。

看着我的孩子健康地长大，母亲同样很欣慰。但是，她同样牵挂着家里的长满杂草的菜园子。母亲不愿和我们住在城里，又回到了老家，打开了菜园子的门，清除了满园的杂草，种上了一大园子的各种各样的菜。

我每次回老家，母亲都会给我准备好大袋小袋的菜。母亲种的菜，绿色、环保、安全、放心。吃着母亲种的菜，我心存感激。我也常常问自己，工作上，我能否像母亲照看菜园子那样勤劳细心地对待我的校园？生活上，我又能否像母亲照看我的孩子那样勤劳细心地对待我的家园？

常常想起母亲的菜园，想起母亲对我的关心。作为教书匠的我，没能为母亲做点什么，唯能写下这几行文字，以表对母亲的感激与感恩！

(作者系长阳铺中学教师)

生命的乐章 何伟

1

人生本是客，何必千千结。生活中，每个人都有自己的故事，都是自己故事的主角。

不同的人会有不同的经历，走过的坎坷，受过的伤痛，眼角的泪水，都只有自己知道，别人无法感受。所以，人生就是这样，不可能事事顺心，不可能处处如意，有坎坷才会有平坦，有低谷才会有巅峰，有风雨才会有彩虹，有失败才会有成功。

2

生活中，要学会释怀，要懂得放下，不攀比，不计较，心才会得到快乐。要告诫自己，人生除了生死，其他都是小事。

昨天发生的事，到今天就是小事，去年发生的事，到今年就是故事，这辈子发生的事，到下辈子就是传奇。

生活中，总和别人比，你会活得很累;任何事都要比，你会活得很苦。其实，做人一辈子，真正打败自己的不是别人，而是你自己。自己才是自己最大的敌人。

3

大千世界，千人千样，各有特色，不要羡慕别人所拥有的，你所拥有的也正是别人在羡慕的。

不要拿别人的标准来衡量和折磨自己，这样抬高了别人，作贱了自己。

不要太在意自己在别人心中的分量。你不是世界的主角，没有那么多观众，就不必苛求有那么多掌声，不要指望所有人都懂你。

想要的笑容没人给你，那你自己也要坚持一路笑到最后。

靠别人不如靠自己，自己强才是真正强，看别人脸色，不如活自己本色。这个社会每个人都很累，都有自己的活法，没有人会一直把你放在心上，真正的苦痛没人替你疗伤，落下的风雨没人会一直替你遮挡。

生活中，自己走过的路，脚会知道；自己受过的伤，心会最疼；自己的委屈，自己最懂。就算选择的路再艰难，跪着也要走完，哪怕用双肩支撑，人生也不言放弃。

生活中，当你孤单时，要记得影子在陪着你；虽然失去了依靠，也要活得漂亮，要留下一路歌声和灿烂的笑容。

命运不是等待，而是把握，路不是在脚下，而是在自己心里。

所谓生活，就是走自己选择的路，做自己喜欢的事，交自己愿交的人。

人生就是一场修行，给你磨砺，让你变得坚强。

其实精彩的人生就是在挫折中造就的。生活中那些拥有，那些失去，那些给予，那些值得珍惜的收藏，都会拥于怀，融于情。

4

一些人，一些情，一些事，都装在心里，会累，会挤，所以要学会卸载，给心刷新，给心清零，给心一个空间，让心得以喘息，让阳光予以沐浴。

相信自己的坚强，但不要拒绝眼泪；相信物质的美好，但不要为之倾你一生。

不管受了多少伤痛，都不要绝望；不管内心多么迷茫，都不要放弃梦想。

5

生活中，没有完美的人和完美的事，每个人都只是人生长河中的一个过客。人生本是客，何必千千结。别人既然选择了这个世界，就有自己存在的价值和理由。学会欣赏别人，是一剂良药，既可以看到别人的优点，折射出自己的缺点，不低估别人，也不高估自己。这是做人的一种智慧和才学。

人生最美妙之处，就在于与人相处，携手同行，赠人玫瑰，手留余香。人生一辈子，过的是心情，每天开心靠的是心态。你心里想着什么，往往就会遇到什么，你相信什么，就会看到什么。生活中，当你学会不挑剔别人，欣赏别人时，你就会看到别样的风景，你的生活才会百花盛开，香溢四起。这个世界每个人生出来就不完美，世间也没有完美的人，那些能与你相处甚欢的人，并不是完美无缺的人，而是他们懂得用善意搭建一座心灵桥梁通向对方，用欣赏的目光点亮别人的内心，温暖别人的心灵。

生活就是一面镜子，你怎样对它，它就会怎样回报你。如果你总是用挑剔的目光看待别人，放大别人的缺点，那么别人会用同样的方式对待你。如果你总是看到别人的优点，与别人的优点相处，那么你浑身绽放出的也就是优点。一个永远不懂得欣赏别人的人，也必定会成为不被别人欣赏的人。

你温柔相待世界与岁月，那这个世界和岁月就会温柔待你。

6

你既然选择了自己的人生道路，那就要做好一切心理准备，哪怕前行的路再怎么艰难和坎坷，你都要迈开双脚坚持走完。因为成功没有快车道，幸福没有高速路，你只有比别人走得远，比别人走得时间久，你才能走出别人没有达到的路程，才能最终看到别人无法欣赏的风景。

面对人生中的挫折与困境，不要一味地埋怨，或发泄自己情绪和脾气，那都是低智与缺乏能量的人。赌气也只是让懂你的人为你让出一些空间，而不懂你的人，就会维持僵局，最后失望的人还是你自己。其实，生活中，宁可忍耐也不必一味地去将就，是你的，别人永远抢不走，不是你的，没必要委曲求全。

对待感情，单纯地凭着喜欢而一厢情愿地付出，换来的只是一副冷漠的面孔，你的真心付出，被不爱你的人当作是理所当然，最终你被伤害得遍体鳞伤。所以，生活中，要找到一个很适合你的人，需要满足两种需求，一是安全感，二是归属感。安全感和归属感也就是能确定彼此都不会离开，能做到灵魂相依和身体紧贴。

7

努力进取的人就只有旺季，而放弃奔跑的人却只有淡季；人生的路有很多条，但归根结底就只有两条，那就是上坡路和下坡路。

人生中，容易走的路往往都是下坡路，而走上坡路，不仅会费时费力，还会遭遇沿途荆棘阻拦，你会口喘粗气，流汗缺水，腿脚刺破，身体疲惫。然而随着上坡路的迈进，你的视野会越来越宽广，就会站得高，看得远，每前进一步，你就会看到更美的景色。在人生路上的迈进，如果你感到自己越走越辛苦了，那说明你正在走上坡路，所以你就要学会坚持。

生活就是一场无法回放的绝版电影，没有预告和彩排，每一场都是现场直播，你只有把握好每场的演出，便是最好的珍惜。人生的上坡路和下坡路都要学会走好。走下坡路时感觉舒服，省力轻松，可会让你视界逐渐狭窄，观赏的风景越来越少，你的天地也就会越来越小。

走上坡路需要昂首阔步，走下坡路需要谨小慎微。所以，低头，走人生的上坡路，昂首，走人生的下坡路。生活中，低头走路的人，只看到大地的厚重，而忽视了天空的高远，抬头走路的人，只看到天空的高远，却忽视大地的厚实。

如果说，走上坡路的路标是坚强，那么，走下坡路的路标是软弱。如果说上坡路的路基是崛起，那么下坡路的路基是沉沦。所以，上坡路和下坡路的区别并不是坡度的高低，而是你的意志是否坚定，脚步是否沉稳。

走上坡路的人不要低看走下坡路的人，走下坡路的人不要嫉妒走上坡路的人。既然有上坡，就会有下坡，有高升就会有退让，有上山就会有下山。所以，爬坡时要有下坡时的心情，下坡时要有上坡时的心愿。

（原载于2016、2017年《湖南日报，湘江周刊》）

何伟

邵阳县白仓人，现供职于县文体广新局。

在《湖南日报，湘江周刊》等发表随笔作品。

清洗自己的心灵

秦甫清

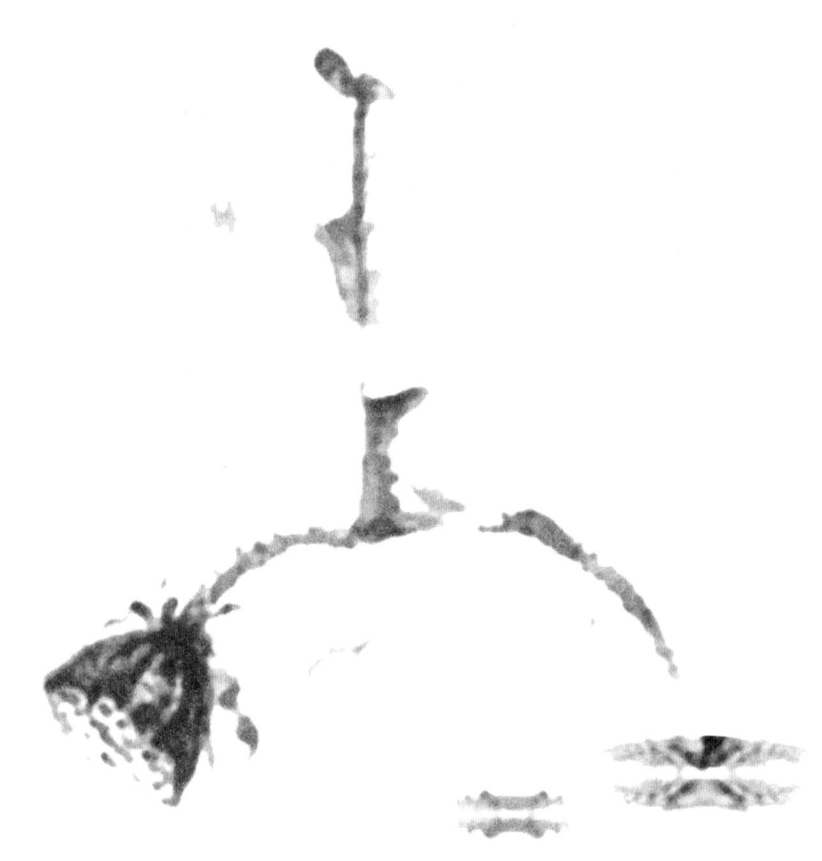

人们每天要洗脸刷牙，常常洗澡，是为了获得清净的身体，干净是人所需要的。外表的干净我们可以用洗漱来解决，而内在的“干净”就要以清静自己的心灵来完成。人们为什么要净化心灵呢？因为心灵有不同程度的污染，这个污染看不见、摸不着，却时时反映在行为造作上，污染的心灵所反映出来的行为造作必是龌龊、肮脏的，外表的干净不能掩盖内在的污浊，也是一定掩饰不住的。就如同精良的名牌服饰掩盖不住粗俗的举止一样。清静的心灵是决定性的，时刻净化自己的心灵，才可能获得庄严清静的仪态举止，只在表面上做文章，可以蒙得一时，不可以蒙得一世，表面的功夫是经不起时间考验的。人与人之间的交流，在社会上行走、坐卧最能考量心灵的洁净程度。外表的干净以水为主解决手段；内在的“干净”以修佛法为必须良方，“五戒、十善、八正道”就是拂拭心灵的至用之水。

佛陀的三十二相、八十种好的庄严，就来源于大彻大悟的内心世界，清静心是佛法中反复提倡的。由清静心灵流露出来的必然是清静的意识，这里讲一个苏东坡与佛印禅师的一则趣事：有一次苏东坡与佛印打坐参禅，苏东坡觉得身心通畅，问禅师：“禅师，你看我坐的样子怎么样？”禅师赞叹道：“好庄严，像一尊佛！”苏东坡非常高兴。佛印接着问苏东坡：“学士，你看我坐的姿势如何？”苏东坡从不放过“嘲弄”禅师的机会，就回答道：“像一堆牛粪！”佛印禅师默不作答。苏东坡认为在“禅机”上胜过了佛印，越发高兴。回家后对苏小妹言及此事，苏小妹却道：“你输了，禅师的心中如佛，所以看你也如佛，而你，看禅师像牛粪，你心中是什么？”以清净心观污浊亦清净，以污浊心观清净亦污浊，这就说明，日常生活工作中就要时时注意清静自己的心灵。就如我们每天洗脸刷牙，定时洗澡一样，变成生活当中不可缺少的一部分，况且，清净心灵这比清净外貌重要得多。人们往往很在意自己外在的容貌、服饰一定要洁净合体，否则似乎无法见人了。其实没有一个“洁净合体”的心灵，才真是无法见人啊，外表的绚丽只是一刹那的，内在的美好是会亘古流芳的。美丽可以来源于外表，可爱就来自心灵。《巴黎圣母院》敲钟人卡西莫多面目狰狞、心地善良，形象由善良而美丽起来。我们寻找外在的完美是虚幻不实的，内在的完美才是通向彼岸的阶梯。

诗歌

娘今年八十六了（组诗）

张华博

背娘

娘从山上摔了下来
家乡的土地 齐声喊痛

七八层楼高啊

我背着娘
十几里山路
弯的弯 断的断
有的
还碎了

立冬

说冷就冷
刮在我脸上的风
都是从冰库里跑出来的

今夜 娘摔伤的胸口很痛
药物 亲情 爱
都无法止住

最后的炊烟

民国时期的母亲
也不看电视，没人坐在她旁边解释
她说看菩萨打架
也不肯进城，城里路多车多楼多
人多规矩多陷阱也多
她说一不小心就走丢了自己

乡下的老家，几寸厚的泥土
扎下丈多深的根
鸡一进笼，就上了床铺
内心里的夜晚，黑得比任何人都早

母亲这一辈的老人
不多了
他们是乡村
最后一缕缕蓝色炊烟
云朵的白

山路

我听见有人在喊我

我的周围只有山
只有一条供我行走一生的小路
和 一再为我弯曲的腰

我不敢回头 我怕风
把瘦小的娘 当一粒沙子
吹进眼里出不来
泪湿今生 疼痛今生

这世上所有的河流
是不是
为一棵孤独的庄稼而生
我望着天
天不敢望着我

我明天要回去上班了

我明天要回去上几天班才来
娘说，你回吧

十二点，我打开水龙头，没有水
凌晨两点，我打开水龙头，没有水
天刚麻麻亮，我打开水龙头，没有水
走时
几个储水的缸，一一倒满了水

我不在，这几天，娘无论打开哪个缸
我牵挂她的那颗井水一样清亮的心
在

失眠

娘居住的房子二十几个平方米
日子非常老旧
一件一件摆在这里
五瓦的白炽灯泡
没有它们亮
这些天我的目光日日夜夜枕着娘
吊挂在屋子角角落落的那些灰尘丝
与我一样脆弱 轻轻一碰
就有雨
纷纷跌落

静静地看一尊安详的佛

母亲倒在藤椅上睡着了
一把沾满泥土的锄头
倒在母亲的怀里
睡着了

屋子空荡荡的
一片孤零零的枯叶，在寂寞的湖心
漂啊漂

我轻轻蹲下身子
轻轻，用目光盖住母亲

时光里，一只乖巧的小狗
静静地趴在母亲的脚边
帮母亲
一点一点，舔干舔净
此生的疲惫、孤独与沧桑

搀扶

母亲节回去看娘
娘门上一把锁

刚下过雨，坡很陡，路很滑
一根粗糙的树枝
撑着颤颤晃晃、满手是泥的娘
一寸一寸，往山下移
我赶紧扶住：慢点，慢点

我搀扶住了娘
怎么也搀扶不住藏在心底多年的泪
大颗大颗，从山上，摔落下来

我的母亲

我的母亲啊，还在每天的清晨
扬起与她年龄极不相称的锄头
还在陡峭的山岭，捡拾，生活需要的阳光

六十岁大寿那年，我在一场大雨中号啕大哭
二十多年过去了，我依然是远走他乡的河流
母亲依然是大山深土里风雨拔不出来的根

我说母亲，你歇歇吧
母亲说，我喜欢呷糯米苞谷，她要种点
我妻子喜欢呷芥菜咸菜，她要种点
我儿子喜欢呷水煮新鲜花生，她要种点
腊月二十五，家家户户结豆腐，她要种点

等到娘把自己也种进泥土
我们用再多的哭声
也发不了芽

月光里

深夜的月亮
烟波浩渺的湖
古今的忧伤
找不回岸

我趴在窗户上想娘
风贴着我的水面
用波涛呼喊

我住在城里
娘一个人住在乡下

择菜

一小把青菜，在娘的手里，择出了花
有虫的，掐掉；老了的，掐掉；起斑的，掐掉

娘的良心
在街上，一块钱，就可以买到

没有打农药，没有施化肥
只有一点点泥土
或者沙

娘今年八十六了

只有一把秧大
一年一年
往骨头里缩

一个人坐在堂屋里
一个人烧一炉六七十年代的柴火
瞌睡，像泛滥的洪水
没有一个至亲，走上前去叫一声

我基本上三天回去一次
提几个鸡蛋，喊几声妈妈，就走了

最近，她的苍老
常常把家乡那片荒芜的土地
摔痛
把我的噩梦，摔醒来

张华博

男，邵阳县霞塘云乡牛轭塘村人。1985年开始写诗，已在《人民日报》《解放军报》《中国海洋报》《中国环境报》《湖南日报》《南方日报》《人民海军》《战士报》《湛江日报》《邵阳日报》《邵阳晚报》《湛江文学》《山花》《打工》《西江月》《绿风》等报纸杂志上发表诗、散文诗、小小说三百余首（篇）。现就职于邵阳县财政局税费统征办。

夫夷夜话（组诗）

刘毅翔

1

我不想说话
不想做梦
只想喝酒
只想做一个
给明天
撒播诗意的人

2

用我的火
点燃你的火
用你的火
装饰我的梦
夜与夜相拥
语出惊人

只是，我的火
早已变成了温火
适合黎明
做面膜……

3

纯黑的夜
将我抱住

雨突然倾盆而下
指引我
胸中浩瀚的火

至于酒杯，别担心
它会自做多情

4

听说月亮，昨晚
在自我救赎中
竟然失踪了

这怎么可能呢?
也许是月亮
移情别恋了
尚或是化作一朵
六月之莲了

5

你开放的目光，就是
即将清醒的那个时辰吗

长久的沉默后
我以一个超现实主义者的身份
在给你讲述，关于
光与火的故事

6

如果
在你的体内点然一根蜡烛
你就会在自燃中成长
就会成为另一个传说中
撒播光明的人

至于我
我将在夜的轻吼中
跪着，举火把以自焚

7

我在寻找，白天
在花丛中迷失的歌声

一个醉汉
突然迎面走来
惊愕的我，仰着头
希望也能有一瓶烈酒
向我从头浇来

沿着月的足迹，我终于
走进了鸟鸣的心里

8

向左。抑或向右
都应无所顾忌
最好别喋喋不休
最好沿着那个羞涩的梦
往前走

沉默的敲钟人，就是你
不倦的主人

9

在县城这个小小的广场
我用广告倾力打造着
一个全新的形象

没有人帮我
也无须人帮我

我用火点燃自己
利用黑暗的每一个细节，做
最后的绝唱

10

午夜，我垂钓于夫夷河畔
先是钓上一颗流星
接着便钓上那轮，被你
敲碎的月亮

你漂泊的灵魂呢

一声轻吼，沉寂的河水
便开始涟漪起来
啊啊，我的血
也在体内，开始
涟漪起来

刘毅翔

1960年生，九公桥镇人，省作家协会会员，现在文联工作。诗作《家》获《人民文学》1992年青年诗人佳作奖。著有诗集《虚掩的门》《梦中的屋顶》《绍田村轶事》。

雕塑作品《历史学家吕振羽》 唐中汉

国画作品《魏源》 赵夫

国画作品《艳阳秋风》 李云春

油画作品《父亲》 唐三超

油画作品《母亲》 唐三超

国画作品《云深不知处》 何建国

国画作品《夫夷情怀》 何建国

国画作品《和气如意》 邓集文

国画作品《塘田讲学院胜景》 吴人豪

国画作品《乡风》 张志涛

国画作品《我们风雨同舟》 邓星奇

国画作品《棕林小夜曲》 莫高翔

水彩作品《雪峰古村》57cm×76cm 莫海清

国画作品《山水境象》 吴飞

油画作品《雨后》 谢亚莉

油画作品《绿山》 谢亚莉

中国画《寒林云烟笑芳菲》90cm×180cm 彭晓智

国画作品《早春》 海岚

水彩画作品《脱贫果》 海岚

漫画作品《老朽》 李化球

漫画作品《走不出的迷宫》 杨新志

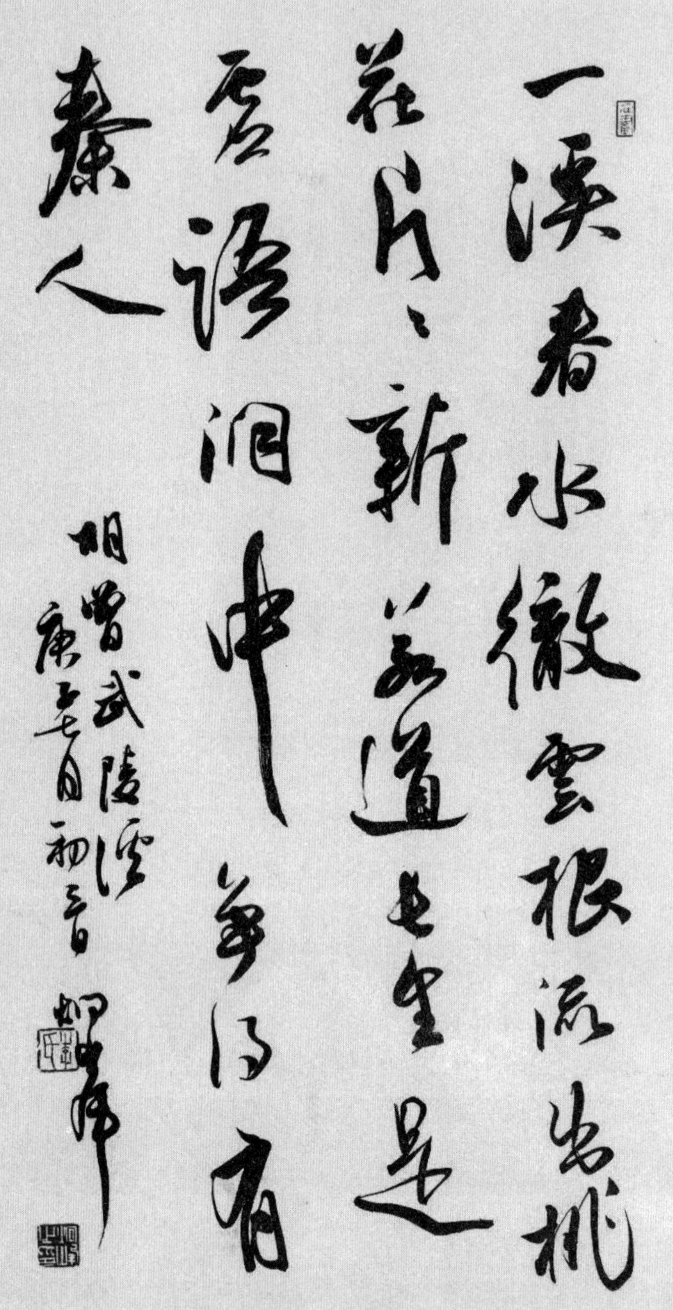

书法作品《胡曾咏武陵溪》　李炯峰

书法作品《吕律诗〈游东山寺〉》　刘中南

书法作品《〈李青松 我之歌〉节选》　萧宏亮

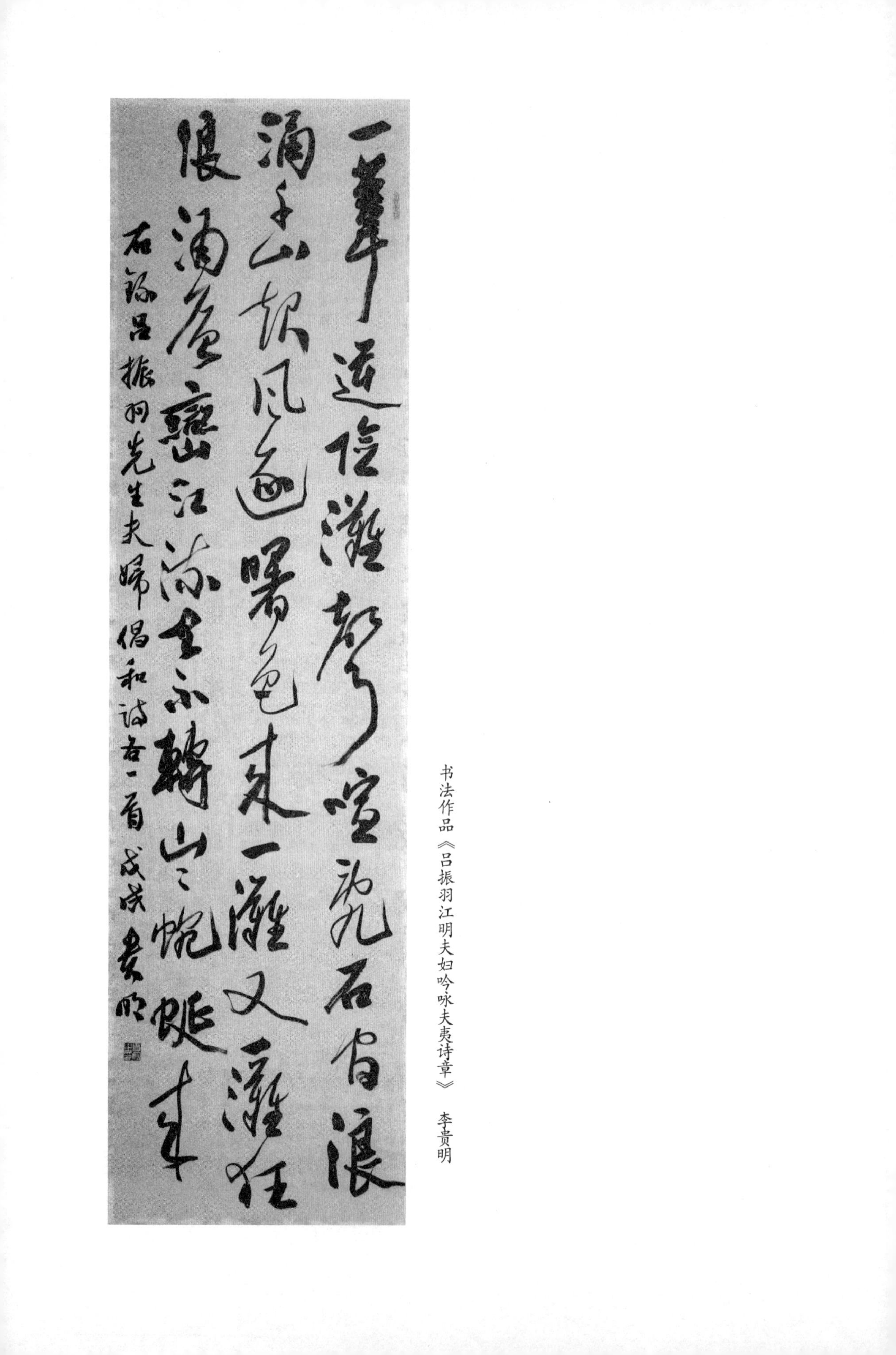

书法作品《吕振羽江明夫妇吟咏夫夷诗章》 李贵明

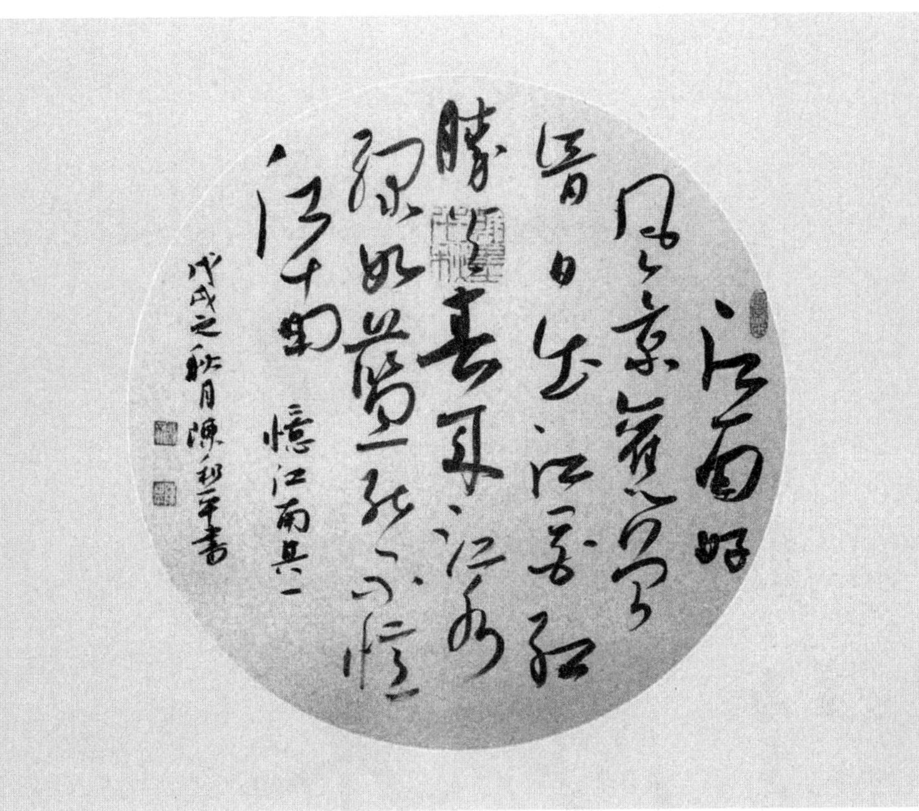

书法作品 《忆江南其一》　陈和平

书法作品《刘宝田〈论处世〉七律》　邓小军

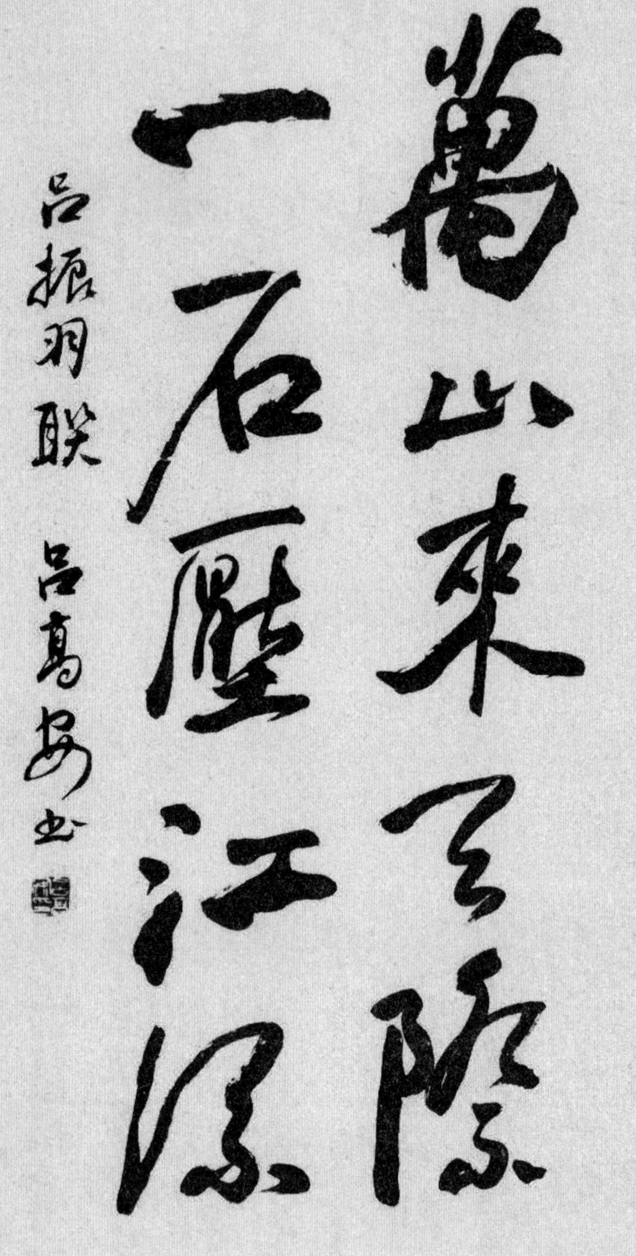

书法作品《吕振羽联》　吕高安

摄影作品《天子湖夕照》　蒋志舟

摄影作品《游金江》　蒋志舟

摄影作品《中国非遗蓝印花》　蒋志舟

摄影作品《真如庵泥湾里风光》　肖友国

摄影作品《家园》　王建良

摄影作品《天子湖夕阳红》　张明明

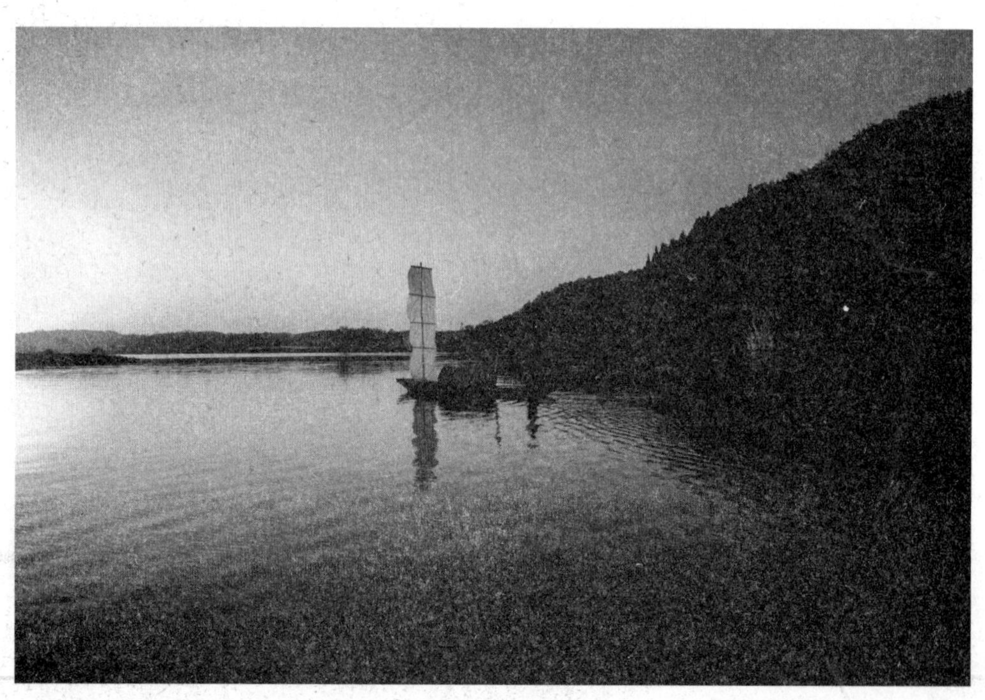

摄影作品《天子山下》　银正国

留影河伯岭（组诗）

伍培阳

源头风雨桥

心目中有一个强烈的愿望
会一会晚清的陈姓财主
当时的设计，构想，银两筹措，动土施工
账房先生是谁，亏了还是赚了
我伸去现实的手，他伸来历史的手
我们握着坐下来
喝着自酿的米酒，就着腊肉丸子
用地道的河伯方言，谈论源头的溪流，风雨，阳光
谈着两岸民居，乡风习俗，便捷，通畅，南来北往
之后，我们来到桥上，数着廊柱，斗拱，飞檐
脚下流响的时间，荣了枯了的岁月
在一副长联前，平平仄仄，云舒霞卷
青山秀水，田园风光

在我们离开的时候，我有些敬仰，潮润，遗憾，失落
他仍站在桥上，挥手，挽留
戴着瓜皮小帽，穿着灰色长衫，脚着青色布鞋
晚清模样，绅士风度，大气，儒雅
不知哪位叫喊了一声：真棒
蓦然回首，便到了河伯乡政府院内

小石林

我没到过云南，云南的石林是大家闺秀
我想，你是小家碧玉
我一直犹疑，寻找进去的门出来的门
层层叠叠，高高低低，拥拥挤挤，错落，独立，亲密
容易迷失，况且，那些点缀的翠柏，不知名的树木
迎面扑来，新奇，清新，压抑，急迫
稍不留神，牧在中间的山羊
会舔着你的衣袂和裤管，让你揪心和尖叫
夹杂其间的灌木，黄色小花，你得小心
它们的疼，挨着风声
细碎的阳光，迷离恍惚

留下足迹，身影，回味，兴奋和疲惫
来的时候，我附在乡党委书记的耳畔
几近诙谐和调侃，她是处女
我们要让她成为闻名遐迩的少妇
诱惑，牵挂和失眠

红豆杉

按说，我应是第二次来了
第二次仰望，握手和拥抱
你在高处，我总不明白，明末藏进了历史
清朝藏进了历史
还不觉累，坐下来想想自己
几近神仙了
用你的繁枝握握我的内心好吗
沾点风度，精神和向往
霞走云飞，花开花落，春夏秋冬，坚持，坚守，信奉
现在和未来

难怪，对面的那些山，矮下来匍匐下来
仿佛虔诚的弟子，膜拜着
风雨，云雾，阳光，岁月
我只想挨一挨，梳理清晰混沌的思绪
然后回到人间，淡淡的身影，浅浅的脚印
被想起，被忘记

水源山

听得见喊叫，从山顶潺潺下来，清冽扑面
我有些激动，赶忙抬腿攀悬
和树从藤蔓纠缠一起。鸟鸣在周围
幽深的感觉，仿佛来自唐诗或者宋词
阳光突然从枝叶间洒落，晃眼眼的亮
要不是后面的身影扶住，涧水就成落汤鸡了
水源越近，气喘越重
爬上最后一道山坎，我们坐下来
心境浴过泉眼，渐渐澄澈，静谧
从山上往山下看，我总觉得，山脚的民房
宛若一个个心室
安放祥和的灵魂，以及日常生活

城背古树群

我已越发渺小。在山间穿行，在古树群穿行
拿捏呼吸，体验，感悟，仰望
护林员侃侃而谈，这些合抱之木
最低的年龄也在二百岁以上
于是，我在古树旁坐下，静静地读着
明史，清史，近现代史
纵深的感觉，渐渐浮上来又沉下去
让单薄变得壮实，浅陋变得厚重，愚钝变得智慧
然后，捡拾几枚落叶，几朵阳光，几滴雨露
珍藏内心和人生。悄悄告诉城背
我会时常翻阅，默诵，熟记；感想，感慨，感谢
在走向未来的路上，踏实，稳重，坚定

伍培阳

男，1961年12月生，邵阳县小溪市乡人。湖南省作协会员。曾先后在《诗刊》《湖南日报》《湖南文学》《绿洲》《星星》诗刊、《青年文学》《青年作家》《天涯》《中国诗歌》《中国诗人》《山东诗人》《山花》《广西文学》《牡丹》和中国台湾《葡萄园》诗刊、《笠》诗刊、《大海洋》诗刊、《乾坤》诗刊、《世界诗叶》等发表作品九百余首。出版诗集:《现实与回忆》《四季田园》《心迹》《乳名》等四部。合集:《蓝色的相思》《七个人的时间史》等两部。

又见山水

邓叶艳

邓叶艳

女，湖南省作协会员，出生于上世纪60年代，中学时代开始习诗，后辍笔多年，2005年重新开始诗歌写作，作品发表于《诗选刊》《湖南文学》《湖南诗歌》《中国铁路文艺》《大地文学》等，已出版诗集《月光旋梯》《遇见花开》《不过是一次次相逢》《邓叶艳诗选》，以及诗歌合集《资水蕙风》。

河伯岭上看雾凇

弃车徒步
我已经别无选择
在弯曲陡峭的山路上
我必须小心翼翼地驾驶好自己
将脚印一次次缓慢地按下去
再一次次
将身体从中间拔出来

一步一景
我看到的雪
一层一层地递增
我看到的竹木
一层一层地低垂
我看到满坡的枯草之上
一层一层有了白玉的质地
我看到的自己
一层胜似一层地冒着白色的惊喜

银装素裹
琼枝玉叶
我还能想象出什么词
不在这美景前逊色?

一草一玉坠
一叶一环
大地在裸露的肢体上
继续它透明的课业
此时　长安城里的三千粉黛
怎敌我眼前的一枝一叶?

水源山

不必带上水
山上有淙淙的小溪
不必领上风
树下有凉爽的空气
不必背负充饥的干粮
熟透的野果足可以撑破肚皮

只要带上足够的好奇心 想象力
带上遗失已久的童心
带上一根手杖 充足的体力
甚至还带上一段喑哑的时光 潮湿的心情
带上高血糖 高血脂 高胆固醇
带上鼻塞 咳嗽 目眩 晕
带上松动的关节和僵硬的颈椎
到这里领一个方子 取一服药剂

一钱花香
两钱青翠
三钱鸟鸣
四钱虫吟
五钱汗珠
六钱惊异
七两水源山的清泉
用明晃晃的阳光做药引
和清风服下
包你药到病除
下山时便还你一身轻盈

在窑市

在窑市 风可以不在乎温度
水可以不在乎速度
空气可以不在乎湿度
树木草叶 也可以不在乎绿的深度
而路过的人
到了窑市
便可以不在乎行程的进度

也许我真的不该
从这个时候经过
作为一个酷爱游走的过客
这里不该有太多的理由
叫我止住前行的脚步

你看这天上除了云朵
空气中除了微风
夫夷河除了被流水覆盖的卵石
再没有其他看得见的事物
而地上 除了蓬勃的青草与繁花
几乎无法让我揆度土地的厚度

是的 我不该从三月的和风里来
目之所及 几乎没有多出来的色彩
可供我赏读
或许我该选择六月
来考证这满目的青翠
究竟还能绿到何等程度
到了九月 这田野
又会金黄到什么尺度

或许我最终应该在隆冬
来这里 来这里看看窑市的原野
以及脚下安详的河流
等待一场无度的雪
将这广袤的世界
深深藏住

新春来看阳明山

你让我来
来看高的山 矮的山
远的山 近的山
大大小小的山
连绵起伏的山
怎么走 也走不到边的山

你让我来走这么多的路
平坦的路 坎坷的路
笔直的路 弯曲的路
指向山尖的路
从头顶垂下来的路
还有流水中时隐时现的路

你让我来听立着的水 躺着的水
醒着的水 醉着的水
行走的水 奔跑的水
九曲十八弯的水
一路轻歌曼舞
唱向天涯 一步三回头的水

你让我来数这么多的树
横着的树 竖着的树
斜着的树 盘着的树
还有这名叫幸福树的树
它们手牵着手 根连着根
我分辨不出 谁是谁的邻居
谁又是谁的亲人

你让我淋这些没有头绪的雨
那么多 没说来它就来了
没说走它又走了
还有这奇奇怪怪的雾岚
我没来得及一声惊呼
它们就把我淹没了……

在山顶

在山顶
冷风呼啸 树木萧条
一场冰雪就这样轻易覆盖了
世间万象本来的面貌
在如此盛大的场景里
这无边无际的白
遮蔽了众多生活的凄清
更隐去了多少
你暂时还不知晓
或永远也无法直视的琐碎

当然 在下一个春天到来之前
我会把祝福送到
我不会提及这捉摸不透的人世
可能会发生些什么
我怕不小心冒出的某个词
削减了你对未来的憧憬

但想到某一天 朔风渐起
已是迟暮之年的你
还要不遗余力地
维护一群花儿的正常开放
或为了一茬幼苗所要承受的风雪
而忧心忡忡 我就真的觉得
应该对你说点什么

可我又真的不知道
该对你
说些什么

大地上的植物（8首）

肖斌伟

草垛

秋天将田野省略了
省略得只留下金黄的头颅
就似天空只剩下云朵
河流脱立出沙洲

这些在春天里幻想
夏天里飞翔
秋天里现实的植物
生命短促得只有镰刀的弧度
却如大海捧出浪花
暗夜捧出星火

大地的手掌曾将它们握绿
它们将绿一点一滴还给了天空
风雨里一根挤挨着一根
以仅存的一点微温相互问候

秋天弥漫出
比死亡还要辽阔的空旷
零落的秋虫
在这里找回失落的家乡
春天的夜晚又在薄霜里唱响

这一片寂寞的金黄
在一片低鸣浅吟里
轻轻安详成一片寂寞的星光

豌豆

岁月不经意打出的一枚水漂
土地寂寞深处吐出的呢喃
豌豆，黑夜握在手掌上的秘密
倚着自己的影子在眺望谁

春风将你的灯盏吹燃又摁灭
你婉笑如昨
吸纳闪电、霹雳
孕吐光芒、黑籽
耐心把每一个日子
在汗水里捏出香气

豌豆的梦想多纯呀
就像一滴露水
它一生的呼吸
都在洁净周边的空气
豌豆安静地一瞥
足以撬起欲望深重的地球

时光的火轮悄然碾过青春的皱褶
怀中的宝石蔚蓝成海洋的星辰
豌豆，端着自己的影子在风中
就像月亮端着一盆清水

荞麦

雨水里的歌谣
你的芳香来自忧伤
风一次次将幻想吹散
雨一次次将它烧旺

天空蓝得像你童年的微笑
你长成了一支窜跳的火苗
太阳骑着时间的马，吹着洞箫
从大海中来，从黎明中来
你孤单的仰望照亮了荒僻的祖国

曾为梦里一滴叮咚的水声
乘上歌唱的小舟，去月光里远游
一只在寻觅花魂的蝴蝶告诉你
一个人的出生原有前世的理由

月光下的荞麦花
霜刃上的荞麦花
你的种子在夜里发芽
你的梦想在远地方开花
岁月哪个呜呜地吹呀
你把一生的坎坷开放成春天

油菜

谁还会站在春天的门槛暗自神伤?
你看那油菜，一簇簇，一群群
披着霜，手拉手
将内心的欢笑、自由、奔放
酿成成吨的黄金，一起分享

谁又曾知道？它翠绿的心间
也收敛一缕忧伤的轻烟
生活赐予它是点点委屈的甜
只是露珠一再将它的心灵删减
删成阳光的女儿，向着阳光学习
当远方扑来梦里的风
它毫不迟疑端出自己全部的爱情

风像明月一般吹
吹着油菜骨子里的灰
雨像思念一样下
下着油菜安静的卑微
油菜，油菜
蜻蜓在你的远方点水
蝴蝶在你的额上张起天堂的双翼

瓜藤

植物的纠缠是一种美德
你看那瓜藤，一丝丝，一缕缕
相互携依，相互攥紧
再大的风也掀不走生活的光辉

命运总将瓜藤置于荒崖、坎沟
这样一些难以立命的地方安家
瓜藤从未把自己溺死在悲望里
它抓紧岩缝的每一线光
攫紧土里的每一滴渴望
向上向下向左向右都是道路
执着，让生命铺满希望的绿

瓜藤精打细算地过日子
把贫穷活出富有！
在背阴的地方多扎根须
在向阳的地方多结瓜果
土地如此贫瘠，便在风中舀取阳光
瓜藤在低处，从来都是落落大方
金色的花盏是它梦想的小唢呐
你看呀，都在风中依依吹响

瓜藤一生在阴暗里奔跑
宽容似马蹄一样辽阔
它把所有的苦汁都留给自己
把所有的香气都献给怀中的春雷
它幸福的累

丝瓜

邻家有女初长成
出落成微笑的形状
她沿着一根滕蔓在奔跑
端扶的枯枝
摊开久压在生活箱底的灿烂
装扮成一个眉开眼笑的圣诞

阳光碰着花的酒杯叮当响
她在大碗叶的绿潭里沐浴月光
小日子清贫得似溪水一样清澈
她的脸上总是荡漾着幸福的光泽
勤俭持家勤为本
蜜蜂是她的意中人

这日，闺蜜蝴蝶不来
粉友“直升式”蜻蜓不飞
她独个在藤蔓上练花旦
你看她踮着脚丫
走得像喜鹊一样美丽
款款而来的春风
一把将她抱入皎洁的门庭

麻

麻是一种从自己伤口长出的植物
它不需红薯、苞谷、瓜类那样一年一种
收割后，只要将根茬留在那里
来年的春天，就会长出红红的叶长长的架

麻似庄稼人起伏的命，有种与生俱来的韧

挑谷的箩索，纳鞋的线，粗布衫，细纱帐
都要用麻
也只有麻才如此经得起磨，耐得住泡
麻似村庄披在身上的黄昏
薄寒，微暖，风捣不散

麻是纺车一生走不完的路，唱不完的歌
唠不完的家常，纺不尽的梦想
夕光里，土墙下，三五围坐，纺线厘麻
炉火跳跃着饭香，母亲眯拢着皱纹
缓缓将岁月悠长的疼痛穿过生活的针眼
那年秋天我上高中，姐姐出嫁
纺车悠悠，旋出母亲细细的白发

麻，母亲斜过灯火的一缕漫长的体温
拴在父亲命运里一根解不开结的牛绳

红薯

谁的生命似红薯一样简单而茂盛？
到了三四月，随便剪一节薯藤
插在土里，它都会扎根、繁衍
将荒寂的山坡演绎成生机勃勃的世界

红薯一生在黑暗里运行，发掘，寻找
没有什么想不透的想法
一枚枚青翠欲滴的薯叶都是好妹
在阳光下奔跑，风雨里燃烧
在贫瘠的荒坡把日子过得如此丰盈！

红薯是土地衔在寂寞深处的灯盏
默默消化着大地上播种者的苦难
所有阴影都是过眼的风
一家子齐刷刷，密匝匝
一个劲地将绿往前铺
把生活铺成一团柔软的云

红薯憨厚的模样是幸福的形态
你看它一脸寂寞，又一晴万里

肖斌伟

1973年生，邵阳县塘田市人。1989年开始在《儿童文学》发表诗歌，1990年获全国中学生诗歌赛一等奖，1994年–1996年创办并主编《写作报》，得到当时著名老作家冰心的题词：“《写作报》是写作者最好的朋友。”有诗作见于《儿童文学》《诗刊》《中国诗歌》《星星》《诗歌月刊》、中国台湾《葡萄园》诗刊、《时代文学》《诗潮》《语文月刊》《意林》《散文诗》等报刊，主持编纂中国百年史诗性文献《中国新诗选读》《新诗词典》《中国年度新锐诗歌精选》。现任职于深圳某政府部门。

家乡小唱 毛四清

之一 塘田市镇

1
芙蓉峰竖起尘封已久的耳朵
倾听寺里旷古的钟声，回忆就丰盈起来

2
夫夷河采满月光，缠绕在塘田市细腻柔软的腰间
春意盎然的大地便生出万般柔情

3
南方抗大窗口那盏煤油灯
将华夏大地的抗日烽火映得彤红

4
不断咳嗽的花园桥仍不服老
依然在夫夷河边讲述着曾经风光无限的故事

之二 五丰铺镇

1
五谷丰登的小镇唱响季节之歌
宝庆府的粮仓就满了

2
霞山伸出诱惑的钓竿
檀江河里的鲤鱼就跳出了龙门

3
老街上那间油粑粑铺好讨嫌
三百年的香味飘过了六里桥

4
四明山藏了那么多的宝贝
却被高霞山抢走了风头

之三 九公桥镇

1
剩下的依然是河流，故事悠悠
九个心怀善举的修桥老人
你们还能认得回来的那条路，那座桥吗？

2
资江河流淌着民谣，把孔雀滩漂洗得铿亮
一朵浪花就是一粒明珠
给绍田村那个写诗的人送来如电的灵感

3
地层深处埋藏着黑色的太阳
犹如九公桥人把热情装在胸腔
吼出来的都是烫心暖肺的真诚

4
桃花开在那个小岛上，半含羞涩
织一片江南烟雨，只身而来的哥哥
返回时手里挽着比桃花鲜艳的姑娘

之四 白仓镇

1
四尖峰把石盆水库别在腰间
五百年的那壶茶，终于泡成一碧汪洋
把石脚村的土地喂的饱满流油

2
走进白云庵，你会发现
尘世间的喧嚣和浮躁被摁熄在这里
走出来，你的心境犹如过滤的水

3
踩着高跷的四尖峰把深情举过头顶
一张烫金的名片在云端熠熠生辉

4
三千亩油茶基地，住满了叫茶子的朋友
金色的茶油从这里散开或向这里汇集
生活就像结满的茶果，丰润流油

5
四尖峰是一本线装书，
写满了湘中二支队的传奇
要想读懂它，须匍匐膜拜

之五 岩口铺镇

1
悄悄走进你，用商人鹰隼一样的目光
捉捕时光的蛛丝马迹，
试图解开古镇尘封已久的密码

2
坚守宝庆府西路的隘口
古色古香的商铺在历史的汪洋中依然鲜活

3
古巷深深，时间的苔痕掩不住曾经的辉煌
传说与典故扑面而来，用昨天点缀明天

4
残砖碎瓦，记录悠远的悲壮
一场正义的战争，先辈的血和泪
让缨红的杜鹃花开了又谢，谢了又开

之六 小溪市乡

1

一口古井，如母亲深邃的眼

流出的是滔滔不尽的母爱

2

夫夷侯国的旧址，汤汤逝水流经潇湘

隔一江秋水望你，玲珑之心，为谁吟唱？

3

水乡的埠头属于女人，时髦的短裙如浪掀起

许多爱情生活在剪碎的河面上速写

4

梅州的落日把日子映得红红火火

小溪从山坳摇出一轮紫色月亮

平淡的生活从此多姿多彩

之七 长阳铺镇

1

在一文胜千军的胡曾墓前下跪，膜拜

不提防一个趔趄，我的思绪便跌落唐朝

2

长阳铺的西瓜映红黄昏，

牛背上的短笛，飘过歌舞升平的村庄

3

我只在春天打了一个盹，小镇的个子就长高了，

我用五十年毒辣的眼光，硬是没把它打量出来

4

宝庆府的街面上，小镇的鸭脚包走着猫步

诱人的香味牵出外婆温暖的叮咛

之八 诸家甲亭乡

1

造型做工俱佳的古亭，早已淡出视线

传说被制成名片，写进历史

2

古色古香的图南书院老了

有字的记载，无字的传颂

都以岁月为页码，写不尽人才辈出的辉煌

3

阳光挂在高洼岭上，舞动半醉半醒的炊烟

照我踩着一首唐诗走回故乡

4

汹汹流淌的龙，讲述着天子屋场的传说

神话长在屋后的树上，

充实父老乡亲繁忙的日子

之九 河伯岭乡

1

挺起的是邵阳县自信的脊梁，伟岸，挺拔

攀登者坚韧的脚步，写下春暖花开的神话

2
雄鹰捉捕浮云，展现苍穹的空旷
红豆杉轻抚古老的木琴，弹奏高山流水的风韵

3
风，恋上了山里的麦田
我看见小村的炊烟，掐着岁月的神经不肯松手

4
烤烟翻着金色浪花，一浪高过一浪
扛着金光闪闪的年景，一步一步走进村庄

5
秋，沉甸甸，河伯岭的柿树提着灯笼
丰收在树上伸长脖子，山里人的日子熟里透红

之十 金称市镇

1
金称市是一首温婉的江南小令
被缠缠绵绵的烟雨，笼在缥缥缈缈的梦里

2
四周的山像保姆，把小镇揽入怀中
几串湿漉漉的鸟鸣，自绿荫中弹出
将临水梳妆的翠峰，擦拭得透明

3
在溪田村，隔着半个多世纪
那条被水泥铺至咽喉的石板路
依然觉得幸运，因为
它亲眼见过年轻的吕振羽

4
从曹门渡向下，有两千年水路
一对长途跋涉的石马，在此小憩
回来的时候还跟在我身后，马蹄笃笃

5
伫立夫夷河边的惜字塔，老态龙钟
累的话，可以贴着水波睡一会儿
塔上刻着的繁体字，被月亮磨蚀了一半
丝毫不妨碍后人对它的崇敬

毛四清

男，1964年8月出生，诸家亭乡人。邵阳县作家协会副主席，20世纪80年代开始文学创作，作品散见于《文学青年》《黄河诗报》《中国林业》、香港《圆桌诗刊》《海峡文艺》《华南民兵》《红地角》《战士报》《农民日报》《湖南日报》《湖南科技报》《邵阳日报》《邵阳晚报》《邵阳城市报》等报刊，多次获得诗歌征文大奖，作品入选《中国当代诗歌大词典》《新乡土诗一百家》《2013年精短诗歌精选》《夫夷文澜》等文集。

故乡的隐喻（组诗）

艾华林

故乡的隐喻

选择在清明之前回乡
当然是为了祭奠先祖
但此行更要紧的
是需要故乡给我办一张
能证明我身份的证件
否则我将不能在故乡之外的地方
自由地行走
阔别故乡十年
不知母亲会不会放行?

祭拜先祖之后
经过一番周折
终于办妥了远离故土的通行证
当我毫无依恋地踏上远行的列车
再回首时，故乡已泪流满面
只有山上的墓碑可以辨认

高霞山访古不遇

觅路前行，有清风拂面
有暗香盈袖，有鸟语相迎
但作为故乡人，我请求你谅解
我没有早点来访
此刻，端坐在霞山的寂静里
看山看水看森林，看世事纷扰
我发现高霞山的云白的像纸
我很想在上面写诗
但我不能啊，我怕沙沙的书写
惊扰真人的幽梦
但看那醉人的绿
我又想和真人对饮了
可他还在梦中不愿醒来
我只好唉乃一声霞山绿
携酒远行，寻找扬名的道场了

2017.4.18

我愧对农民的身份

清晨，太阳还没醒来，我就被父亲叫醒
我还想多睡一会儿了，但他的呼唤充满爱意
我喜欢听他喊我的小名，那是一种带磁的声音
当那幸福流遍全身，我会拿一本唐诗
或者语文课本，去牵我的小黄牛
让它吃嫩嫩的青草，是我每天最开心的事
现在想想，那多幸福啊，可父亲已经不在了
没有留下一句话就走了，一句嘱托也没有
以至每年清明，在他的墓前放一束鲜花
我也不知道想表达什么，作为农民的儿子
我已远离了故乡，远离了红丘陵、油茶林
远离了夫夷河、油麻地，这些年
我似于也羞于提起自己的出身
如果父亲在天有灵，不知道他会做何感想
当我面对一株不会说话的松木时
我只好深深地弯下腰身，像一株春天的稗子
愧对脚下的泥土，愧对农民的身份

走读河伯岭

菜花黄了的时候
我回了趟故乡
清晨，行走在乡间的田畴
我觉得时光仿佛老了许多
世界好安静啊
带着古典的诗意和美
尤其是站在河伯岭的山头
看鸟雀成群地起飞
看流云慢悠地远去
再看看白云下面的自己
我突然觉得
我的天空好辽阔啊

清晨，穿过我们热爱的油茶林

清晨，他牵着小黄牛，拿着小人书
穿过了我们热爱的油茶林
在这烟雾弥漫的山冈，他有些犹疑了
这是我的出生地邵阳县吗？
这是哺育过我的故乡红丘陵吗？
这是我为之荣耀的油茶之乡吗？
凝视静默的夫夷河，他甚至怀疑
他是不是误入了什么魔道或者仙境

黄蜂这时蛰了一下他的小黄牛
跑动中，他从梦里清醒过来
他似乎感觉到了植物生长的响动
他觉得这一切并不是幻象
每一种植物，都携带着神性
就像根须扎进泥土，吮吸天然的雨露
阳光透过密叶漏下来，他感觉
每一株植物都活出了诗意

其实，他并不知晓植物的奥秘
油茶抱子怀胎，茶子与花同期
他只是以自己的方式接近泥土
接近这近似神性的事物，他发誓
要尽其所能书写这儿的一切
所以，当他拿着小人书，牵着小黄牛
穿过我们热爱的油茶林时
我知道他的心为什么而跳动了

2017.4.22

艾华林

80后诗人，隐居芷村。作品散见于《诗潮》《文学自由谈》《文学报·新批评》《芳草》《中国诗歌》《西北军事文学》《打工文学》等，诗歌入选《漂泊的一代·中国80后诗歌》《中国诗选·80后档案》《2011年中国打工诗歌精选》等。曾参与编选《湖南青年诗选》《深圳青年诗选》。主编《邵阳诗人》《深圳80后诗歌档案》。自印诗集《雁歌行》。现任蒙自三十年民刊红地角文学社副社长。《诗刊》“子曰诗社”社员。

朱清平的诗

夏夜

夜并不黑
因为有星星和月亮
田野并不寂寞
蛙和蝉拼命地吼叫
我的心并不平静
湿度加温度
还有喧嚣的城市
我似乎在等待
又不像在等待
慌乱的脚步
在幽深的夜
踱来踱去
我渴望的
那一片飘红
终于出现了
飘落在我的怀里
撞在我心里
很重
我受伤了
也晕了

梦中海泳

我梦中的那片海
碧蓝碧蓝
平静的海面
太阳躺得那么安详
我袒胸露肌
扎进海的怀抱
享受海的清凉
体会海的温柔
瞬间的宁静
是咆哮的前兆
凶猛的浪涛将太阳打碎在
海风中
一起一伏
似奔放的舞者
我与海一起狂舞
被海举起
又被放下
我倾尽全力
还是一次次被大海拒绝
把我拥上沙滩

紫雾云山

淡紫色的雾纱
半掩着巍峨的身躯
从雪峰吹来
挟着奇异的风光
揣着传奇的故事
飘然而至
落户古老的武冈
驻足万年
卢侯二生
仙风道骨
凝炼成紫雾仙气
翻滚在胜力寺前
弥漫七十一峰
相拥十景
卧享3110平方公里
粗壮的瀑布
落地掷声
惊醒仙地二脉
点化众生万物
任二华耸翠
杏坞藏春
林荫，水清，奇石，云雾
聚集一幅秀丽图腾

夏荷

冲破炎热的夏日
花蕾婷立在如绿的荷叶
像含苞待放的少女
用矜持掩饰粉嫩的容妆
出水的莲饼
喇叭般鼓吹着
躁动的青蛙
在漂浮的叶面上
窜上跳下
搅动一池清幽
似血的晚霞
映红微风拂动的涟漪
唱晚童谣

葡萄

风干，萎缩
殷红的小仁
在高大的红缸里
发酵成英雄的血液
黄沙扬尘中
一串串脍炙人口的故事
酸酸甜甜流淌在
渴望的心灵

芒种

进入二十四节气中的第九个节气
麦芒比针尖而细
一根根笔挺着恢宏的世界
成熟与果实
守候着勤奋的人们
收获一季的辛劳
蜘蛛网织了一个小小的心愿
把一片泛绿的禾苗
装在密集的田野
在蛙声鸣唱中
移居另一个地方
重生

朱清平

1965年出生，邵阳县诸甲亭乡人，大学文化。系省诗词协会、邵阳市作家协会会员，市诗词协会理事。县党史研究室主任，《夫夷史苑》杂志主编。曾在《湖南日报》《邵阳日报》《湖南档案》等发表过诗和散文。

在文字中寻找快乐，在快乐中感悟人生。

用心微笑（组诗）

彭艳叶

夜景

每个夜晚
城市都点亮眼睛
张望每一次的灯火辉煌
泛滥的情歌充斥每个角落
谁知道我们眼里还能装下
多少灯红酒绿
飘摇的歌声里
城市不能入睡

无题

自从与你有过美丽的邂逅
从此
流动的小溪
不再是水

独行青山下

苍莽山脊遍染一路纤雨
独行青山下的是一颗寂寞的心
昨日的你
披一袭雾 踏踏而去
从此我的日记里
疯长的只有相思树
苍茫山脊遍染一路纤雨
独行于青山下的是一颗愧疚的心
虚度的年华
携一声轻叹姗姗而去
所有的记忆
站不成长长的诗行
苍茫山脊遍染一路纤雨
独行青山下的是一颗企盼的心
何时可得一处佳境
将风化的梦放置

风化的诗稿

今夕往昔
我的心迷失在缪斯的殿堂
可未曾想到用心酿出的琼浆
却是苦涩
苦得天空好长时间没有太阳
抖掉诗稿上的风痕
我悟出一道禅机
走这条漫长的路
从生的常会有孤寂与痛苦
必须找到一根意念的手杖
撑着大地
慢慢而坚定地走

彭艳叶

生于1980年8月，湖南邵阳县金称市镇人，现就职于邵阳县文化馆。1999年毕业于湖南省怀化商业学校，在校期间同步自考获湘潭大学本科文凭，工作之余喜欢写作，在《湖南日报·湘江周刊》等发表诗文作品。

母子情（组诗）

周琼

连心

二十年前，当我沿着故乡
一如蟒蛇的山道
和母亲悲壮地告别
母亲的思念就伴随我背井离乡地远行

白天，母亲的眼神
依恋着弯弯的山道
黑夜，母亲的意念
伴随我流浪愈来愈远……

我曾经勇敢地投入都市
有过挣扎，有过绝望
委屈来时，我想那九曲十八湾
和小河边母亲的青青杨柳

短暂的是人生，漫长的是归期
异乡美丽，都市灿烂
而我，只是异乡都市的一棵寄生树
毕竟难以移植

二十年里，我受累于思念的煎熬
有时，真想跑步回母亲身边
与晚霞里遥望
夜色中寄思的母亲相拥而泣

娘在家在，母子连心
我是娘的心头肉，娘是我的黄土地
我如此珍惜，正如我怜惜的手指
和计算好回家的归期

娘，我回来了

孩提时，我把抱我亲我吻我
每天喂我饭吃的她叫妈妈
因为我喜欢爬在妈妈的肩上
掰着手指数妈妈的秀发

读书时，我把送校的妈妈叫母亲
毒阳里，母亲为我背着沉沉的书包
冰雪里，母亲为我送来厚厚的棉衣
风雨里，母亲的身子是我挺拔的依靠

工作后，我在异乡把母亲叫作娘
娘依家门，日日盼望我的信我的电话

我就是她一天早午夜的三餐
黑夜里，我想娘时写信或打电话，娘儿聊不完话题

如今，娘白发、痴呆、慌乱、迷糊
太阳是她的手足，月亮是她的眼睛
“娘，我回来了”，我就是娘的清醒剂
我就是她纵情的朝朝暮暮……

慈母

婴儿时用小嘴吮吸妈妈的乳汁
还用小手调皮地乱抠妈妈的衣褂
妈妈的生气是慈爱的眼神呵
妈妈的感受是世界上最幸福的人

幼稚时我骑着妈妈的背
妈妈把一头秀发启蒙我的算术
妈妈说伢呀你能数到一百了啊
妈妈的心头高兴就是伟大的成就

读书时我逃气把书包丢掉
妈妈找出一件件添满补丁的“百衲衣”
妈妈说俺家人穷志不短呀
妈妈的眼睛是我滔滔江水前进的帆船

大学时我穿皮鞋着西服
妈妈的身上依然穿着一身土布的衣裳
妈妈说儿呀你多学知识本领强
妈妈的心头就是比蜜还要甜

三十而立，四十不惑，我一事无成
妈妈的思念染成满头的白发
妈妈说，儿呀你走吧走吧
我却永远走不出妈妈的思恋……

周琼

男，邵阳县塘田市人，现在广东工作。发表诗歌、散文、纪实文学、论文、新闻等作品数百万字。诗歌类作品多次获奖，文学作品多次入选各种出版媒介。著有诗集《心上的河流》。

香语（组诗）

钱清锋

一
与青烟一起飞升
与香灰一起断灭

过去现在未来
都凝聚在这刹那
微微孱弱的一点星火

这是生命的源头
亦是生命的归处

你咀嚼着自己的骨头
越嚼越硬的骨头
你以青春 理想 孤独
延续这足以燎原的星火

香灭了 残留着香味
你灭了 还可以重来

二
为谁而焚呢？

你把所有的秘密都焚毁
从此
便相忘于江湖

你向虚空
寻找自己的影子
扩张又扩张

一切都不可追了
一切都留不住的

所有的秘密啊
也早已、早已泄露

而你，又为谁而焚呢？

三
为何这么多的词语
从青烟里升起
一把唐朝的椅子凑过来
端坐着宋代失语的山水
词人的耳朵仔细的窥探
诗人瞳孔里的秘密
我安静地端坐着
比山水还要孤冷

我并不担心
被误认为诗人
我的瞳孔里
一无所有

当我凝目那失语的山水
山水便不见了
词人的耳朵 诗人的瞳孔
都不见了
只留下那把唐朝的椅子
长满了翠绿的青苔

我们总在精细地打磨时间
也被时间悄悄地打磨着
再高明的心思也不高明
寸寸断灭的灰烬
早已把秘密说透

我起身 准备坐上
那把长满青苔的椅子
椅子便不见了
不经意 看见镜子里的自己
长满了青苔

四
谁在你心里打滚？
最后一瓣金婆罗花跌落。

如梦如幻的你，
不妨坐下来，
坐在水上，
水在佛的心上。

听听这潺潺的水声，
听听这水声里的静谧。

菩提树下明悟的那人，
轻轻拈起花瓣落尽的金婆罗枝。
还有人识得否？识得否？

五
简单，再简单
直至无可再简

你是否
会诧异
那么多的尘埃
那么多的琐碎
把你牢牢地系缚

过去的
真的过去了吗

你的心
是否还在为
昨日的不可追的悲喜
而震颤

我的心啊
如燃烧的炉香
纵使
成为无可奈何的灰烬
犹有清香慰残冬

六
腊八都已过了
启明星是否豁开了眼眸

窗外的雨水
雨水里灯火的倒影
倒影里听见了风声

黑夜
是没有门窗的房子
谁也说不清
是因为路不拾遗
还是穷困潦倒

专制与民主
奴才与斗士

所有的斗争
都要
见血、见心、见你的魂魄

是否还在迷茫、忐忑
而今
腊八都已过了

七
带着最后的温度
完成最后的蜕变
乃至于那清香
那如梦萦绕的清影
都幻灭 无踪无迹
唯灰烬 无香无味的灰烬
你亦如这灰烬
无香无味更无色
死灰吗
不 不是死灰
燃烧吗
燃烧 燃烧的灰烬

钱清锋

男，1991年生，邵阳县罗城乡人，现居浙江宁波，十六岁开始写诗，秉持着“厚积薄发”的理念，至今未在报纸杂志上发表过作品，这是第一次。诗歌之外，喜爱读书，书法，茶道，花道及禅宗。对于写诗的态度就是“诗名不必去留念，但总要向着不朽去奋斗”，对于诗歌理想就是“在越来越浮躁的诗歌环境，默默地坚守，也是一种力量”。

夫夷放歌（歌词）

邓永旺 曾祖标

塘田战时讲学院之歌

——为全国文物保护单位“塘田战时讲学院”而作

芙蓉山下夫夷河畔，
坐落着战时讲学院；
我党主导国共合作，
树起统一战线的典范。
啊！国难家仇义愤填胸，
抗战烈焰在这里点燃；
青砖黑瓦见证历史，
好儿女从这里走上前线。

革命火种红色摇篮，
好一座战时讲学院；
传播真理发动抗战，
树起南方抗大的风范。
啊！山山水水同仇敌忾，
共赴华夏民族的危难；
岁月沧桑不会忘记，
邵阳儿女写下动地诗篇。

踩高跷

——为省级非物质文化遗产项目“白仓高跷”而作

踩高跷,踩高跷，
踩上高跷人长高；
锣鼓声声来助威，
身着古装更妖绕；
你来演唐僧取经走西天，
我来扮老鼠嫁女抬花轿；
一路欢笑,热热闹闹，
踩得山村红红火火步步高。

踩高跷,踩高跷，
踩上高跷胆气豪；
手脚相配心儿细，
一路往前摔不倒；
你来唱改革开放和谐曲，
我来表新人新事新风貌；
一路高歌,龙腾虎跃，
踩得城乡风调雨顺年年好。

油茶熟了

——为“中国茶油之都”
　　邵阳县而作

油茶熟了, 油茶熟了,
棵棵茶树压弯了腰;
妇女那个提竹篮,
男人那个把箧挑,
衣呀哟喂, 衣呀哟子喂,
打声吆喝上茶山,
油茶树上摘玛瑙。

油茶熟了, 油茶熟了,
棵棵茶树笑弯了腰;
妇女那个扎头巾,
男人那个戴草帽,
衣呀哟喂, 衣呀哟子喂,
打支山歌唱丰收,
笑随油海涌春潮!

桃花岛

——写给邵阳县九公桥镇
　　风景名胜桃花岛

哪里风光好?
要数桃花岛;
三湘四水聚灵气,
江南大地的一块宝;
最美是那桃花开,
满岛桃花迎春潮;
更喜岛上桃花妹,
面若桃花手儿巧,
一杯香茶献上来,
茶不醉人心醉倒。

哪里风光好?
要数桃花岛;
三湘四水凝精华,
游客心中的一块宝;
最美是那桃花人,
智慧勤劳春来早;
旅游胜地描画卷,
游客个个乐逍遥;
美妙浪漫不思归,
梦里常留桃花岛。

风雨桥

——写给邵阳县河伯岭乡风景
　　名胜源头风雨桥

一座栉风沐雨的桥,
连着两岸躬下腰;
任凭行人车马桥上过,
满桥情爱铺就平安道。
风雨桥呀风雨桥,
风吹雨打更坚牢;
张开双臂迎远客,
喜看两岸花儿娇。

一条永不漂移的桥,
挽起春潮与心潮;
普度众生走上幸福路,
一腔慈悲架起连心桥。
风雨桥呀风雨桥,
风雨过后彩虹俏;
满桥尽是善和爱,
历尽沧桑更妖娆。

爱情树

——写给邵阳县河伯岭乡风景
名胜红豆杉林

老家有种爱情树，
如今长成相思林；
爱情树叫红豆杉，
路远山高有知音。
最爱是那枝头红豆豆，
里红外艳蕴含几多相思情？
如今世间样样有，
最缺恰恰是真情。

红豆杉哟爱情树，
扎根山村情意深；
颗颗红豆可入药，
能治男女相思病。
如今闪恋闪婚又闪离，
人去楼空伤害几多好家庭？
请看老家的爱情树，
美在深山有远亲。

夫夷侯国

——为湖南省邵阳县夫夷侯国
遗址而作

一条夫夷江百折千回流向远方，
引领我去寻觅夫夷候国的那段城墙；
站在侯国遗址前我久久伫立，
只见小镇炊烟袅袅远处群山莽莽。
啊！极盛一时的夫夷侯国，
历经了千年血泪万世沧桑；
还有侯王贵族沉沉浮浮的往事，
化作世间烟雨至今令人难忘。

一条夫夷江百折千回奔向远方，
青山遮不住时代潮流的滚滚热浪；
千年侯国走过了血雨腥风，
终于回到人民怀抱前景更加辉煌。
啊！侯国历史由人民改写，
如今的山乡携手建设小康；
拾起夫夷侯国那段美丽的传说，
化作邵阳改天换地的歌唱！

声律启蒙

——为车万育著作《声律启蒙》而歌

（白）：
云对雨,雪对风,晚照对晴空。
来鸿对去燕,宿鸟对鸣虫……

谁在咏唱？
谁在吟诵？
像百灵鸟婉转啼叫，
像山泉水流淌淙淙。
噢,物相对，人相对，
天地相对心相通；
万物皆有对应物，
巧妙搭配韵味浓。
一册《声律启蒙》捧在手，
即使不会作诗也会哼。

早上也读，
晚间也诵，
像卷经书爱不释手，

像盏明灯照亮心胸。
噢,词相对,句相对,
属性相对巧运用;
掌握韵律并不难,
多学多练便精通;
一册《声律启蒙》代代传,
感谢邵阳才子车老翁。

（白）:
春对夏,秋对冬,暮鼓对晨钟。
观山对玩水,绿竹对苍松……
（渐弱声中结束）。

夫夷江啊我的母亲河,
浩瀚洞庭为你扬波,
滔滔的资水挽你臂膀,
夫夷江，你是我生命的源泉,
我是你赶潮的儿郎。

放歌夫夷江

哟嗬，哟嗬嗬,
唱一曲夫夷江,
我心中翻波浪,
你汇聚了多少小溪,
江水竟这般浩荡;
你跨过了多少险滩,
号子是这般嘹亮;
你包容了多少风雨,
心胸又这么宽广。

哟嗬，哟嗬嗬,
唱一曲夫夷江,
我心中翻波浪,
你孕育了多少雨露,
浇灌出满垅稻香;
你化作了多少汗水,
描绘出两岸画廊;
你荡涤了多少污泥,
前程竟这般风光。

邓永旺

1981年7月出生，本科，现供职于邵阳县文化馆。系中国音乐家协会会员,中国音乐文学学会会员，湖南省音乐家协会会员。已在《音乐创作》《歌曲》《词刊》《广播歌选》等报刊上迄今发表音乐作品数百余首（件），有数十首入选《中国当代歌词百家代表作》《中国年度歌词精选》《百年中国千家词》等选本。已出版专著《飞向太阳》《追赶太阳》《心灵的流泉》（与人合作）等三部。获评“词坛湘军五少将”“湖南籍最具有代表性十大青年词作家”等。在全国各种音乐作品评比中获奖七十多次，其中《祖国，我深深地爱着你》荣获第十五届中国民族歌曲演创大奖赛金奖，《一步之遥》荣获全国群众歌曲展评金奖，《文明之花满人间》荣获“我们都来跳”社会主义核心价值观湖南省原创广场舞大赛特等奖，《一人手操百人戏》荣获湖南省第三届金旋律音乐节歌曲征集评选活动一等奖。

中国工笔人物《蓝色旋律》 193cm × 350cm　李云春 画

小说

放 鸭

伍水清

天还没亮，我娘早早地把我叫醒来了："牯崽，你爹今天去朝山庵堂犁田，你把鸭子赶到庵堂下头的秧田里去放，晚上跟着爹再一起回来。"

我迷迷糊糊地睁开双眼，望着窗外的晨光，天还没有完全放亮。但村里人是向来不等天亮就起床的，禾场的井边早已传出洗衣的棒槌声。我实在太困，又在床上赖了一会儿。

"怎么还在磨蹭，起个床要一年呀？"隔壁传来父亲的催促声，声音中夹杂着几声咳嗽。父亲有常年吸烟的嗜好，患有慢性支气管炎病，每天早上起床，他总是要咳嗽的。

"起了嘞！"我一边答应一边坐起来穿衣服下床，借着窗外透进的晨光，我一脚高一脚低地走到厨房，提着母亲早已为我准备好的盒饭，拐进偏屋拿起竹竿，把鸭群赶出鸭圈。

等我走出门来，父亲已经不见了踪影。

"等等，怎么就是不长记性，我说过多少遍了，天阴防雨天晴防晒，这是出门掌握的基本常识。今天的太阳一定很毒，不戴草帽会中暑的。"母亲边喊边追出门来。"看鸭时要专心点，千万不能到河边去耍水，那条河很深，要是掉下去救都没有人救得了！"母亲递上草帽，又送了一程，反复嘱咐道。

"晓得了，娘你回去吧。"我回答母亲。母亲仍放心不下，伫立在坡上的田埂边，用目光送着我把鸭群赶出房前的山坡。

由于一段时间缺雨，田野里大片稻穗笼罩在清晨蒙蒙的灰色里，蔫蔫地垂着头。旱地里的庄稼像病了似的，叶子挂着层灰土在枝上打着卷。饥饿了一夜的鸭群根本就不听使唤，任凭你如何抽打，依然一步一摇贪婪地抢吃着垂在田边的稻穗。

放鸭的地方离我家有两里多远，我赶着鸭群在窄窄的田埂上走走停停，走了足有两个多小时。

我把鸭群赶到秧田，才发现这里原来是围河造田垒起来的一个深深的凹凼，这丘刚拔完秧苗才翻犁过来的水田，因为地势低洼，生产队除每年在枯水季节用来翻作秧田外，平时是不种其他任何作物的。秧田三面为坎，一面临河，临河面垒起的田埂，早已被践踏得残缺不全，已内外相通。浑浊的田水在小鱼的游荡里，漫不经心地一丝丝地融入到河内，像似飘着一条条轻柔的土黄色的丝带。

这时太阳已经爬上了庵堂的屋脊，阳光照射在宽宽的河面上，碧绿的河水一片金色，倒映出刺眼的金灿灿的光亮。大地始终没有一丝儿风。一大早就这么炙热，到中午就更不得了，今天要在这里晒上一整天，但最让我担心的还是这宽阔的河面，要是鸭群游出河面，跑到对岸稻田就难以收拾了，我不由得警觉起来。于是，我便挽起裤腿下到田间，找了块略为结实的土堆，把草帽搁在土堆上，屁股坐在草帽上，双脚插在田间里，像是足球场上的守门员，严阵以待地守候着。 鸭群却丝毫没有热的感觉，一只只扭着屁股，划着双腿，挪动着肥笨的身体，不时地翻过田垅，时隐时现地伸长脖颈，专心致致地在泥中觅食。

望着湛蓝湛蓝的河水，我想起娘的叮嘱，便试着把长长的竹竿伸进水中，可就是测不到底，心里不由得一个寒战，感到十分恐惧，连忙从田间爬上坎来。

红红的太阳像火一样已一步一步地悬挂到了头顶，红的光如火箭般射到地面，熊熊的燎烧着大地，反射出油一般在沸煎的火焰来，异常地蒸腾、酷烈、奇闷。田坎炙炙的发了烫，脚心踏在地面上如不赶快提起来，就有些刺辣辣的难熬。我坐不住，索性站起来，跟着鸭群在田坎上徘徊。

担心的事情终于发生了。突然，鸭群像疯了似的扇动翅膀，“扑——，扑——”地从秧田冲向河心，直奔对岸的稻田。顿时，山坡上冲下来十几个男人，直奔稻田扑捉正在贪食的鸭群！“那边！那边！”“这头！这头！”“抓住它！”男人们的喊叫声连同被捉鸭子的惨叫声，连成一片。

我从惊恐的哭喊声中镇定下来，拼命地朝着河的对岸奔去！

要说这条河虽说还不足三十米宽，但深不见底，河心还是口深潭。有一年大旱，老天爷几个月滴雨不下，上游出现断流，整条河道变成了沙石道，但唯独这一段却是碧波荡漾。十里八乡的人们每天到这里取水，总是络绎不绝，人们还不时地观赏到一群群大大小小的鱼儿在潭中尽情地畅游，像是在公园观看海洋世界。正因为是个深潭，从来就没有人敢下到这段河面来游泳。要去对岸，只能舍近求远顺河而下走两里多路，横过一座石拱桥，然后再顺河而上，才能到达。

泪水伴着汗水，雨点般地从我脸上滚落下来，衣服透湿地粘在身上。经过“U”字形急跑，我很快到了对岸。

刚才发生的一切已完全恢复了平静，男女社员们仍然在山上干活，村子里一片静寂，但偶尔也传出几声犬叫声。我愣愣地坐在村头，压抑的呜咽声仍然未停。

夕阳渐渐西下，日轮的光彩虽然淡薄了许多，但究竟还有光辉，仍用着火一般的光线把整个大地都染成红色，古老的村舍如同一片燎原大火的反照，折射出长长的身影。成群的蚊子像一团团黑球似的向我袭来，我慢慢地有了理智，感到有一种被世界抛弃的孤独与寂寞，直觉得心口压着一座山。于是，我便空前地痛恨起自己的行为来，我干吗要从田间上到坎上？假如一直坐守在田间的土堆上，也不至于闯出这么大的祸来。

“几只鸭都看管不住，你是咋搞的？”这时，父亲已经站在了我的身旁。父亲怒不可遏，一个耳光甩了上来，我连脸都没有捂。爹打儿子是爹的权利，何况我犯了错。其实，平时父亲很少打过我，我知道他在生气。父亲也感到自己过分了点，接着又无可奈何地说：“你在这里等着，我去找他们协商。”

我没有在村口等候，还是随父亲一道去协商。父亲急匆匆地走进村口，拐了两个弯，便径直朝正面一家土黑色的房舍走去。我跟随着走进了这个家。

原来这是我姑父康志民的住所。其实，康志民姑父并非是我的亲姑父，他是我四奶奶的二女婿，四奶奶和我同住一个村，康志民姑父逢年过节都要给四奶奶送礼，这样我就认识了他。他乳名叫强仔，平时我们就叫他强姑父。康志强姑父比我爹小两岁，属猴，人长得结实，但个子不高，黑长脸，尖下巴长着一撮硬硬的胡碴子。有一次我问他：“强姑父，你那几根胡碴子为什么不刮掉？”他笑笑说：“你们小孩子不懂，不留胡子哪像个男人？”由于他人瘦，个子矮，皮肤又黑，还留着硬硬的胡碴子，看上去很显老，与他的实际年龄有些不相符。

康志民姑父家条件差，两个儿子两个女儿未成年，二姑身体又不是很好，一家人全靠他们夫妇俩挣工分。住一栋三间低矮的土坯房，左边是灶屋，中间是堂屋，右边是卧室。为居住方便，康志民姑父又把右边屋子用木板隔成里外两间。由于年久烟熏，加上已经灰暗下来的天色，屋子里显得很灰暗。堂屋里有一个鸡舍、一只水缸、一架风车、一张饭桌、四条长凳，陈设简陋且有些邋遢和零乱，显然是姑父母没有精力来收拾。见我们进来，康志民夫妇很热情，二姑连忙点着一盏煤油灯送过来，灰暗的屋里顿时有了黄幽幽的光亮。康志民姑父立刻奔到水缸前用瓢舀了瓢溪水递给我爹说：“哥喝水，莫非今晚你们父子俩走错了路？”父亲接过水瓢说：“怪我这个没有用的儿子在对岸放鸭，鸭子跑过这边稻田被你们队里的人全抓了。”康志民姑父安慰说：“不急，我去找林队长过来商量处理。”

不一会儿，林队长来到康志民姑父家。林队长个子高，但身材有些单瘦，算不上魁梧。他光着上身，穿一条褪色蓝短裤，趿一双青色烂布拖鞋，一进门就坐在饭桌旁边的长凳上。见林队长进来，父亲有礼貌地连忙从坐凳上站起来，等林队长坐下后再坐下，满脸迎着笑。

林队长是个表面上看去很冷峻，但内心却充满热情，且又有一定个性，又非常固执的人。林队长说："虽然说咱们是亲戚，亲戚只能说是感情上的交往，感情不能代替原则，亲戚间也得要讲原则，也得要按制度规定办，否则就没有是非之分了。你家的鸭糟蹋了我们队里的稻谷，必须要处罚，这既是制度也是原则。"父亲说："遵守制度规定这个道理我们懂，只是不知道咋个处罚法？"林队长说："按队里的规定，如果是罚谷，每只鸭要罚十斤；如果是罚钱，每只鸭罚四块。你三十六只鸭，罚谷要罚三百六十斤；罚钱要罚一百四十四块。你愿意怎么罚？"父亲说："这个处罚过重了，无论罚谷罚款，我们都难以接受，这尽管是制度规定，但具体情况还得要具体分析才行。况且是个孩子在放鸭，又是初次，看能不能少罚点？"康志民姑父在一旁打圆场，说："处罚的确是重了点，一个强劳力一天才挣三毛多，一个月口粮也只有几十斤，你要人家一家不吃不喝几个月才顶得这处罚？……"

经过几个回合的舌战，林队长最后以每只罚谷七斤，或是罚钱二块八角的处罚标准确定下来。我在一旁听着，心里盘算着：如果算罚谷，一只鸭罚七斤，要罚二百五十二斤；如果算罚款，一只罚二块八角，要罚一百零八块。我们家五口人每月领口粮二百六十斤，足足罚掉一个月！假如按工分值计算，父亲十分，母亲七分，姐姐三分，全家人每天十三分，仅值一块钱，要做三个月零八天！我一直在自责。

林队长最后说："只能这样处理了，再低我没法向社员们做交代。"父亲是个非常务实的人，他知道既然人家给了你面子，你也得要让人家不为难才行，也就没有再力争。

父亲知道我心里难过，也没有过多地责怪我。父亲说："牯崽，你先回家，看来鸭子今晚是赶不回去了，明天我再来赶，我还有牛拴在地里呢。"

"嗯。"我回答了父亲。

我跟随父亲从康志民姑父家走出来，夜已经很深了。

微微的夜光只能辨认近在咫尺的物体轮廓。我光着脚，索性把汗衫脱了搭在肩上，一手提着草帽，一手捏着扛在肩上的竹竿，深一脚浅一脚地快步往家赶，只觉得返回的沿途十分陌生和遥远。

我仍在黑暗中快步前行，奇怪的是，平时大人们讲述的那些绘声绘色的鬼神故事，怎么这时全都涌上了心头！我越发感到恐惧，总觉得大地正在开裂，就要下陷，就要张大嘴巴把我立即吞掉似的，心里不由得阵阵颤抖。

我知道自己在胡思乱想，但只顾放纵自己乱想下去，脚下突然绊着石头，一个趔趄差点摔倒，引出钻心的疼痛。我立刻把全身力气用在脚下，好不容易站稳了，但身体还是重重地前倾了一下，搭在肩上的衣服掉落在稻田里。我弯下身体拾起来，搭在肩上又继续往家赶。

家里早已亮了灯。我跨进家门，姐姐连忙迎上来接过衣服和草帽，说："干吗要打赤膊？看把你一身晒得这么通红。鸭子关好了没有？脚趾怎么流血，是摔的还是跟人打架了？"

"没有。"我一脸沮丧地回答。见我可怜兮兮的样子，姐姐连忙从家里的碎布篮子里找出一条破布条和一段细线，小心翼翼地帮我包扎着，我把发生的事情一一向姐姐说了，姐姐无奈地安慰我说："以后做事别那么毛躁，小心别让妈知道，她要是知道更伤心。"

在后屋里喂猪的母亲听到我说话的声音，连忙发话："你们姐妹先吃饭就不要等你爹了，吃了饭赶紧洗澡睡觉，明天还要上学呢。"

我一边答应一边拿碗盛饭，三口两口地吃完后就到井边冲澡，回来躺在床上，很快就睡着了。

伍水清

男，1956年出生，邵阳九公桥镇人，当过战士，干事，政治处主任，军分区政治部副主任、团政委，系湖南省作家协会会员。1986年开始发表文学作品，先后在《芙蓉》《湖南文学》《创作与评论》《海外文摘》文学版和《散文选刊》等文学刊物发表文学作品一百二十余万字，出版长篇小说《花殇》、中短篇小说集《春风满山谷》和散文集《记忆里的光》。

小小说三题

高玉芳

红细胞

来太原市出差半年，我经常泡巴士在市郊转悠。从晋祠，到乔家大院，从王家大院到平遥古城，悠哉游哉。这天，我挤巴士被人撞了一下。一摸裤兜，钱包不见了！

撞人的家伙闻声匆匆挤出人群。我紧追过去，不料脚下飞来一条扫堂腿，让我摔了个嘴啃泥。还没等反应过来，双手竟被拧住："警察，老实点！"我扭头一看，一位穿便衣的姑娘正怒视着我。

原来，"女警"看我俩一块跑。竟把我当成了小偷。等弄清原委，女警像个犯错的孩子，连央求带拖拽，把我拉进一家餐馆。

其实她不是女警。是太原某公司职员，"红细胞"志愿者，叫任真。红细胞志愿者！我久闻大名，他们上联"宝贝回家"，下察非法传销，进社区照顾孤寡老人，上街维护治安抓小偷。干得有声有色。给城市带来一道亮丽的色彩。

任真不断给我夹菜倒酒。笑嘻嘻掏出一沓钱递过来："唉，小偷偷了你四百五十五元，你点点吧。"

我愣住了：小偷跑了志愿者来赔钱？新鲜！这钱咋能收？再说了，比起包里的钱，那只钱包本身更让人心疼啊！鳄鱼皮料，铂金镶边，正中雄鹰标牌上的那双鹰眼，镶嵌的是南非钻石，价值2500美元，是我已故的父亲留下的珍贵遗物。

任真一听，温和的脸一下脸红起来："呀，那我更对不起你了。"我负气地说："说有什么用，你能给找回来？"

第二天任真打我手机，说小偷画像她已画好，让我去找她给参谋参谋。无用功！我懒得去，继续我的东游西窜。

一天，巴士上来个年轻的光头仔。几乎同时，装扮成盲人的红细胞志愿者任真也挤

上车，胸前挂着个旧挎包，拄着拐棍朝他靠了过去。

转眼间，光头掏出乘客口袋里的钱包。只见任真飞快出手，抓住那家伙的胳膊。那家伙见势不妙，另一只手从腰里拔出匕首就朝任真刺去。

危险！我立马扑过去紧抱住光头的双臂。小偷反过手腕往我肚子上扎，只觉一阵钻心的痛，死不松手。任真腾出身来，狠狠一拳把小偷打趴在地，我昏倒了。

知道我是孤身在外。任真来照顾我。在病床前，我俩把小偷画像越改越像。不知啥时，任真竟成了我的“女友”！护士要找任真，就问我：“你‘女友’呢？”同室病友更是口无遮拦：“你‘女人’让我告诉你一声，她去反扒队复制小偷画像。”

开口闭口就是“女友”，我没好气地问：“谁告诉你，她是我‘女友’？”

后来，我总算弄明白了。原来我被送进医院抢救时，医生说刀子扎破了肠子，要马上手术。可动手术需要家属签字，情急之下任真劈头问医生：“女朋友签字可以吗？我是他女友。”二话不说便在亲属栏签下自己的名字。

我赶紧制止病友说：“拜托别叫了，人家早名花有主了。”

哪知，这话恰好让任真听见了，趁病友不在的时候，她红着脸问我：“哎，你凭啥说人家‘名花有主’？”

原来那天她掏饭票把工作证证掏出来，我无意间看到夹着一张小伙子照片，心里一阵莫名其妙的酸楚。

谁知她听了扑哧一笑，掏出工作取出照片递给我说：“小心眼！好好看看，我这‘男人’你最熟悉。”我一看，嗨！这不是偷我钱包的小子嘛。她告诉我，已把这照片发给了“红细胞”志愿者们。众人拾柴火焰高，大家一起找。他跑不了！

后来，为恢复体力，任真带我去汾河边散步。

假日的河边人群熙攘。可任真既不看商品，也不购物，两眼不断地扫视着人群。她告诉我，他们红细胞志愿者连日来已集体行动。就是把太原翻个遍，也要把小偷抓住。

忽然，几个红细胞志愿者跑来，神秘地和任真小声交流着什么。准是有情况！我扭头望去，只见一个家伙掏钱买烟，手里的钱包正是我那鹰眼钱包！我大吼一声扑了过去。

眼看就要制伏这个家伙了，突然他手臂一抡，钱包飞进了汾河里。

任真迅速一个箭步纵身跳进河里。

我把小偷交给几个志愿者，也跳下水。只见任真在河水里奋力找钱包。她不时地甩头、换气。我抓住她：“你疯啦！为个破钱包把命搭上，值吗？”

任真终于忍不住孩子般哭起来:“那钱包，是你、珍贵的纪念，我得找、找回来……”哭着哭着，她清醒过来，冻得下牙打上牙，问：“你、干、干吗也跳下来？伤才好点……

“学你，做个红细胞呀。”

我俩一前一后，有些失落地向岸堤上游去。忽然，任真眼睛放出欣喜的光芒。我顺着她的目光望去，只见河岸阶梯的角落里，一个镶着白金边的黑色钱包在拍岸浪里沉浮,那颗鹰眼钻石在阳光下折射出迷人的光芒……

赠画

区检察官老练却因年届六十要退休了。这天，练检家来了位残疾人。走路一瘸一瘸的。老练慌忙扶他坐在客厅沙发上。老练业余擅长书法水墨丹青。尤其喜欢画莲花。客厅里挂了不少自己创作的出水芙蓉。让人仿佛置身清水荷塘。老练认出了此人是小李。

十五年前，检察院处理过李一个案子。司机小李出了车祸撞死人。负百分之七十责任。判刑两年缓刑三年。小李也两腿截肢。他妻子立马扔下孩子跟他离婚了。小李生活没了着落。急得要寻短见。老练觉得，检查机关不光审案，还要关注罪犯，给他生路。练检帮他申请了一块林地，种植果木，扩建鱼塘，种植荷花。经营起一种生态休闲和乡土文化旅的农家乐度假村。为小李垫付了五万元启动资金。至今不让小李偿还。如今，小度假村已发展成一个百亩果林，十个鱼塘。总经理小李今非昔比。成了绿食佳的一员。客人说：“练检，您要退休了，送件小小的纪念品。”

练检不动声色。这种送礼场面他经过多了。赖着不走，求他犯法通融的人，他会像头被激怒的狮子，把对方轰出去。面对求他的亲朋好友，他会和风细雨，摆道理，说危害。拍着对方的肩膀，温和地“请”出门。还有些美女，来求他对亲属网开一面，射来火辣辣暧昧的目光和露骨的暗示，他冷眼直视。让其心里发毛。

小李把手中纸卷展开。是幅未裱糊的中国画：清水荷塘的背景。蓝天、白云、浓绿的荷叶间，怒放着几只粉红色芙蓉，似透出股股清香……

练检很喜爱这幅画。此画功力非凡，构图、技法远远高出自己，非等闲画家所能为。画的意境颇符合他的心境。赞赏归赞赏，他坚定地拒绝说：“小李。心意我领了，请收回吧。”

客人危坐不动，赖着不走。

僵持之下，客人突然艰难站起，扑倒在练检面前，哽咽着说：“恩人，您不收，我良心过不去，当年您救了我全家，我啥礼也没给您送过。还您那五万块钱，您不要。这画，算我还您给我垫付的那五万块钱，行不？”

练检赶紧扶起小李。居心叵测的人来送礼，不会赶在他退休之际，在失去权力的时候来。老练体会到对方的真诚，点头了：“好吧，就留下吧，谢谢。”

没有不透风的墙。赠画一事，传到检察院里。一石激起千层浪：此画乃出自内地一位丹青高手，恐怕要花了不少钱的，云云。清廉了一辈子，老了老了，怕是跌进了五十九现象的泥沼。

次日，检察长在办公室向检察官告别，语气调侃：“今天解甲归田，没啥礼物，留下一幅画。欣赏权属于大家，画的所有权归国家。”

他展开那幅“莲清自香”图，他已经花钱找人给裱糊了一下，添了精美的画轴，更显大气，精美。

立轴画挂在办公室墙上。画上的题款“莲清自香”四字为练检察长所书。办公室仿佛立马熠熠生辉，格外有朝气，让人置身清水荷塘一样。大伙沉默了，陷入了沉思。

在爆发的掌声中，练检察长深深鞠了一躬。朝“莲清自香”凝视片刻，转身挺胸离去。

猎杀

无名草原的无名坡上，伫立着一座孤坟。逢清明节、寒食节，都会有位白发苍苍的老人，在一中年妇女的搀扶下，前来扫墓、烧纸、添土、祭拜。月圆之际，间或出现一群野狼围在坟前闻闻嗅嗅，仰头望月，发出凄凉的嚎叫。

公元1961年冬天。猎人孙旺急忙赶回家。他四十出头，儿子五个，子孙旺盛。

几天前，老婆一不留神又生了个女娃。五虎一枝花呀，孙旺高兴，赶紧外出打猎。当他满载而归进门，却发现胖女婴不见了。追问老婆，老婆“哇”的一声，呼天抢地号啕大哭。

原来，老婆见家里有了五个孩子，粮食本来不够吃，再添一张嘴，饥饿让自己奶水又不够。怎么养？不如放她一条生路吧。孙旺的老婆叹口气，含泪把孩子裹巴裹巴，扔到草原的官路上。

到了晌午，老婆担心起女婴来：不知孩子是否被好心人捡走。要是没人捡，孩子该饿了。她急忙去官道上去看，心想，要是没人捡就抱回养着，心头肉绝不再抛弃。

她在官道上寻找。远远看见那包裹紧紧的女婴。她一阵心痛，慌忙朝女儿奔去。这时官道旁草丛里，突然蹿出一只狼，它走到女娃跟前，嗅了一阵，叼起孩子蹿进草原深处。母亲吓呆了。大呼小叫去追赶，哪里还有狼的踪影?

让狼吃了！孙旺张口结舌，狠狠地抽了几口烟，想抽老婆几个嘴巴，扬起手，却狠狠扇了自己的脸上。

家人要养活，孙旺又去草原打猎。茫茫草原，他四处寻找野兽的痕迹。

终于，孙旺的眼睛一亮，脸上闪出一丝笑意。他在草原深处，一条蜿蜒的羊肠小路边，发现了狼的脚印，脚印清晰。而且可以断定，狼刚走不久。

孙旺检查了一遍上过弹药的枪，便小心地跟了上去。

果然前面有一匹狼。是只刚下过狼仔的母狼，从它肚下挂着的那排鼓囊囊的鲜红奶头，便知正在哺乳期。孙旺犹豫了一下。平时，他会对带崽的母兽放一马的。但此时孙旺的心态，像寓言中丢斧子的人，看见谁觉得都像偷斧子的人。眼下他似乎见了仇人。这可恶的狼，说不定就是它叼走了女儿，吃掉了她。要为女儿报仇！刚生了孩子的老婆，可以吃肉补一补了。孙旺悄悄地埋伏起来，枪口瞄准了那匹狼。狼没看见孙旺，依旧夹着尾巴在认真觅食。

“砰！”随着一声枪响，狼一个趔趄倒下了，忽然又爬起来，拼命地逃。孙旺的枪老，没来得及放第二枪，上好了弹药，就飞快地追。孙旺知道，狼的前腿中了弹，逃不远。可狼并没给孙旺留下明显的血迹。

天亮了，孙旺还在围着几滴狼血转悠，寻找。

突然，孙旺的眼睛又一亮，脸上的笑容，也更灿烂。原来他发现了狼血，不是几滴狼血，是滴血成线的狼血。

孙旺立即顺着血迹去追。

一会儿，孙旺见到了那匹受伤的母狼，怔住了！眼睛睁得大大的，身子僵立，一动不动。脸上的笑容荡然无存。原来他发现了狼窝，母狼正站在那里喂奶。

吃奶的，不是狼，是个穿着小衣服的人，是孙旺的胖女娃！

胖女娃正在贪婪地吃着狼奶，母狼正忍着伤口的疼痛喂着奶。

狼前腿上的血在滴，狼奶头上的奶水也在滴……

孙旺听说过，野兽在哺乳期死了小崽。会把母性转移收养小孩，即传说里的狼孩、豹孩。如今，它竟救了自己的女儿。狼看见了孙旺，龇着牙，露出两道凶光，欲向孙旺扑来。但它做不到，它伤得太重。眼里两道凶光瞅着冰冷的枪口。

狼的前腿还在滴血。不知是疼痛还是别有所求，狼不由得跪了下来。

跪下来的狼，似乎放下了高傲和冷漠。眼神中写满了忧伤，无奈……它似乎向自己的仇敌祈求仁慈。放过它，放过它嗷嗷待哺的孩子。包括它身下的小女孩。

泪溢满了狼的双眼，簌簌地落了下来……

孙旺的嘴巴紧绷，拿枪的手颤抖起来。仿佛心里在滴血。热泪也簌簌地落了下来……

孙旺最终举起的枪响了。

"砰！"狼应声倒下了，用身子护住了它的孩子们。它身下，传来女婴尖锐的哭声。孙旺仿佛打中了自己，身子一晃，险些倒下。他一屁股傻坐在地上，狠狠扇了自己几记耳光。

孙旺没有别的选择。他不可能与狼交流，求它把女娃交出来。如果不开枪，去抱胖女娃，狼会舍死和他拼命的，它绝不会让孙旺来接近胖女婴和一只熟睡的狼仔，尽管它伤势很重。

孙旺向老狼深深鞠了一躬，把老狼埋葬，立了坟。他把狼崽揣进怀里，收养了它。那些日子，邻居们很奇怪：孙旺家没死人，家里的几个娃娃，包括未满月的胖女娃，咋全都披麻戴孝？

高玉芳

女,邵阳县人，医生。省作协会员。《上海文艺》签约作家。《大唐民间文艺》编辑。在《青年文摘》《中外文摘》《格言》《情感读本》《东西南北》《意林》《疯狂阅读》《警察文摘》《文苑》《前卫文学》《西南军事文学》《当代小说》《短篇小说》《微型小说选刊》《西部》《翠苑》《鹿鸣》《北方作家》《检察文学》《雪花》《小说月刊》《佛山文艺》《文艺生活精品小小说》《天池》《南叶》《儿童文学选刊》《少年文艺》（江苏、上海）《故事会》《上海故事》《民间故事选刊》《今古传奇故事版》《百花故事》《新故事》《民间文学》等二百余家刊物发表作品。曾获环渤海全国文学大赛小说一等奖、第二届梅陇杯法制故事大赛二等奖、获全国第五届微型小说年选二等奖。2011年获宝鼎杯全国环保故事大赛一等奖。获包头金骆驼杯文学大赛二等奖。多篇作品被多家出版社选集入书。由工人出版社、金盾出版社出版小说故事集《野狼的嚎叫》《枣红马》各一部。2017年10月，江西高校出版社出版小说集《草原一夜》。

水彩画《新时代的童年》95cm × 65cm　付小明

戏

剧

拔毛流水账（小戏曲）

编剧 王淑燕

人物：

王大保——男，六十多岁，画家，退休后回家乡青山湾居住。

秦书记——男，四十多岁，县纪检会书记。

杨镇长——女，三十多岁，青山镇镇长。

刘 剑——男，二十六岁，青山镇党委秘书。

杨平槐——男，五十多岁，青山湾村村长。

【二道幕前。王大保退着上。对内招呼：“王老四，我先走了，你们几个带着锣鼓家什也马上赶到镇里来，献礼祝贺要图个热闹哩！”

【内应：“好哩——”

王大保 （唱） 受重托携状子前往小镇，

但只觉心潮涌步履沉沉。

杨平槐刮地皮手毒心狠，

青山湾早留下贪腐臭名。

乡亲们曾多次申诉上本，

却不料一次次无有回音。

村民们遭盘剥怒气难忍，

推举我为大家再倾民声。

老夫我穷画家何堪重任，

想推诿又怕伤百姓深情。

没奈何放开胆权且应允，

仗大义哪管他山高水深。

（白）老夫王大保，一辈子与丹青为伴，以作画为生，实实的一介无用文人。只因自幼生就个拗脾气，一辈子爱打抱不平。所以人称王大炮。在我们青山湾，村长杨平槐雁过拔毛，贪腐成性，却毫发无损。自我退休还乡。乡亲们有事无事，总喜欢上我家来谈天说地，论短道长。谈论最多的自是杨平槐的贪腐劣迹。想我一介退休老者，倒成了乡亲们的主心骨。最近，上边号令要加大反腐力度，既要打老虎，更要拍苍蝇。在乡镇，老百姓最怕的就是村干部雁过拔毛，索拿卡要。听说镇里今天召开严惩雁过拔毛的动员大会，县纪检会也来要人，这可是老百姓告状申诉的好机会。乡亲义愤填膺，我也只好仗义执言。我无职无权，没有其他本事，唯有利用自已的一己之长，将大家凑来的村料整理成文，以供领导参阅，让他们听听老百姓的声音。（对观众）各位，时候不早了，我得赶场子去了。走起来哟——（下）

【二道幕启·舞台就是动员大会的主席台，舞台天幕处悬挂横幅：“严惩雁过拔毛式腐败动员大会”。

【幕启时。刘剑在音乐声中布置主席台，摆桌椅；在桌面上铺红布，摆麦克风话筒，布置就绪，不觉感慨万千。

刘　剑　（唱）动员大会将召开，
准备工作细安排。
会议通知早下发，
材料文件已打出来。
昨天已将横幅挂。
今日里再把桌椅话筒摆上台。
做秘书无非脑子灵活反应快。
更要善吹风向紧跟领导不徘徊。
典型开路树政绩，
这是政工思路的头块牌。
刘剑我中文系混了好几载，
能说会写也算有点小文采。
为博镇长抬爱讨点彩，
我盯住了镇长的叔父杨平槐。
官样文章是我的拿手菜，

全靠东拼西凑移花接木巧安排。

一篇文章报上登，廉政的典型就竖起来。

动员会上他要求把言发，

但愿他作秀成功别把跟斗栽。

【杨镇长上。

杨镇长　刘秘书，会场布置好了吗？

刘　剑　基本上差不多了，请镇长检查指导。

杨镇长　（四处观看，然后抬头看横幅，念）“严惩雁过拔毛式腐败动员大会”。不错！光看横幅就让人觉得有新鲜感。小刘，你们年轻人就是脑子活，点子多，你提议召开这样的动员大会，可真是别出心裁，这在我们县里还是首创。高，高家庄的高！

刘　剑　这是镇长领导有方，刘剑我可不敢贪天之功。

杨镇长　小刘，你就不要谦虚了，你懂政治，有水平，是未来镇长的好苗子，努力吧！

刘　剑　（激动地）全靠领导栽培。

杨镇长　青山湾村主任在会上有个典型发言，准备好了吗？

刘　剑　我给他写了发言稿，应该不会有问题吧！

杨镇长　等会我二叔来了，你再给他指导指导。

刘　剑　好。

杨镇长　今天县纪检会秦书记要光临会议，指导工作，你把会场内外，标语横幅再检查一遍，千万不要出什么差错。

刘　剑　好，我一定认真检查。

杨镇长　你准备吧，我接秦书记去了。（下）

刘　剑　绞尽脑汁没白忙，镇长表扬含意长。

趁势而上再努力，未来前程更辉煌。（下）

【杨平槐一边接电话一边大步上。

杨平槐　（打手机）什么？晌午来呷狗肉？我没时间，上午要到镇里去开会送家里去吧。（关手机）这真是手中有权真不赖，八方好处滚滚来，哈哈哈。

（唱）当村官不要嫌地皮薄瘦，

瘦狗婆也能榨四两肥油。

村主任官虽小进项丰厚，
八品官强胜似千里王侯。
有侄女做靠山谁敢争斗？
青山湾小王国任我悠游。
请文人造舆论我付高酬。
多亏了刘秘书上下奔走，
表扬稿上了报名利双收。

（白）今日镇里召开“拔毛”动员大会，我侄女让我做个典型发言，刘秘书陪我写了稿子，我背了一夜，读起来还是磕磕巴巴地打顿，主要是有几个字它认得我，我不认得它。趁着还有点时间，我还得请刘秘书指点指点。（喊）

刘秘书，刘秘书——

【刘秘书应声而上

刘　剑　　杨主任来了。

杨镇长　　刚来，没迟到吧？

刘　剑　　没关系，走，到后边练练去。

【刘剑领杨平槐下。

【秦书记风尘仆仆地上。

秦书记　（唱）党中央反腐败越抓越紧，
好一似春雷动风卷残云。
打老虎拍苍蝇除恶务尽，
正党风顺民意深得民心。
近日里青山湾又传喜讯，
村主任抓廉政成了头条新闻。
树典型广推广不能松劲，
借东风扬正气再上征程。

【杨镇长、刘剑从另一方急上，快步走向秦书记。

杨镇长　　欢迎秦书记来青山镇指导工作。

秦书记　　这是我们纪检会分内工作。（指幕）你看，电视台及各新闻单位的记者也为你们鼓劲加油来了。

杨镇长　　欢迎欢迎。（对刘剑）刘秘书，你去招呼记者同志，让他们先在下面坐吧。

刘　剑　　好。（下）

杨镇长　　秦书记，请主席台就坐，（倒茶送给秦）秦书记，请用茶。（指台下）那位就是前几天上了市报头条的村长杨平槐。旁边那位就是文章的作者，我们党委办公室秘书刘剑同志。

秦书记　　来来，请上台来坐。

【刘剑、杨平槐上，秦招呼二人与之并肩而坐。

秦书记　　你们两位，一个干得好，一个写得好，不错。

【幕内嘈杂声大起。

杨镇长　　秦书记，参加会议的人都到齐了，开会吧？

秦书记　　好，开始吧。

杨镇长　　（读稿）各位领导，各位同志，朋友们！“十八大”以来，以习近平同志为核心的党中央对反腐倡廉工作一直十分重视，最近两年，中央更加大了反腐的力度。面对当前严峻的腐败形势，今天，我们在县纪检会秦书记的直接领导下，召开严惩雁过拔毛式腐败的动员大会。为什么要开这样的大会？大会的目的是什么？有何重大意义？下边，我们请县纪检会秦书记给我们做指示。

【幕内掌声热烈。照相机闪光不断闪烁。

秦书记　　好，我简单讲几句，谈不上什么指示，只想谈点观感、体会。今天看这个阵势不错。首先，你们善于标新立异，严惩雁过拔毛式腐败，并且把所有村镇干部集中一块召开动员大会，这在全县是个首创，若能开好，意义非同寻常。其次，你们善于造舆论，做宣传，把一个村主任反腐倡廉的事迹推上了市报头条，这就是好典型，正能量。大道理讲得再多也不如干得好，还是先请杨平槐村长给我们讲讲吧。

【幕后掌声热烈，闪光灯闪烁。

【杨平槐走近主席台，向秦书记和台下听众敬礼。

杨平槐　　（掏出讲稿念）尊敬的秦书记，尊敬的镇领导，尊敬的同志们！我发言的题目是《有权不谋私，雁过不拔毛》

【台下传来掌声，笑声。

秦书记　　好！这个题目好，作为乡村基层干部，没地方大贪，就怕对老百姓搞雁过拔毛式的敲诈勒索。好，你继续讲。

杨平槐　（继续念稿）总书记教导我们说：打铁先要本身硬。我当村主任这些年来，一直牢记党的教导，反腐倡廉常抓不懈，拒腐防变警钟长鸣……

【幕后传来欢乐的锣鼓声。

杨镇长　（对刘）刘秘书，外面锣鼓喧天是什么情况？你看看去。

刘　剑　好。（应声而下，少顷，复上。）杨镇长，王大保带着村民敲锣打鼓向会场来了。

杨镇长　（疑惑地）他们来干什么？

【王大保夹着材料袋应声而上。

王大保　我代表乡亲们给大会送礼来了。

【众人惊。

秦书记　（疑惑地盯着王）你……你是……

王大保　我是退休回乡的画家王大保，人称王大炮。

秦书记　（惊喜地）你……你就是画《梅州落日》《双江秋月》的画家王大保？

王大保　（吃惊地）秦书记，那正是老夫的拙作，你怎么知道？

秦书记　巴掌大的县城出了个一流的工笔画家，谁人不知？我家里还挂着先生的这两幅大作哩！

王大保　秦书记坐在铁面包公的位置上，竟然如此本行酷爱艺术，实在是难得。

秦书记　你画的是故乡山水，夫夷风光，作为邵阳人，岂有不爱之理？（突然想起）呃，王老先生，你今天来是……

王大保　噢，是这么回事，乡亲们听说秦书记今天来镇里主持召开惩处雁过拔毛的动员大会，特委托我代他们向大会祝贺献礼来了。

秦书记　献礼？献什么礼？

王大保　（亮材料袋）贺礼都在这里。

秦书记　这是什么？

王大保　（解开材料袋，掏材料递给秦）这就是乡亲们送给秦书记的礼物。

秦书记　（看材料念）“杨平槐雁过拔毛式流水账”？（不解）什么意思？

王大保　这是青山湾的村民控告村长杨平槐雁过拔毛，索拿卡要的明细账单，上边所列的被敲诈者全都有名有姓，有数字，有旁证。

秦书记　这就是你们送给我的礼物？

王大保　对村长杨平槐来说是状子，对纪检会而言应该是礼物。

秦书记　好你个王大炮，人家敲锣打鼓为报喜，你们敲锣打鼓却是来告状，点子高哇！

王大保　　秦书记，乡亲们多年来状告无门，这是万般无奈之举呀！

（唱）多年来青山湾怨声载道。

全因了杨平槐雁过拔毛。

拉大旗做虎皮索拿卡要，

老百姓遭剥怨恨难消。

秦书记　　（气愤地）你们可以向镇里申诉反映呀。

王大保　　（接唱）乡亲们往镇里不知跑了多少，

可回回全都是白跑徒劳。

秦书记　　这是为什么？

王大保　　（接唱）人家是有靠山紧捂力保，

谁也动不了他半分三毫。

这一次听说你书记驾到，

才麻着胆闯会场行此险招。

呈上了杨平槐拔毛账表，

望书记为百姓公断撑腰。

秦书记　　（气愤地）杨镇长、杨主任（扬手中材料）你们干的好事！这就是你们反腐倡廉的丰硕成果？

杨镇长　杨平槐　（同时）这是诬蔑造谣！这些材料全是假的！

王大保　　假的？杨镇长、杨主任，这拔毛流水账上，老百姓个个签了名盖了章，若无真凭实据，老百姓有这个豹子胆吗？

杨镇长　　这……王大炮，你包揽词讼，好狡猾呀！（气晕，刘剑赶忙扶住）

刘　剑　　秦书记，杨村长办的这些事，杨镇长可能也不清楚。

秦书记　　不清楚？不清楚就完事了？就算不清楚，也是失职之罪呀！小刘呀，我知道你有文化，人聪明，但要记住，身为党的干部，聪明才智一定要用在党和人民的事业上。

秦书记　　王老先生，你这么大把年纪，退休回乡，本应安享清福，却不料你不怕得罪权贵，敢于为民请命，文人风骨，侠义胸怀，着实令人敬佩！

王大保　　书记谬赞了。秦书记，趁着今天这个绝好机会，我还要向书记进一言。

秦书记　　请讲。

王大保　　为避免乡镇干部重蹈雁过拔毛的覆辙，政府部门要把有关民生利益的政策及时告诉老百姓，一切都要在阳光下操作，这样，乡村干部就不敢乱来，老百姓有政策撑腰，也敢于理直气壮地维护自己的权利和义务。

秦书记　（激动地）好！这个建议好！我们早就应该这样做了！王老先生，请你转告乡亲们，他们的申诉材料，我们一定会严肃认真处理。

王大保　（深情地紧握秦的双手）秦书记，我代表乡亲们谢谢你！

【王向秦深鞠一躬，秦忙将王扶住，两双手紧紧地握在一起。

音乐声起。

王淑燕

1978年生于邵阳县下花桥镇，现为邵阳县文化馆戏剧专干，省剧协会员，其创作的大型戏曲《春岚的婚事》获二十八届“田汉戏剧”三等奖，小戏《红兜肚》《讨公道》《绰号的故事》《双请客》等在市级调演均获奖项。

我的戏剧情结

王启明

天下为文之道，各有心得体会。有的天生资质，才华横溢，下笔如大江流水，一泻千里；有的人生阅历丰富，生活积累厚实，作文如同春蚕吐丝绵绵不绝；有的凭借灵感的火花，笔下的文字自然新奇脱俗；有的注重情感的瀑布，字里行间自是洋溢万丈豪情。本人全没有上述资质和禀赋，但是最后与戏剧结缘，竟然正经八百搞起戏剧创作来，说起来与当年毛泽东思想文艺宣传队的诱惑和熏陶是分不开的。

鄙人属于“文革”时期的“老三届”。1968年夏秋之际，各地农民进驻校园，名曰管理学校，占领上层建筑。根据占领者的旨意，凡在校“老三届”务必限期离开校园，就这样我们怀着迷茫、沮丧的心情被迫离开了母校，各自回家乡去接受贫下中农再教育。其时，神州大地毛泽东思想文艺宣传正闹得沸沸扬扬。是年冬，我们大观大队也紧跟全国步伐，准备组建毛宣队。我是当时大队为数不多的几个高中生之一，自然被拉进了宣传队。宣传队的队部就设在新落成不久的大队部里。当时的大队部可以说是我们村里的中南海，学校、代销店、赤脚医生医疗室等机构全部集中在大队部，如今宣传队的队部也被老支书安排到礼堂隔壁的耳房里，大队部就更热闹了。

宣传队总共二十多人，大多是二十岁左右的俊男靓女，为了帮助大家尽快提高演技，兼任队长的大队宣传委员又特地从当年常里庵木偶戏剧团里请来了两位老场伙，一个是唱花脸的李贤培，奶号铁毛；一个是唱生角的李庚夫。他俩唱过多年的“求子戏”，对戏剧三味多少通点，于是便叫他当导演，那时不叫导演，叫师傅。乐队就是原木偶剧团的响器班子，外加一把胡琴，一根笛子，一副快板。虽然简单，但上起台来还是火火响。那时大队规定，宣传队晴天在队里劳动，雨天和晚上到大队排戏，由大队记工分。男男女女，唱唱跳跳，嘻嘻哈哈，还给记满劳力工分，我们可是捡了大便宜！那时冬天排戏，天气冷，大队又给我们准备了茶枯饼。给我们搬凳烧水，生火的有一个现成的编外队员秋癞子，秋癞子是南冲生产队的贫协主席。自从宣传队一成立，他就成了宣传队的跟屁虫，宣传队里什么事他抢着干，特别是女演员招呼他做事，便是风快。不管雨天、晚上队员都是按时到场，茶枯火一烧，烟雾缭绕，满屋充满了茶枯的清香。烤着茶枯火，说着笑话，一张张原本年轻漂亮的脸蛋，此时更像一枚枚红苹果。当时排戏时，只要锣鼓一响，立时便会引来附近村里一大群男女老少的围观，胆大脸厚的站在姑娘们的身边，胆小的就趴在窗户或人群后边窥视，区位不一样，心都一样，一个个恨不得眼睛里长出手，能在姑娘们身上抚来摸去。排戏了，二胡笛子、快板齐奏，如同叮咚的山泉；少男少女们的歌声，像蓝天山谷一样悠远。这里没有阴暗，没有寂寞，传播的是阳光和热闹。对年轻人来说，这里是个实实在在的大磁场。

当时宣传队的任务，一是学唱普及样板戏，二是配合形势宣传党的方针政策和当地的新鲜事。队长交给我的任务就是负责编写节目，任务虽然明确，但到底怎么写？采用什么形式？当时茫无头绪，甚是空虚，在几经思索苦恼之后，我终于发现了一个窍门，找到了一条捷径。当时全国有个很火的表演唱叫《老两口学毛选》。那平实通俗的唱词，那诙谐流畅的曲调，那幽默风趣的表演深得群众的喜爱，我何不能依葫芦画瓢，取其形式，再装进当地的内容呢？反正天下文章一大抄，就看抄得巧妙不巧妙？主意既定，便冥思苦想，挑灯夜战，人家《老两口学毛选》，我便来个《四大嫂上夜校》，《六老汉学文件》《铁姑娘战檀江》之类，反正紧跟形势，多唱高调。什么对口词《学习大寨掀高潮》，表演唱《十唱祖国新面貌》，天津快板《最新指示放光芒》。找对了路子，一个节目一夜工夫就赶出来了，然后再移植些《红灯记》，《沙家浜》《智取威虎山》等几个样板戏的片断，再唱几首当时流行的红歌。稍一凑合，一台节目就出来了。词出来了要谱曲，不会谱，就套其他歌曲或节目的旋律，效果一样的好。节目排好了，首先在大队部礼堂公演，然后到各自然村落巡回演出。舞台都是演出前临时搭建的土台子。那时我们大队还没有发电，演出照明先是用几盏马灯凑合。后来大队给我们置办了煤气灯，记得第一次在大队部礼堂演出，台口只挂了两盏马灯，这时秋癞子显得异常的亢奋。他大声说：马灯少了，不亮。这时台下有人喊：秋癞子，你往台口一站，不就亮了？众人大笑。秋癞子摸着光头皮退下，少顷又上场，帮着台上摆道具，指指点点维持场面秩序。所有作派，俨然是个宣传队长。

演出之前，老支书照例要先说一通国内外大好形势，再布置一下当前的中心工作，完了就开始演出，老支书刚在前排坐定，锣鼓就排山倒海地响了起来，昏暗中幕后冲出四个年轻后生，个个戴军帽，腰扎皮带，威风凛凛一个箭步，一个震脚，左右前后呼应，然后一人一句，表演开来：山在起舞，海在歌唱，风在怒吼，凯歌嘹亮！南疆春早，北国花香；春光照大地，红旗迎风扬；狠斗封资修，消灭野心狼……全场顿时鸦雀无声。未满月的孩子，妈妈把乳头紧紧堵在嘴上。后生们刚下场，胡琴、笛子泼水一样响起来，一个小过门一结束，涂红描眉的姑娘们天仙一样飘然而至，随着舞曲，她们疯狂地旋转，尽情地摇摆。一个个丰满的胸部在旋转摇摆中，如同跳兔一样在尽情放肆地颤动。人们一下傻眼了。秋癞子蹲在台侧幕布边，眼睛视线被姑娘们胸前的颤动牵着走，哈巴口水直滴。台下的看客中不少是台上仙子们的父亲、母亲或兄弟姐妹。此刻，他们不是在看节目，而是在看闺女，比闺女。看谁的闺女更漂亮。台上节目一个一个往下演，台下掌声一阵接一阵地拍……

此类直白粗俗，公式化、概念化的东西，现在回头看，确实令人汗颜。然而在那时居然也博得台下群众一阵阵的欢乐和掌声，岂非咄咄怪事？但仔细一想，也不足为怪，当时八亿人口八个戏，农村文化生活贫乏呀！那时，村里来个什么锔鼎罐、弹棉花、卖膏药的，抑或屠户师傅杀头过年猪，都会引来一大群人围观看热闹，何况敲锣打鼓唱唱跳跳？更何况亮相演唱的还是一群群粉墨妆扮的少男少女？群众的欢乐和掌声，对宣传队，特别对我这个所谓作者而言，无疑是最好的鼓励和奖赏。从此以后，我写作的势头便一发不可收。在编写简单的三句半对口词，表演唱的基础上，我开始试着写戏了。当然，写的大多是一些追形势，赶时髦的东西。比如，上边讲“以阶级斗争为纲”，我便写了个大抓阶级斗争的《警钟长鸣》；上边号召“斗私批修”，我们便写了个批判资本主义思想的《一篓鱼》；上边发布关于教育革命的“五七指示”，我便写了个狠批教育领域的修正主义的《一根教鞭》。

那些年，我们大观大队的毛泽东思想文艺宣传队几乎演遍了全公社的村庄，年年代表下花区参加县里的文艺调演。我写的那些所谓剧本，也都先后登过县的舞台。毫无疑问，在那个“阶级斗争年年讲，月月讲，天天讲”的年代，我写的那些东西，自然也带着那个年代的深深烙印。但客观地讲，我后来对戏剧创作的兴趣，以及驾驭语言文字的功力，从某种意义上讲，多多少少也得益于那段难忘的岁月。这大概就是我戏剧创作的开端吧！

学生时代，总以为文艺创作，特别是戏剧创作是个很潇洒，很风光的事业。待到误入这个圈子之后，方知写戏是个费力不讨好的苦差使。本来，诗、词、文、赋、曲，创作起来各有难度。但鄙人以为：在诸难之中，尤以写戏之难为甚。中国的戏曲是一门写意的艺术。散文韵文交织，白话文言并举，综合性特强，需要多种“维生素”。通常写诗不必加戏，写戏却必须带诗，诗人小说家不一定兼通戏文之道，剧作家却必须兼备文质诗才。仅此一端，足见写戏之难。尤有甚者，戏曲门户森严，婆婆最多，最缺乏创作上的独立自主氛围。写诗写小说只要通过编辑部一关，一般不会反复折腾。写戏人却必须过五关斩六将，很少有过一锤子买卖。一个戏的出笼，要经过若干公公、婆婆、大姑、小姑的审查和指责，真可谓“十年磨一戏”。马拉松赛跑，费力不讨好，哪有诗人、小说家那般洒脱？但既忝列剧作者队伍，骑虎难下，只得自作自受，以苦为乐。多年的苦吟磨炼，最后终于有了结果。《美人历》《县长帮工》登上了中央《剧本》月刊的殿堂；《花开花落》《折箫记》《春风杨柳》《春风店纪事》等一系列剧本先后得以在《剧海》《戏剧春秋》《文艺生活》等刊物发表。更令人欣慰的是本人创作的剧本，大都投排上演，在观众中产生了不同程度的反响，得到了领导和同人们的肯定，并且多次获得中央省市的创作奖励。这也算是对我疲惫心灵的一种补尝吧！

回顾过往岁月，可谓辛酸苦辣甜五味样样全。在这里，我特别要感谢宣传队那段难忘的生活，是她使我与戏剧结下了缘分，并为之付出了全部的智慧和心血。现在回想起来仿佛就在昨天。宣传队当时是怎么散场的怎么也记不起来了，反正是后无来者了。当年的少男少女们，后来娶的娶嫁的嫁，有玩好的，也有玩恼的，有玩得身败名裂的，也有一对玩得白头偕老的。总之，宣传队散了，村庄又复归于原来的沉寂，鸡鸣，狗吠，猪哼，牛叫……

王启明

1948年生于邵阳县下花桥镇，中共党员，原邵阳县文化馆馆长，副研究馆员，湖南省戏剧家协会会员，邵阳市杂文学会理事。自1968年自邵阳县二中回乡，先后干过代销店，放过电影做过中小学教师，从事过剧团的专业编剧，1984年调入文化馆从事戏剧创作和戏剧辅导。几十年来，先后在国家、省、市发表或演出的戏剧作品近40部，多次获国家级及省、市级创作奖。此外，在公开报刊发表杂文、随笔100余篇。

人物

胡曾的“一牒三启”

陈扬桂

胡曾是晚唐时期的湖南邵阳县人，中国历史上影响最大的咏史诗人，距今已有1100多年。说起胡曾的文学成就，大家自然会想到他在诗歌方面的成就。胡曾的咏史诗，不仅可以在中国最大的官修丛书《四库全书》中，见到整整两卷一百四十九首，而且被古代话本和通俗小说广为引用，并被旧时代的学馆用作蒙学教材。

历史不容假设。倘若假设，可以说胡曾的最高文学成就并非诗歌，而是散文。史载胡曾有散文集《安定集》十卷传世，可惜很早以前就散佚了，他的大量散文已经无法看到。对他的散文成就，我们只能从仅存于世的“一牒三启”管窥一斑。

“一牒三启”是指胡曾于唐乾符年间担任剑南西川节度使高骈幕僚时，代高骈拟写的《答南诏牒》，以及《剑门寄上路相公启》《谢赐钱启》和《贺高相公除荆南启》。

按写作时间，《剑门寄上路相公启》面世最早。咸通十二年(871年)，路岩为剑南西川节度使，召聘胡曾为文书。这年胡曾三十二岁，风华正茂、胸怀壮志，接到聘书后，马不停蹄，便从京城长安直奔四川，到剑门时给路岩写了这封信。在信开头，胡曾自称“荜户庸人，荷衣贱子”，结尾又称“曾实渐孤陋。叨沐招延”，可见他对路岩聘用他是心存感激的，言辞间流露出激动和向往的心情。《谢赐钱启》是胡曾因得到高骈资助，给高骈写的感谢信，信中表达了他渴求做官的愿望。《贺高相公除荆南启》是胡曾给高骈歌功颂德的信函，信中称赞高骈是照耀百姓的皎日，辅佐皇帝扫清环宇的迅雷。此三启和《答南诏牒》都是用赋的形式写成。赋是一种有韵的散文，胡曾的一牒三启，用语铺张直陈，描绘细腻入微，文采华丽煜然，非一般手笔能企及。

胡曾一牒三启中最值得称道的是《答南诏牒》。《答南诏牒》不仅是中国文学史上一篇独具一格的散文精品，也是一篇出色的外交文照。面对敌国锋芒毕露、咄咄逼人的战书，胡曾的《答南诏牒》，在充分尊重对方的基础上，又居高临下，无比威严，针锋相对地伸张和维护了唐王朝的国威，入情入理地指斥了南诏骠信的妄自尊大，分析了南诏在政治、军事以及道义上的诸多弱点，指出了他们在这场战争中必败的结局。引经据典，气势磅礴，环环紧扣，无懈可击，全文有理、有节、有情、有威、有仁、有术，迫使南诏骠信心悦诚服，息兵求和，并送质子入朝。

从古至今，国与国之间下战书与回战书，是提升本国影响力的外交手段。尤其回战书水平的高下，直接影响到外交手段的优劣。“未必敢来”是中国古代最给力的回战书故事：传说汉武帝时期，匈奴送来一张“战表”，上写“天心取米”四个大字。满朝文武无人解得此谜。皇上只得张榜招贤，一个名叫何瑭的小官揭榜见召。何瑭指着“战表”上的四个字对皇上说：“天心取米，就是要夺我国江山，取国民口粮。”皇上急道：“那怎么办呢？”何瑭提笔在手，在四个字上各添了一笔，原信退了回去。匈奴元帅以为是中原不敢应战，可是拆开一看，顿时大惊失色，急令退兵。原来，何瑭在“天心取米”四个字上各加一笔后，变成了“未必敢来”。另一说是，党项首领李继迁送“天心取米”四字国书给宋太宗。新科进士寇准、吕端、王旦及大宋第一才子吕蒙正，每人将“天心取米”四字之一加上一笔，变成“未必敢来”。李继迁见到回复，果然不敢贸然进犯。寇准几人也成为一朝新贵。也有人说是番邦窥我大唐繁荣，送前四字至朝，试我华夏有人否。唐玄宗召集百官不得解，求于大诗人李白。李白要杨贵妃研墨，高力士脱靴，一笔而就，还于番邦，震动朝野。

“未必敢来”，流传虽广，可惜故事的主人公则莫衷一是。胡曾一牒退敌，历来没有争议。只是因为高骈后来有过叛国之举，胡曾虽然大事不糊涂，与高骈划清了界限，但与叛将相关的史实，终究会落下“语焉不详”的结局。这就是胡曾一牒退敌的故事流传不是很广的原因。

（作者系中国民间文艺家协会会员、文史研究员）

心怀敬仰　倾情呈现

——《历史学家吕振羽》雕像创作缘起

李云春

吕振羽(1900-1980年)，我们邵阳县金称市人，马克思主义历史学家，我国最早运用马克思主义史学观研究历史的学者之一。著有《史前期中国社会研究》《殷周时代的中国社会》《中国政治思想史》和《中国民族简史》等。至今在中国史学上拥有崇高的地位和深远的影响。

20世纪30年代，日军侵华的战火纷飞，硝烟弥漫！在国难当头之际，吕振羽先生于1937年9月从北平到长沙，他发现尽管湖南的抗日救亡的宣传活动已声势浩大，但共产党人全面抗战主张却没有得到很好的宣传贯彻。于是，他向湖南省工委建议，由我们党办一所像延安"抗大"一样的学校——塘田战时讲学院，以培养抗战干部，为我党领导的湘西南抗日游击战做准备，院址就选在他的家乡塘田。这里距县城二十九公里，院址原为清末太子少保席宝田的别墅，虽交通不便，但极为隐蔽，不失为办学的好地方。省工委非常赞成并向上级领导汇报。不久，得到党中央同意。为使讲学院能顺利地办起来，吕振羽建议聘请湖南省参议长赵恒锡出任董事长，并请时任湖南省政府主席张治中担任名誉董事，以使学院合法化。1938年9月初，到校学员一百二十多人，有共产党员、国民党员，也有印刷工人、小学教师，甚至还有和尚与尼姑，但以青年学生居多。编为两个研究班和一个补习班。

但是，塘田战时讲学院宣传共产党的全面抗战路线的主张遭到消极抗日、积极反共的国民党顽固派的敌视。1939年4月底，国民党派兵分三路包围"塘田战时讲习院"，并贴出布告称"如有抗拒情事，准予格杀勿论"。此刻，吕振羽不得不组织学院员工和学员有计划地撤退，以保护和保存革命力量。

塘田战时讲学院虽然只办了八个月，但为党培养了二百五十余位学员，成为一批抗日和地方工作骨干，壮大了革命队伍，播下革命火种，推动了全省抗日救亡运动，在湖南抗战史上写下了光辉的一页。这也是共产党在国统区创办的唯一一所抗战军政大学。

吕振羽先生是我国第一代马克思主义史学的开拓者和奠基人之一，老一辈无产阶级教育家。他一生“熔革命与学术为一炉，集革命和学者于一身”，为中华民族的前途和新中国的建立转战南北，饱经炮火硝烟，并为开拓马克思主义新史学笔耕不辍。虽蒙冤深陷囹圄却不忘爱国报效初心，甚至为党为人民奉献一生后也不忘把与革命伴侣江明夫人毕生心血之积累和珍藏，乃至把黄城根下的一栋六层楼房子一起无私地奉献给国家（现为吉林大学拥有并管理的吕振羽先生纪念室）。其崇高品德，可歌可泣！

在塘田讲学院即将迎来建院八十周年纪念之际，我们邵阳县籍的艺术家，心系家乡，感念故土，画家李云春精心策划并邀诗人李青松、书法家李贵明两位堂弟共同参与，特请雕塑家唐中汉先生精诚塑造一尊吕振羽先生铜像，并无偿捐献给我塘田讲学院，以彰显吕老精神，光耀千秋，激励来者。

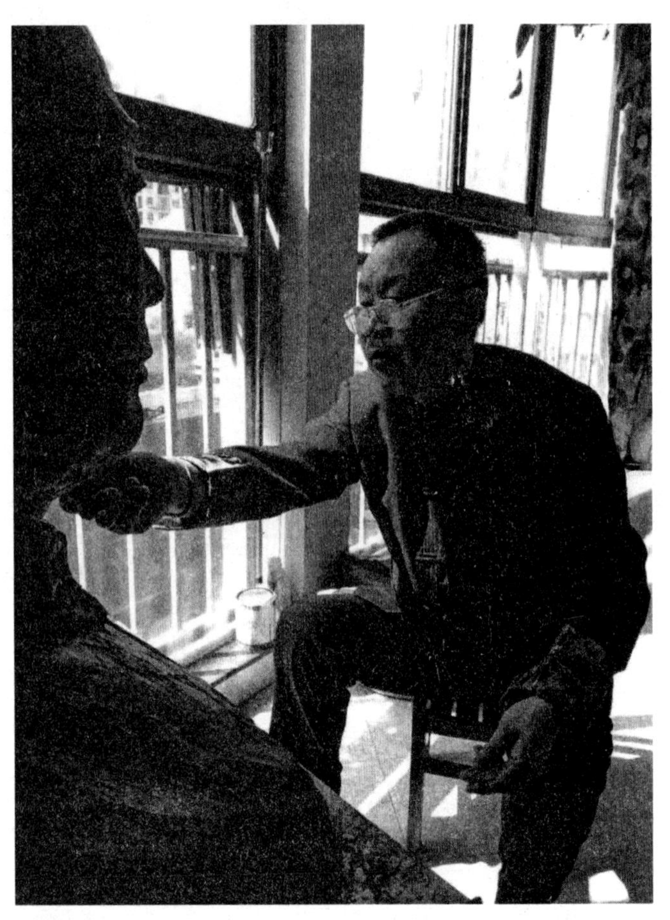

图为雕塑家唐中汉先生正在怀着对家乡学者先哲吕振羽先生的无限敬仰，倾注心血全神贯注地创作(作品见本期《江花》美术专页第一幅雕塑)。

怀念

王永中先生生平

王永中，1956年11月11日出生，邵阳县七里山园艺场人。1973年高中毕业后即担任七里山园艺场全民工区生产队长。1979年就读于邵阳师专中文系，1982年7月师专毕业后被分配在县十二中任教，1983年和1984年又先后调县十中、县六中任教，并担任县六中语文教研组长。1984年加入中国共产党。由于组织的关心，由于自己在文学文艺界的影响，1989年改行调入县文化馆任文学专干。王永中同志在担任县文化馆文学专干期间，不但为我县培养了一批很有发展潜力的文学创作骨干，自己还潜心创作了不少优秀的散文诗作，与人合作出版了诗集《蓝色的相思》，　同时还被湖南省作家协会吸收为会员。同年9月，调县人大常委会工作，任县人大办公室副主任。1996年调县文化局工作，任县文化局党组副书记、副局长。1998年2月调县文联工作，任县文学艺术等联合会主席，2009年2月，五十多岁的他，积极响应县委的号召，主动让贤，退居二线，但仍然全心为文联及文朋诗友们操劳。于2017年9月6日晚18时许因意外事故不幸突然去世，享年六十一。

悼王永中先生

黄建明

这是一个多么让人窒息的时刻，这是一场多么悲戚的氛围。

天飞横祸。我们的老朋友、优秀的文学工作者、老作家王永中先生就这样猝不及防地离开了我们，离开了这个无限美好的世界，离开了相濡以沫几十年的妻子，离开了天真可爱的稚孙，离开了他酷爱的文学事业和这一群群亲密无间的朋友，走了。

噩耗传来，像晴天霹雳，炸得我们惊悚不已，像利箭扎痛着我们的心。

我和王永中先生共事将近十年，他是我的前任。当年，我接受组织的安排，走上县文联主席的岗位。那时，我对文联工作是陌生的。近十年来，我是在王永中先生的支持合作下，一步一步走过来的。十年来，我们朝夕相处，肝胆相照，共同相守着文联这个清水衙门，共同耕耘着邵阳县的文学艺术园地，共同装扮着文学艺术的殿堂。十年来，我们结下了牢不可破的兄弟情谊，他像一位慈祥的长兄，默默地支持呵护着我，影响着我。他平和厚道的性格，与世无争的处世态度，执着认真的工作精神，扎实深厚的学问功底，勤俭朴实的工作作风，无时无刻不感动着我，激励着我，让我心服，让我敬佩。他的一言一行，一笑一颦，所有的点点滴滴，一一刻印在我的心灵，成为我永远不会磨灭的记忆。

王永中先生走了，老天爷竟以这样无情残忍的方式，夺走了他的生命，他走得是这样的让人难舍和心痛。

王永中先生走了，夫夷河畔一支天才的文学之笔折了，断了；邵阳县的文学园地，一位辛勤的园丁，没了。他的猝然逝世，是邵阳县文学事业的一大损失，更是他家庭的最大不幸。

王永中先生走了，他走得这样匆忙，来不及向朋友和同事们道别，来不及向家人说一句深重的嘱咐。但是他的精神，他的业绩，他的道德文章，会像永远不败的绚丽花朵，在我们心中绽放。

安息吧，老兄！

2017年9月8日

（作者系邵阳县文联主席）

痛悼王永中老哥

刘毅翔

他架起翅膀，就这样
从五层楼上飞向天庭了
天空非常宁静，撕不开
一个愉悦的口子
只有大地
在一个劲地喊痛
就在昨天晚上
他还在打电话嘱咐爱人
一定要将孙子带好
就在今天，他还在
为同事的立功受奖、工资晋级
在各部门奔忙
一直到晚上下班前
他还在为有些琐事没有忙完
而着急、自责
谁承想，刚过晚上六点
他就意外地走完了全部的人生
将对妻子、女儿以及家人的爱
全部记到了今生的账上
将没有完成的工作
全部寄给了来世的路上
天空的星星在闪耀
胸中的波涛在起伏
老哥呀老哥
你还听得见我在喊你吗
我听到，大地在一个劲地喊痛
痛哉！痛哉……

后记：

2017年9月6日18时许，县文联即将退休的老主席王永中同志在房顶种菜时，不慎摔了下来，当场不幸去世。他的妻子和女儿都在邵阳市。我听到这个噩耗时他已被人送到了殡仪馆。晚上从殡仪馆回来，我感慨万千，久久不能入睡，便写下这首诗，以表痛悼之情。

草于2017年9月6日深夜

（作者系邵阳县文联副主席）

悼，一个淡泊的诗魂(组诗)

——以此，追思王永中老师

张泽欧

淡泊者，有一个散发着淡香的诗魂……

——题记

青花瓷，碎了

青花瓷碎了，会绽放成另一朵青花
在一个神性的殿堂
木鱼为你诵唱，经文却已
哑然……

如炬，如瓷，如釉色
如碎玉样的词句……
如红丘陵梯田之上的那一抔泥土
热血流过夫夷，流过资水
流过你向往的橘园……

流进瓷中。煅火是你生命的底色
你把讴歌红土的诗句
讴歌诗歌
你把讴歌的诗歌送进窑炉

青花瓷碎了，另一件珍藏的瓷器
诞生
那瓷画中有一首乡土的诗
那瓷画中，有一朵洁白的橘花

从橘香中，飞出

江南，当然在淮南。所以为橘
香甜中添加了一种水韵
比如，你虔诚的诗

这水，是江南之水，富有蕴含
如一只黄色的蝶鸟

在七里山，老王家的儿子常常仰望
时代刚从航道上扳正
浊流，清了
季节，朗了
一条金鱼跃过龙门

你说过，这桔不是橘，是
一帧谐和的画
你说过，要为这幅画画出一只鹂鸟
你说过，这鸟应有一副美妙的歌喉
你说过，这歌喉会唱出
橘色的芳香

幻想，有一片油茶林

正如，油茶林是红丘陵的标签。你亦是
诗歌的标签
资水从小溪市的腰身上过去
留下一幢古朴的校舍

临江而赋的诗伴着油茶的清香
落日从佛家岭的岩尖上跌落，砸响
恒远的钟声
你淡然，从书声中出来
走向后山

后山有白色的茶花，翠绿的叶色
后山有，绛红的茶籽
当然，这一切萌生于红土
霜冻后，从你的诗中
溢出透明的茶油

以后的日子，总幻想
有一片油茶林。寂静时，风动
风动时，诗韵
恒久的是你吟唱过的丘陵
你的足迹

听蝉人

缄默真好，面对三千流水
听蝉。或与自己的影子
独语……
你选择了一首乡土诗歌，伴着

永中兄，此时，我不喊你老师
喊你一声“兄……”
如此，秋景中才无杂质

才会，在你坐过的绝崖下，听清
哲理的低吟
才会析出子规的谚语
才会在你的白发上，悟出
阳光的意义

蝉，鸣了
你在蝉鸣中长出诗的翅膀
飞向慈悲……

天堂，有一种固有的诗意

你描述过一只青鸟，想象过
翱翔
翅语是奔放的诗
但你来不及想象折翼后黯然的天空

羽毛
掠过天堂的梵音……

这个秋季，红丘陵的诗句定格在
五楼的暮色之中
你的橘园将落日坠落
老王家的诗人化做了蝴蝶
诗歌留下一个虫洞，尘埃与炊烟
随风而去

我知道你不会驾鹤，你是一个
憨厚的人
你有自己的风筝、橘花
如你曾经歌唱过的春天。天堂
有一种固有的诗意

张泽欧

笔名铎木，生于1967年1月。邵阳县下塘云乡双江口村人。在《诗刊》《星星》《诗林》《扬子江》《湖南文学》《芒种》等公开刊物发表诗歌多首(篇)，出版《痕之十四》《殇之十四》《夜，裸露的呓语》《流言集·谎言集》等诗集六部。现为中国诗歌学会会员，湖南省作家协会会员，中国煤矿作家协会会员，邵阳县作协副主席。

无尽感念 无限祷祝

——怀念恩师王永中先生 李青松

人人因缘前世定，
心心感应会今生。
早年哪知贵人出，
远在天边近在身。

惭愧我现在回忆起自己和王永中老师近四十年的因缘，感觉当时看似平淡的交往中其实暗示着某种禅机或者说天意。

1982年我们河边中学考上高中的同学均被划到邻近的金称市里新办的十二中就读。当我们班主任暨语文老师的就是刚从邵阳师专中文系毕业分配来的王永中老师，后来得知他还是一个散文诗作家。听王老师讲课是一种享受，他的语言像他的人一样沉静质朴委婉动人，如行云流水淌过心头。印象最深的是王老师讲课时是不看人的，哪怕同学搞小动作说小话也不在他的视线关注之内（课堂内外很少看见王老师批评人），或许他仰望的是他心灵的星空，并沉浸其中……也让我这个在河边中学读初一时因受班主任兼语文老师的唐桂清先生一次特别温暖而感动并发誓要为他学好语文以报恩而开始喜欢语文、学写作文的我陶醉其中，且深受大益，让我这个脑筋不太开化的十三四岁的懵懂学生慢慢开启了一根弦，作文水平逐渐提高，甚至有时让我脸红地被王老师作为范文。现在还依稀浮现王老师领着班里作文尖子余拥军、李世康等同学还有一个尾随的我在晚霞中的夫夷河畔无名塔下传授文学精神、畅谈文学理想和鼓励我们尝试写作并大胆投稿的情景。从此一个迷顽少年被逐步引向爱上文学之路！在某种意义上，王老师是我文学创作的第一个启蒙老师。一年之后王老师调走了。又一年之后，我这个因从初中开始偏科没有数、理、化学的脑壳造成的“跛子”，意料之中在高考时名落孙山。望子成龙并早看八字（俗话说穷看八字富烧香）认定此儿命大命好“观音娘娘坐莲台”的父亲决不甘心！因为他坚信算命先生的话，即使乡邻耻笑他、说他夸大话，他也依然海口，请人等着看。搞得本来从小就非常腼腆、一说话就脸红的我哭笑不得，恨不得找个地缝隐身而去，也越来越让我骑虎难下，压力山大，并更加为自己的前途迷茫！确实在当时农村唯有考大学和参军这两个出路，我这样文不文武不武的人只有一辈子躬耕南亩，想耕北边的都很难。可不承想很快就被席卷而来的改革开放之春风史无前例地改变了这一切！所以我当常存感恩！这是后话。

当时落榜在穷乡僻壤的我，开始一边务农一边笔耕，感恩父母与两个弟弟都支持我，尽量让我多一些时间学习、写作，而不要我干琐碎的家务活。

父亲常在寻思着决不能如此罢休，即使家里穷得揭不开锅盖也要拼命送我去复读。可是十二中让我读倒了（我们这一届1984年一毕业，十二中就没有了），父亲只好买苦力求人情送我到现在的国保文物单位塘田抗时讲学院——当时的县四中复读！面对严父强大的信心，我只能服从，但是我从小就有自知之明，知道自己一定考不上大学，除非保送！但父亲只是一个干了一二十年的老队长，对这一级“干部”，指标有限肯定分不到。待我1984年冬天在县四中复读时，我就盘算着怎么撤退，最重要的就是要说服这个一心盼望“这颗掌上明珠”跳出农门的父亲。

记得1985年正月初几在大山给姑妈拜年后父亲与我返回的途中，见父亲心情不错，我慢慢讲我对写作有信心了，说上期认识了老家就在离城背姑妈家不远的唐家院子的现在邵阳市文联当干部并正在创办《中小学音乐报》的唐运成总编（我的第一首歌词《小雪花》就是这位恩人伯乐修改发表的），还是家在离这不远的我们经常去给亲戚拜年的五皇冲唐爱明同学的舅舅。父亲一听贵人就在身边，似乎看到了希望，甚是兴奋！我便试探地建议，干脆我莫再去复读了，在家一边读书写作，一边帮您务农，还可给本来家里很困难的状况省去学费！

父亲一想，是啊！家住我们隔壁院子的曾在十二中任教的刘松根老师对父亲说过“或许青松搞文学会搞出名堂”。父亲想了想，便欣然同意，连说“要得，要得！”我顿时高兴得差一点没控制住自己要跳起来，而让父亲发现我真正的目的——怕从即将到来的高考高山上又一次重重地摔下来，而更加让人耻笑从此更加抬不头来。

我知道这个帮我跳过一劫的就是我亲爱的班主任王永中老师，因为是他对刘老师说“青松或许搞文学会搞出名堂”！所以王老师又是我的恩人，后来才知道王老师还是我的贵人！

我因王老师在幼稚的心灵播下的缪斯种子随着“拼命三郎”的勤奋破土和岁月的热情催进逐步发芽开花结果，不断在各级报刊发表作品，也陆续收到些稿酬，父亲喜从心来，说八字先生算得真准，儿子果真开始有出息了！父亲有时见到送来汇款单时，要我给他买酒喝。不幸的是好讲义气并嗜酒如命的父亲于1998年春仅五十八岁就因鼻咽癌而去世。父亲始终记着算命先生“观音娘娘坐莲台”与教书先生“会搞出名堂”之类的话，或者还有别的感应、指点，甚至在临终遗言中也念念不忘:“崽啊，你要呷国家粮的，是有出息的！可是我在生享不到您的福了，我舍不得走啊！”

遗憾的是父亲没有看到我很快走出农村！于先父离去后的几个月，即1998年夏秋之际，我偶遇蒋宗明先生被他聘请到他任站长的塘渡口文化站，我一到县城即利用我喜欢写哲理诗的爱好，开始筹划创办全国第一家专发哲理诗的《哲理诗刊》，托当时文艺春风兴起之力得到各方支持和诗人们响应而异军突起，创刊后纷纷得到冰心老人等前辈题词鼓励，很快在全国诗歌界产生影响！且因此缘我于1990年春“陈奂生进城”迁入北京！更要感恩党和国家的好政策，1992年年底省六部委联合组织评定并授予我“湖南省青年自学成才奖一等奖”，同时被省人事厅破格录用为国家干部，让不知多少代做农民的子孙终于跳出龙门！耿耿于怀的是，未能报答真正恩重如山的父亲！奇怪的是刚来北京那些年，我清晰地梦见父亲跟我到了北京。之后唯有报恩的是常常为相信菩萨的先父而修行做功德祈祷祝愿！

我在北京经历游学、深造到创业，到缘分降临看破红尘归隐京郊山林吃斋修佛，到后来四处云游随喜参学随缘护法。我后来每次回乡，王老师见到这个不走套路的老学生总是忧心忡忡，怎么办呢，如此流浪流浪。

2007年秋的一个因缘，时任县文联主席的王永中老师对时任县文化馆馆长的朱天文先生说，你们馆里还有一个能写会编的李青松，不要浪费资源了，要他回来编写点东西吧。大概是缘之所至，朱馆长满口答应，并马上与我联系，要我归位，之后就有了《夫夷文澜——湖南省邵阳县千年文选》这部一百三十余万字煌煌巨著的创意收集整理编辑并由光明日报出版社出版精印发行而成为我县一部重要文献的因缘。王老师功不可没！

近些年来，每次见到王老师汇报成果，老师直接打断，微笑着说这些我都不关心，只关心你生存和职称问题（今天可以悄悄告慰老师的是，我的二级作家副高职称资格已得湖南省作家协会评定并于昨天公示结束了，请老师放心）！我每次提出请老师客，老师总是微笑摇头拒绝。前年大约夏秋之际，我回县里时，给王老师打电话，说他的文学老友易昌龙先生请他与他们共同的文学老师刘少峨老师等一起小聚，这次他欣然应允到我客居楼下会合与刘老师一起去石齐中学前面的兄弟连饭店聚会交流，兴会无前。不想这次竟成永别！不到一年他就不幸仙逝了。阿弥陀佛！

期间电话还是通过几次，问候交流，有一次惊喜地发现手机微信显示本来原始的王老师的微信并很快成功加上，便发出道安问候。过了些天，很高兴地收到了老师的第一次回复：“读你天天发来的佛教信息和知识，天天沐浴着佛光。”感恩我佛慈悲，这是我第一次有了报答老师的成就感！

去年春，我整理资料时又发现王老师十年前用心血写我的一篇文章的亲切手稿，惭愧当时还年轻不成熟的我一直没能珍惜恩师的情意，因为当时世故地认为，全国名家写我的评论很多了，也因为后来的我逐步看淡了名利便开始一一放下了，也放下了老师这篇用心血用爱写就的文字，甚至没有打印存档。随着时过境迁学生开始却不是慢慢变老,当重新看到在京几经搬迁而完整留下来的老师手泽依然散发着香光时，一股莫名的感动的感恩的心顿时涌出，其实也是良心发现，于是立即写信给王老师（幸好手机微信因空间不足而经过几次大面积删除后还完整地保留了与老师的所有交流，但惭愧沟通互动不多，老师更是默然性格，回复的少，但关键的都回复了，其余都是默默的，沉默的更有力量）。

我看记录是2017年5月15日给老师发去的微信：

感恩恩师，常为祈祝。

请看我近日发至朋友圈的参访微信。

近期整理搬迁后的资料，正好找到了老师您慈心写学生之文。现拍照发您，请帮我到政府对面打字店请他们输出打字，并请老师帮助校定（后面学生有些发展，发几个报道供了解和补充大作）为谢！我没有电脑也不太会打字，北京图文店一般也不帮打字，我近月会回来，我来付费。回来帮编《江花》，请您准备系列大作与简历之电子版。

青松合十感谢老师、师母并随喜祝福大家。

6月4日上午11点欣喜地收到王老师发给我的微信：

“你上次发来的稿子我在广播局打字店已打好，什么时候回家审阅。”

不想这也是老师此生写给我的最后一次微信。

我不久回到家乡后到了那个打字店，便给在附近住的老师打电话，他说您先审阅吧。当请他聚时又被婉辞。心想青山永在，来日方长。

不想之后一两个月就惊闻恩师的噩耗，便随顺恩师的佛心法缘连忙请寺院超度以祈

佛光接引仁师往生净土，并马上赶回参加老师的追思会，匆匆献上如下悼文：

永为师范金称塔影夫夷波光映现心心微妙境

中得灵源文学气象道德风尚化育了菩提树

世事无常生命危脆亲身示现因缘法

天堂有路佛国安乐慈航引渡善心人

中元天沉，草木含泪

恩师离去，汝意何为……

忆往昔，三十五年前，金称市的县十二中，懵懂小青松有缘在兼班主任与语文老师的王公门下就学，校外的塔影波光记录了师生的无限情意！是恩师在这里慈启青松文海心源，开始引我登上神秘的缪斯诺亚慈舟。

近四十年来，常得恩师慈心光照，像父母一样关心爱护我的事业生活，像师父一样亲切鼓励我的修行人生，也像老友一样由衷欣慰我的点滴成果，甚至著文分享勉励！

恩师慈悲和霭，待我如弟不计礼节。每次相见，总是亲切随和，只关心学生的现实生存，无视弟子之不孝和失礼，乃至常常微笑婉拒学生的些许心意！

谁承想，恩师如此匆匆不辞而别！唯留下半年来的几段微信和一篇一月前完成的饱含着恩师无尽慈悲和赤诚佛心之激励文字！

呜呼！此生师徒，顿成阴阳两隔！惭愧弟子已欲亲不能欲敬无缘，唯与众等，同祈佛光慈照，引吾师于光明觉岸！自此决绝于茫茫的轮回苦海，觉悟了这无尽之生死迷梦，解脱于清净自在之极乐妙境！

2017年9月9日晨，于匆匆赶回之客舍无泪感念并随喜祷祝。

大家知道，恩师早期写了很多抒情唯美独特超然的优秀散文诗，列为当时邵阳县文坛三杰。后来因为忙于组建县文联和主持文联事务，为文朋诗友们操劳而很少写作品。可能老师在离世前帮助打印并完善改定的他这篇饱醮浓情妙意的《李青松印象》，是他的绝笔，也是他一生的绝唱！

本来作为《江花》的主编，笔者是不应该在此复刊的首期刊登介绍自己的文章的（其实我也害怕读到写我的文章，常常惭愧而脸红），但思量了很久，鉴于让众多至今为这位为全县文学艺术事业默默奉献一生并为人相当低调谦和的王主席的突然离去而扼腕叹息的领导同事和文朋诗友们了解平时寡言少语的尊者的心迹，并读后同心随喜为他祈祷，故不揣冒昧也未避自吹之嫌地还是要刊出来，以告慰恩师并为恩师感念者，乃惭愧青松之愿也！

敬此叙述师生人世因缘和自己成长的花絮，以感恩引我走上文学道路并慈心指点与推动我事业发展的贵人王老师，感恩在我艰难之中给予热情援手和扶持提携的无数恩人与伯乐，感恩一直呵护关照我的领导同事和所有父老乡亲，乃至感恩相续生命中的一切缘分！惭愧青松愿尽毕生努力和全身精力尽量在人生的大道上做得更好以期回向与报答，并以此至心感恩和随喜祝愿给予我宝贵生命并赋予永恒慧命而终得成就大我的伟大世界！

2018年6月9–10日初稿，
9月11日–13日于弘乐源改定

李青松

笔名李青凇、李岱松，20世纪60年代出生，邵阳县塘田市人。系中国作家协会会员。曾聘任为中国人民大学文艺思潮研究所研究员兼大型诗歌与诗学杂志《新诗界》主编，发起并成功举办“新诗界国际诗歌奖”，被评为“中国十大优秀青年诗人”并授予“中国第三代诗人功德奖”，出版发行《灵魂的家园》《灵魂的飞鸟》《天真之歌——李青松歌诗选》（歌词集）、《重温亲人——李青松乡音诗选》和《隐行者》（两集）等诗思集，2016年1月9日作家出版社和首都师范大学中国诗歌研究中心联袂举行“《隐行者》首发式暨李青凇诗歌创作研讨会”，各大媒体纷纷报道和评论，产生广泛影响。

〔附录〕

李青松印象

王永中

李青松，一个与世俗格格不入的诗歌才子。

李青松，一个精神王国的高雅贵族。

李青松，一个人生最高境界的执着追求者。

与李青松相识、相交十九年了。十九年来，随着时光的流动，李青松在我心目中，印象不断加深，清晰定格成这样的形象。

1

1982年秋天，我高校毕业，被分配到我国著名马克思主义历史学家吕振羽的故乡——湖南省邵阳县金称市乡，在那里的一所中学执教。其时，李青松就在我所执教的高一（26）班就读。金称市是一个离县城较远的山乡，也是一个山青水秀的地方，是一个有着深厚文化积淀的地方，也是一个有着光荣革命历史的地方（塘田战时讲学院离这里不远）。我喜欢这里的山水风光，田野美景，更喜欢这里质朴无华、求真务实的山村中学生。李青松就是这些中学生中突出的一位佼佼者。那时，他言语不多，沉于独立思考，学习成绩好，尤其是作文好。他的作文或立意新颖，或开篇不俗，或托物寓意，或结尾含蓄，每一篇作文都有令人拍案称奇的地方。课余，他还向有关文学刊物投稿。由于我自己是高校中文系毕业，也爱好文学，自然与青松更加亲近。许多傍晚时分，我与李青松或漫步在田野阡陌，或徜徉在夫夷河畔，或伫立在苍翠山林，无拘无束地畅谈，谈人生，谈理想，更多的是谈文学。没有师与生的等级，只有心与心的交流。那时，我心目中有一个预感，青松将来或许会成为一个作家。

1986年春天的一个星期日，我在离金称市中学较远的另一所山区中学里，收到一份扬帆文学社寄来的厚厚信札。拆开一看，信中有一份《扬帆》文学小报，还有一封李青松给我的长信。李青松在信中告诉我，他一九八四年高考落榜，由于家境贫寒，无法复读再度参加高考，只有回到生他养他的山村，日出而作，日落而息地“修理地球”。但他心中的壮志不灭，心中的理想未泯，他要寻找自己的人生目标，他确立了自己要走的道路——诗歌创作。他在艰难中正与一位朋友发起成立扬帆文学社，创办《扬帆文学报》。”读完他的信和他创办的《扬帆文学报》及他的诗歌作品，我感到惊奇，也感到担忧。惊奇的是青松的雄心壮志，我为他不会沉沦于乡野而惊奇；担忧的是青松选择的道路，我为他选择了一条漫漫而悠远的道路而担忧。诗歌创作的道路是多么不易走通的路哟！多少人在这条路上默默地退却，多少人在这条路上所获甚微而误了美丽的年华。但是，我的担忧是多余的。青松的诗歌才华闪灼着熠熠的光芒，他在诗歌创作的道路上步履坚实又快速。他的作品相继在数十家省级以上刊物不断发表。频频获奖。几年之后，他的作品便引起了著名作家谢璞等文化名人的关注，他于1989年加入了中国作家协会湖南分会，成为当时湖南最年轻的作家。

李青松，一个诗歌才俊的形象出现在资江上游，湘西南的地平线上，李青松，一颗诗界新星，升起在中国的诗空里。

2

1989年3月，因工作的需要，我被调到邵阳县文化馆担任文学专干，负责全县的文学辅导工作。其时，李青松正在县城关镇文化中心创办全国独一无二的《哲理诗刊》得到文坛前辈冰心等老人的题词鼓励。在此，我与他的交往日渐增多，与他一起切磋文学的机会越来越多，基本上每个星期见一次面，叙谈一次，有时竟是三两天见一次面，叙谈竟是通宵达旦。这时的李青松名气蒸蒸日上，在他和他的《哲理诗刊》周围，紧紧团结着一大批全国四面八方的哲理诗歌创作者与爱好者。然而，他并不满足自己拥有的外在名气，而是向往内在的精神世界。在他的日常生活里，依然是朴实的装束，节俭的饮食，简单的住宅。终日不去舞厅，不去卡拉OK，不去夸夸其谈，不去炫耀标榜。只是两袖清风地埋头于他的《哲理诗刊》和哲理诗的创作。精骛八极，穷哲理诗之奥秘，全身心地融入诗的精神王国里。与诗歌以外的朋友在一起，他常常是沉默寡言；与诗歌朋友在一起，他常常是高谈阔论，滔滔不绝。在诗的精神王国里，他像一只自由翱翔的雄鹰。他是一个潇洒俊逸的贵族。1989年冬季，我因工作需要，调入党政机关工作，与文学逐渐疏远。而在诗的精神王国里翱翔的青松，却是成果累累，佳音频传：

1990年春，青松的《哲理诗刊》社迁址北京。同时，青松被北京某杂志社聘任。

从1991年起，青松获得湖南省青年自学成才奖，被破格录用为国家干部；之后相继就读中国作家协会鲁迅文学院，策划并主持《诗季》，主持中国青年出版社《青年文学》杂志诗歌专栏。他相继给我寄来了他的《灵魂的家园》《灵魂的飞鸟》《天真之歌》《重温亲人》等著作。

好啊，青松，诗之精神王国的骄子！

3

自李青松进京以后，并与他的相见相叙甚少，印象最深的只有两次。一次是1991年

春夏，我有机会进京到中国新诗讲习所的诗歌创作班里学习。学习期间，我找到青松所在的工作单位。青松与他的同人于百忙中热情地设宴接待了我，学习结束后，青松与他的同人又设宴为我践行。那隆重而热烈的场面令我终身难忘。一次是1999年春节期间，青松回故乡探亲，与高中同学李小春前来看望我。其时的青松已是胸挂佛珠，满口佛语，饮食崇素的佛家弟子。中餐之后，经青松的提议，我们三人一同游览了旺爷山普济寺，在寺院里，他和僧侣参禅拜佛，谈经论道，其一举一动，一言一语，完全是佛家规范，我和小春全然是局外人物。青松的这番形象着实令我惊异不已。在此之前，我曾经听人说过青松出家一事，但我并未相信。在我的心目中，青松素有大志，富有才气，怎么会看破红尘，循入空门？走出普济寺，我问青松个中缘由，青松笑而言它，回答我们是佛与人生、佛与社会、佛与哲学的关系。我久久地凝视他那智慧的双眼，似乎要解开其中的谜底，但无法解开。那次相见相叙，除留下我们三人在旺爷山寺院前的合影外，还悬起了我对青松的忧虑。

2000年7月，他从京城给我寄来了他的新著《归隐者系列三部曲》〔《我之歌——在诞生于涅槃之间的精神史》《悟道与逍遥———个现代古人的山水清音》《清庐随笔———个当今归隐者的诗性言论》作家出版社（1999.12）〕，寄来了《人民日报》。《文艺报》《诗刊》《写作》等许多报刊关于他的专题评价文章。当我读完他的新著《归隐者系列三部曲》和关于他的专题评价文章，我恍然大悟，1999年正月在旺爷山寺院悬起的对青松忧虑顿时释然，化为乌有。原来他远离红尘，隐居京郊的林泉潜心修悟，并非真正地看破红尘，遁入空门，逃避现实，而是为了返璞归真，感知自然的法则，洞察人间世情，摸索艺术规律，探究人生真谛；为了将自己与生俱来的悲天悯人的博大精神、浩然正气融合于天地，为了贯通古今，创建起自己的诗歌宫殿和精神王国，开辟出一条风格独特的艺术道路；为了更好地关怀着文明的进步，众生的疾苦，以报效祖国，报效人类。读他的《归隐者系列三部曲》，仿佛进入一个博大的世界，无限的领域。

是的，青松哪里在逃避现实，分明是在追求着人生的最高境界！

今年春节，青松再度回故乡探亲，他告诉我，他正在创办一个新的刊物《新诗界》。适当时机，他要重返红尘，为社会效力，为大众服务。

我期待着，期待着青松以人生的最高境界给诗坛带来生机，给社会带来福音，给人类带来吉祥。

2001年秋初稿，2017年6月4日改定

国画作品《和气如意》 邓集文

音乐

资江颂

1=E $\frac{4}{4}$

邓永旺　何军龙 词
陈　勇　军 曲

啊　啊　啊　啊　啊

啊　啊　啊　雪峰山下
雪峰山下

有一条古老的江，穿过峡谷奔腾向东方；青枝绿叶
有一条清澈的江，穿过时光快乐向前方；精彩故事

为你欢呼鼓掌，万里稻花为你竞相开放。美丽的资江
为你增添荣光，文人墨客为你书写华章。美丽的资江

多么宽广，勇往直前扬帆远航；美丽的资江
多么坦荡，开拓进取奋发图强；美丽的资江

多么慈祥，你的乳汁哺育生命安康。
多么壮观，你的臂膀托起灿烂辉煌。

结束句

灿烂辉煌，灿烂辉煌。

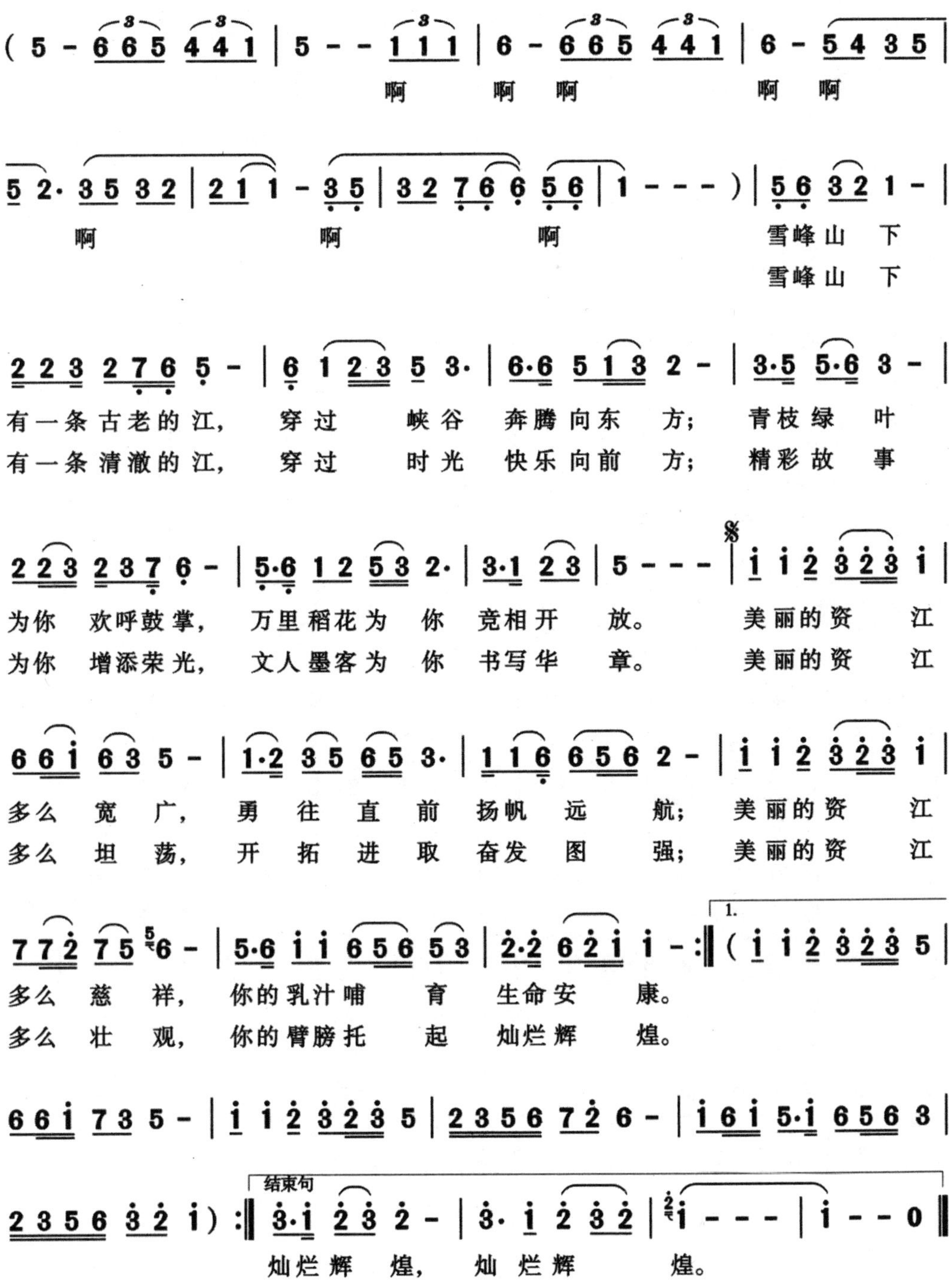

唱邵阳

1=F $\frac{4}{4}$

唐畏保 词
郭 妤 曲

(3 5 | 6·i 7 6 5 6 5 3 | 2 3 2 3 5 6 1 -) |

6 5 4 3 5 3 2 1·2 | 3 3 5 2 7 6 1 5 - |

开怀唱邵阳，邵阳好地方。
开怀唱邵阳，邵阳好地方。
开怀唱邵阳，邵阳好地方。

6 6 5 6 1 2 3 6 5 3 | 2 2 2 3 6 5 1 3 2 - |

四明山一山连四县，双江口渔舟送夕阳，
蔡桥油茶称油海，芙蓉的花生遍生香，
洛湛铁路过县城，渣滩游艇闹郝江，

3·6 5 4 3 2 1 2 | 3 3 5 5 3 2 7 6 - |

河伯岭古木森森绕云雾，
五丰铺梆声渔鼓唱古韵，
九公桥工业特区迎客商，

5 3 5 6 1 1 2 3 5 3 2 7 | 3 2 2 7 6 1 5 - |

谷洲桥一马平川稻花香。
东田冲的布袋杂耍走四方。
开发区新街新楼新风光。

1 1 1 2 2 7 6 7 5 6 | 3 3 5 6·5 3 6 1 3 2 |

喝一口邵阳的山泉水，清爽沁凉谁不想邵阳，
尝一口邵阳的朝天辣，走遍天涯不会忘邵阳，
唱一支邵阳的家乡曲，团结拼搏振兴我邵阳，

3 3 2 3 3 5 2 3 2 7 6 | 1·2 3·6 5 6 2 4 3 |

喝一口邵阳的山泉水，清爽沁凉
尝一口邵阳的朝天辣，走遍天涯
唱一支邵阳的家乡曲，团结拼搏

1.2. 2·3 7 6 5 6 1 - || 3. 3·5 6 5 6 i 5 - | 5 - - - :||

谁不想邵阳。振兴我邵阳。
不会忘邵阳。

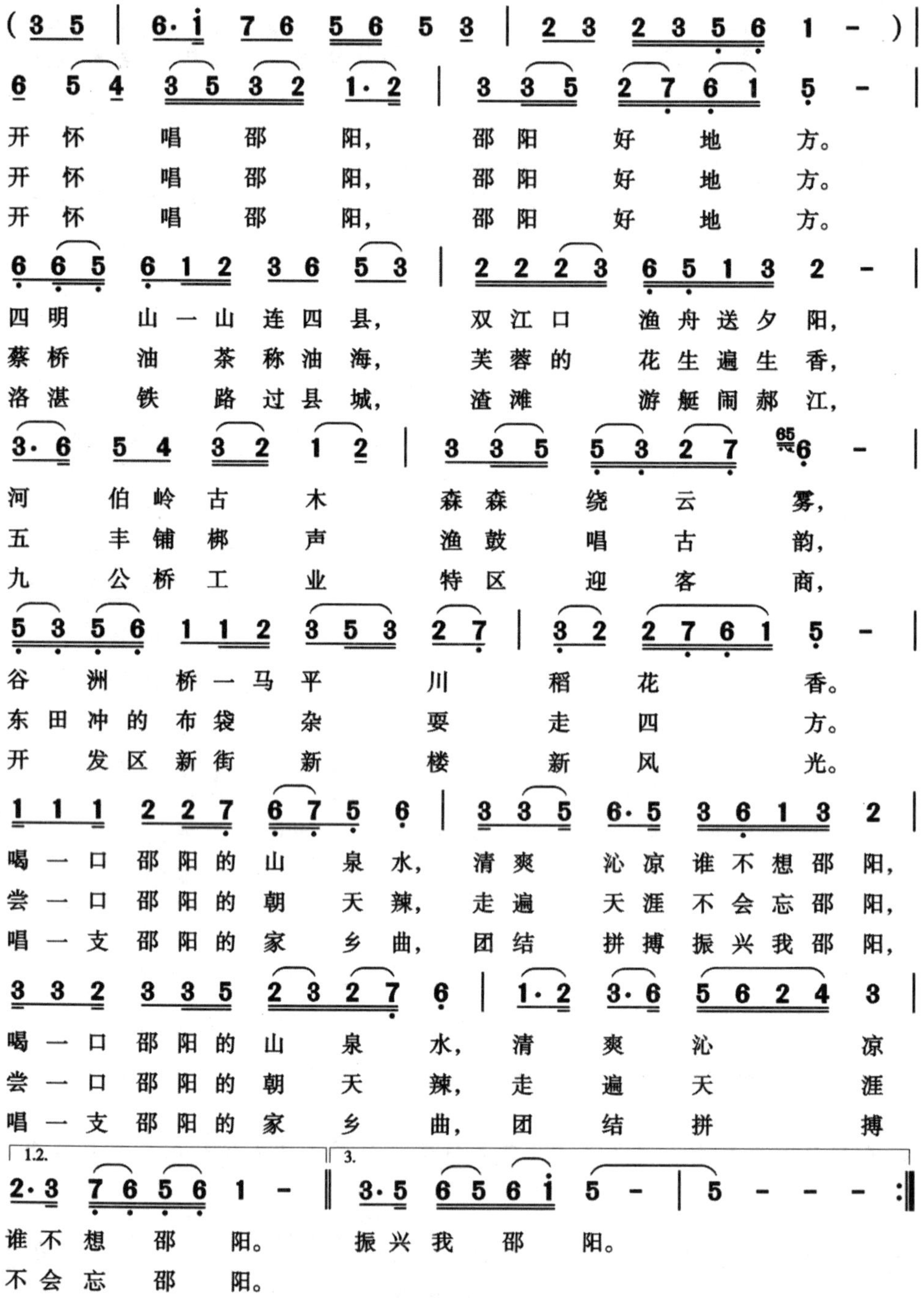

七月的歌谣

（女中音独唱）

1=♭E $\frac{2}{4}$ $\frac{4}{4}$

王永中 词
郭 妤 曲

七月的歌谣熟了，

七月的歌谣飘香，七月的歌谣

熟了，七月的歌谣飘香。歌谣磨亮了

镰刀，歌谣沸腾了村庄，歌谣卷起了收割的金浪，

歌谣唱醉了热闹的打谷场。啊，啊，

七月的歌谣啊七月的歌谣，你是流金溢彩的乐章，你是

农民心中的希望，你是农民心中希

望。望。心中的希望。

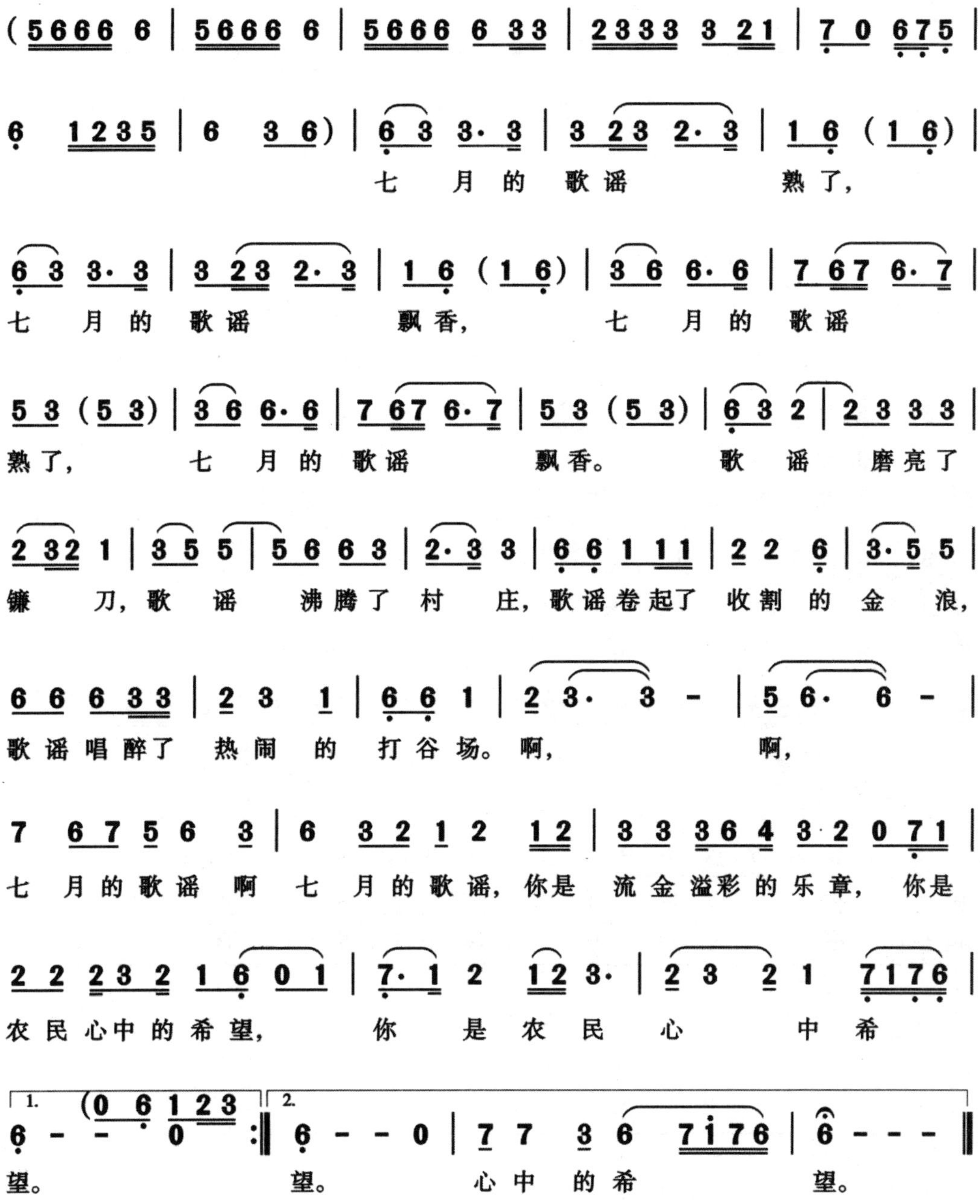

霞山之恋

1=G 4/4

♩= 65 深情地

男声独唱

刘振华 蒋小波 词

陈勇军 曲

峰峦在云霞里

山川在云霞里

仙境般绵延，小路在那云雾中蜿蜒，青山热吻在清流的水面，虔诚的心愿萦绕那山巅，无法忘怀秀丽的山川，乡愁牵引着我的心田。哪管青春和暮年，淡淡的相思，

画卷般闪现，先贤在那烟雨里流连，松涛摇撼着淡淡的紫烟，翠绿的竹海碧波托蓝天，无法湮灭心中的想念，乡愁带不走流金的岁月。无论风口和浪尖，缕缕的青烟，

1. 2.

温暖我一生对霞山的眷念，

化作我一生对霞山的思念，

结束句

温暖我一生对霞山的眷念。

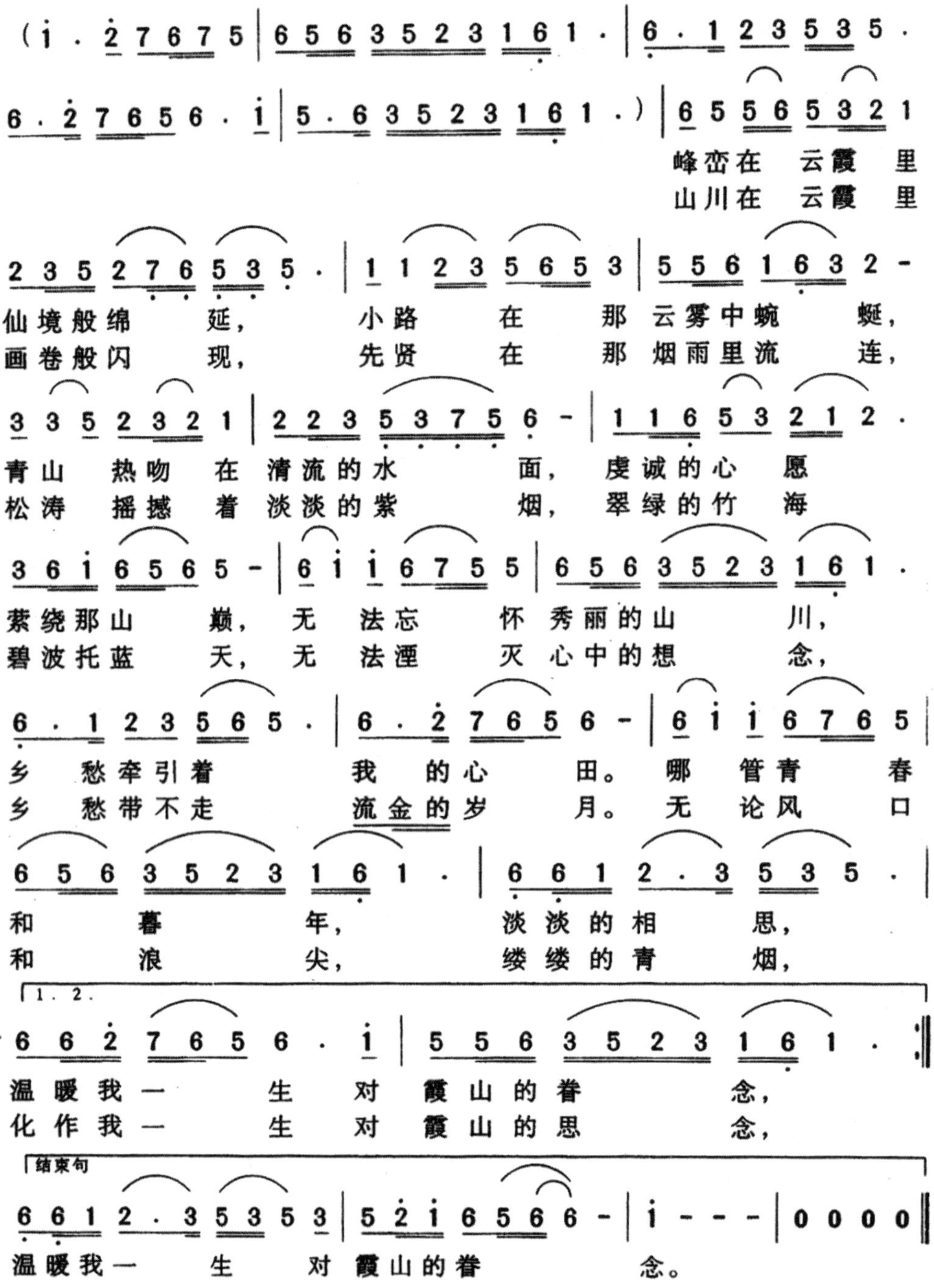

油茶之乡欢迎你

1=$^\flat$B $\frac{4}{4}$

邓永旺 词
陈勇军 曲

欢快、喜庆地

慢 独唱

锣鼓敲起 来哟， 唢呐吹起 来哟， 把高跷 踩起来呀， 好嘞！

唢呐

锣鼓敲起 来（敲呀么敲起 来），
锣鼓敲起 来（敲呀么敲起 来），

唢呐吹起来 （吹呀么吹起来）， 高跷 踩起来（踩呀么踩起 来），
龙灯舞起来 （舞呀么舞起来）， 歌舞 跳起来（跳呀么跳起 来），

热烈庆祝我们的 茶 花 节。 盛开的茶 花 是我们发出的请
热烈庆祝我们的 茶 花 节。 绽放的茶 花 是我们热情的笑

贴， 金色的花 蕊 是我们不变的信 念； 洁白的花 瓣
脸， 绿色的茶 林 是我们幸福的家 园； 飘香的茶 油

是我们真诚的 真诚的表 白。 欢 迎你呀 欢迎你， 油 茶之乡
是我们闪亮的 闪亮的名 片。 欢 迎你呀 欢迎你， 油 茶之乡

欢迎 你， 这里的山水 真 是美呀， 这里的茶花 真 是香呀， 远方的朋
欢迎 你， 这里的人们 真 是好呀， 这里的茶油 真 是香呀， 远方的朋

结束句

友 欢迎你 呀 欢迎你 欢 迎 你。 远方的朋
友 欢迎你 呀 欢迎你 欢 迎 你。 *D.S.*

友 欢 迎 你呀欢迎 你。 呀啰 嘿！

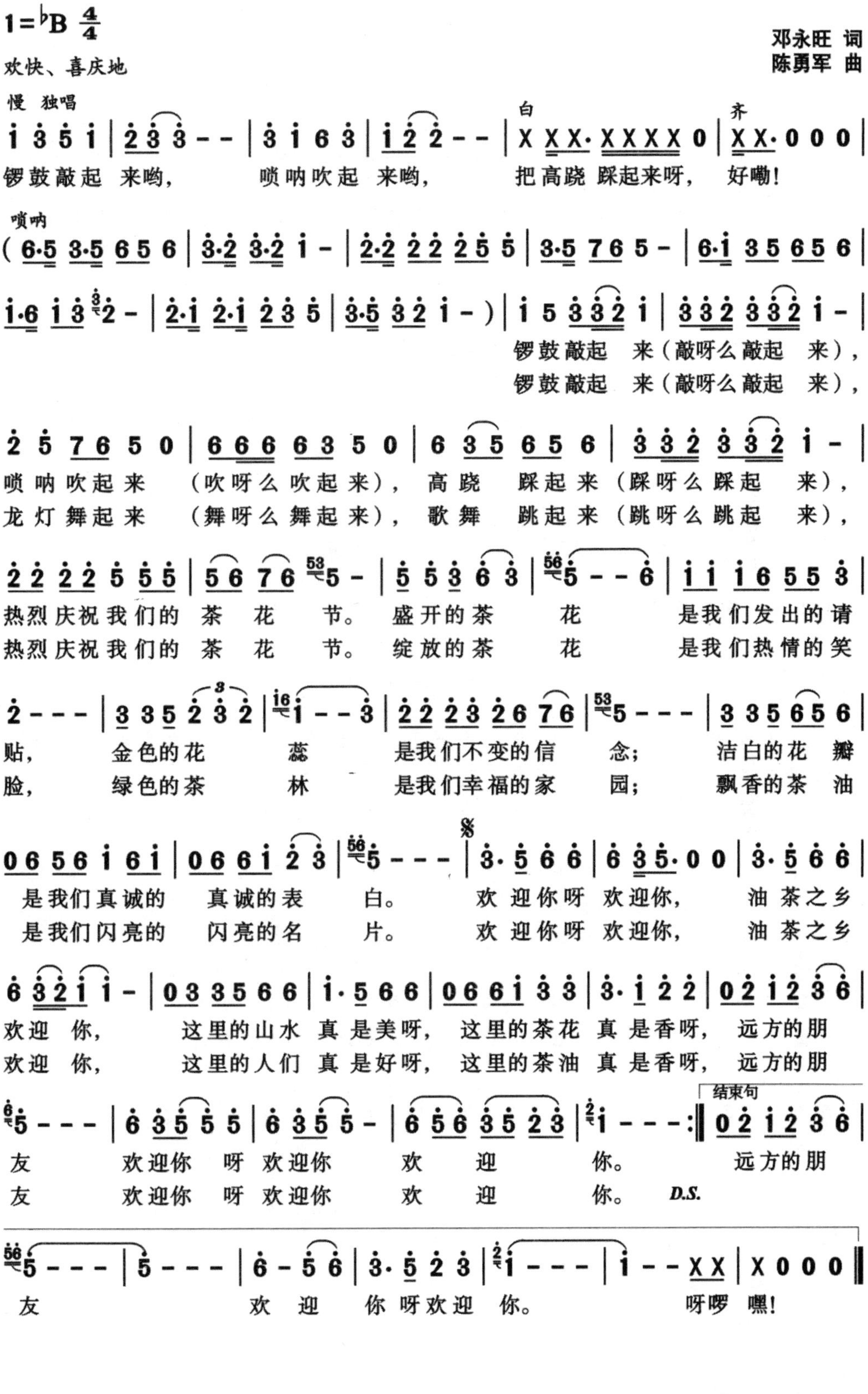

蓝印姑娘

——为国家级非物质文化遗产项目邵阳蓝印花布而歌

1=♭B 2/4
♩=78 热情洋溢地

女声独唱

邓永旺 易文胜 曾祖标 词
尹晓星 尹颂军 曲

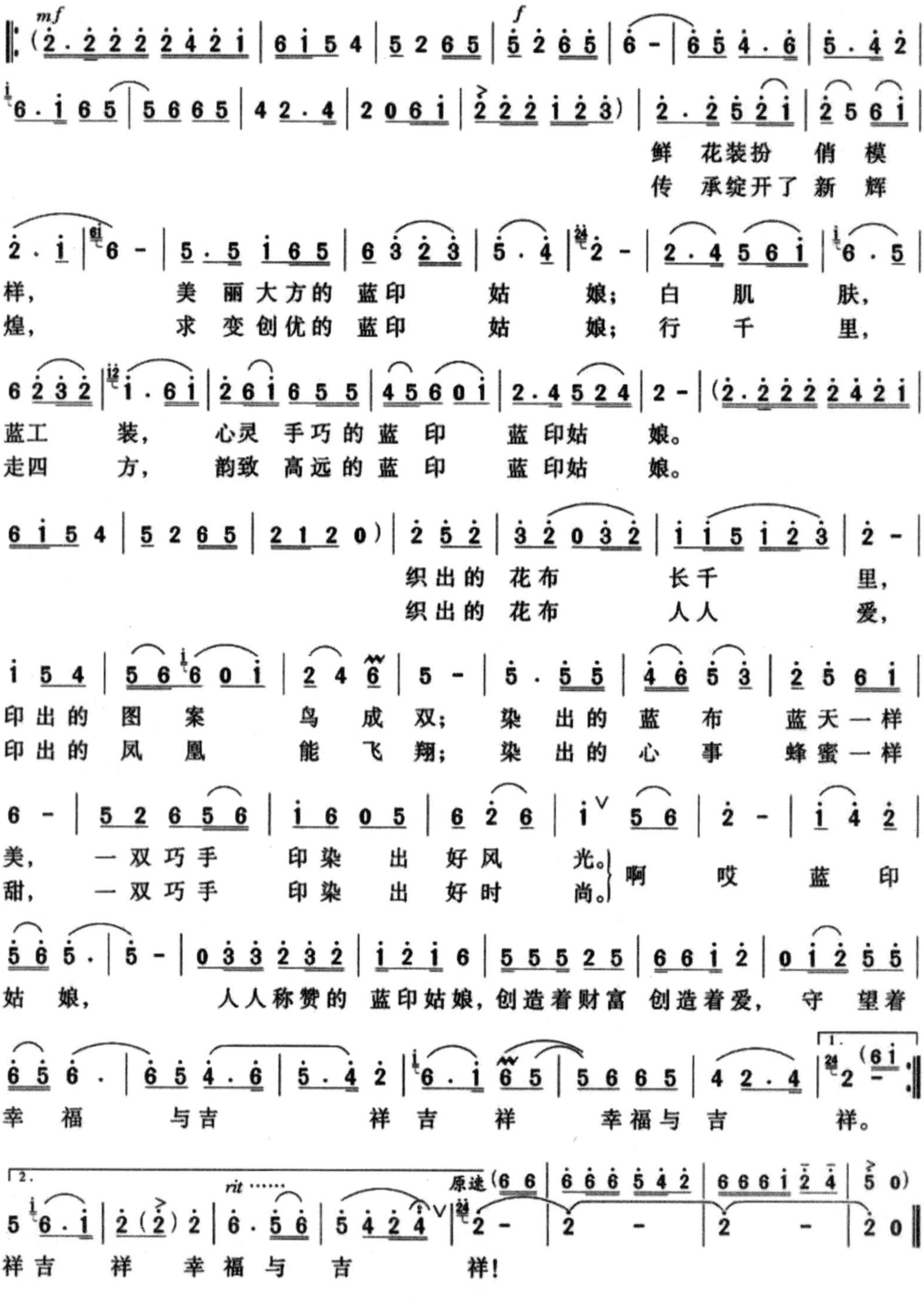

mf
f
鲜花装扮俏模样，美丽大方的蓝印姑娘；白肌肤，蓝工装，心灵手巧的蓝印蓝印姑娘。
传承绽开了新辉煌，求变创优的蓝印姑娘；行千里，走四方，韵致高远的蓝印蓝印姑娘。
织出的花布长千里，印出的图案鸟成双；染出的蓝布蓝天一样美，一双巧手印染出好风光。
织出的花布人人爱，印出的凤凰能飞翔；染出的心事蜂蜜一样甜，一双巧手印染出好时尚。
啊哎蓝印姑娘，人人称赞的蓝印姑娘，创造着财富创造着爱，守望着幸福与吉祥吉祥幸福与吉祥。
rit……
原速
祥吉祥幸福与吉祥！

一人手操百人戏

——国家级非物质文化遗产项目邵阳布袋戏之歌

1=G $\frac{2}{4}$　　男声独唱　　易文胜　邓永旺　曾祖标　词

♩=88 热情洋溢　富有情趣地　　邓永旺　尹颂军　陈鑫雄　曲

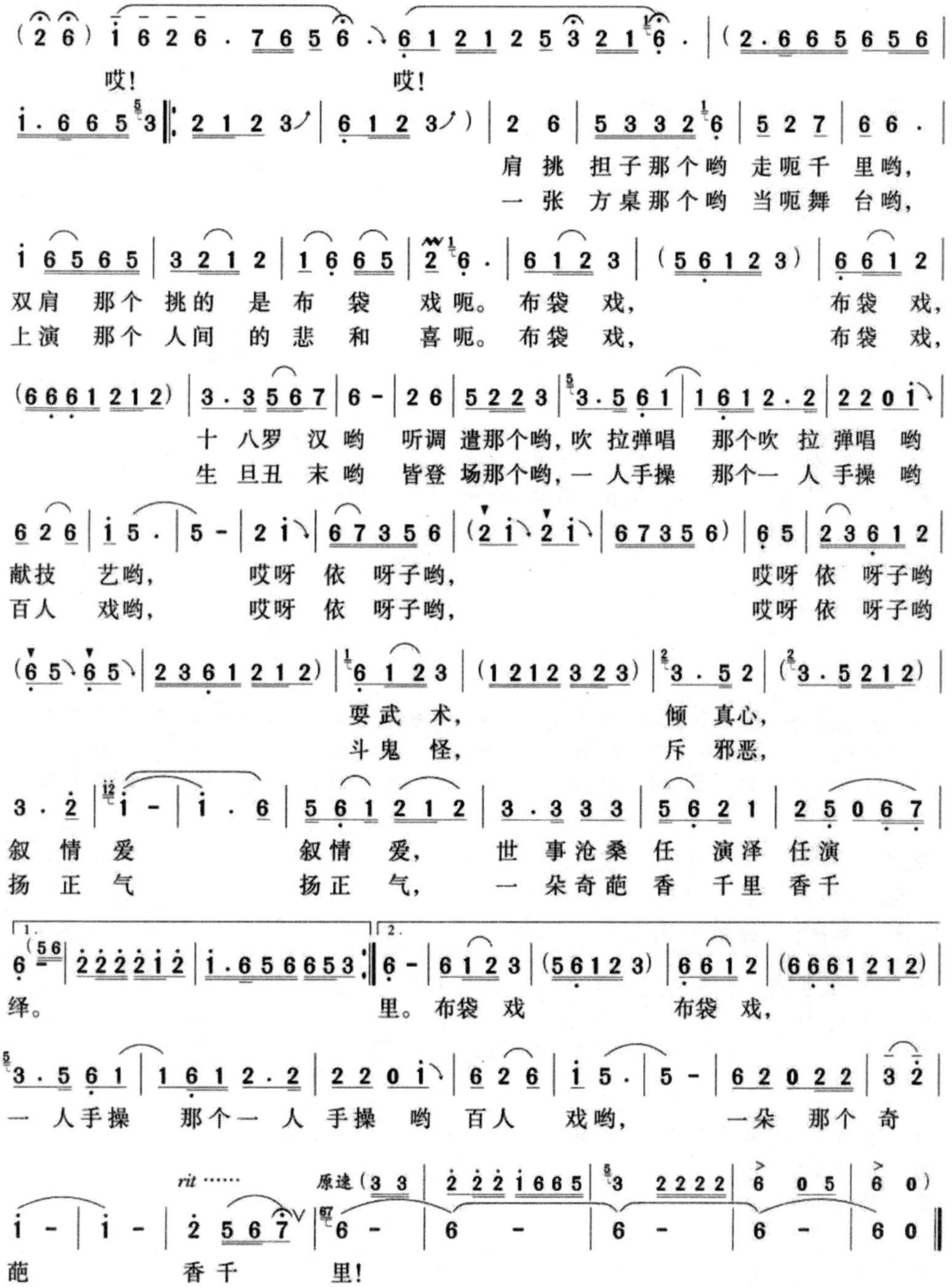

哎！　哎！

肩挑担子那个哟走呃千里哟，双肩那个挑的是布袋戏呃。布袋戏，布袋戏，十八罗汉哟听调遣那个哟，吹拉弹唱那个吹拉弹唱哟献技艺哟，哎呀依呀子哟，哎呀依呀子哟要武术，倾真心，叙情爱叙情爱，世事沧桑任演泽任演绎。

一张方桌那个哟当呃舞台哟，上演那个人间的悲和喜呃。布袋戏，布袋戏，生旦丑末哟皆登场那个哟，一人手操那个一人手操哟百人戏哟，哎呀依呀子哟，哎呀依呀子哟斗鬼怪，斥邪恶，扬正气扬正气，一朵奇葩香千里香千里。布袋戏布袋戏，一人手操那个一人手操哟百人戏哟，一朵那个奇葩香千里！

rit……　原速

清清夫夷水

独唱

1=F $\frac{4}{4}$ $\frac{2}{4}$
中速稍快 亲切、热情地

李青松 词
尹晓星 曲

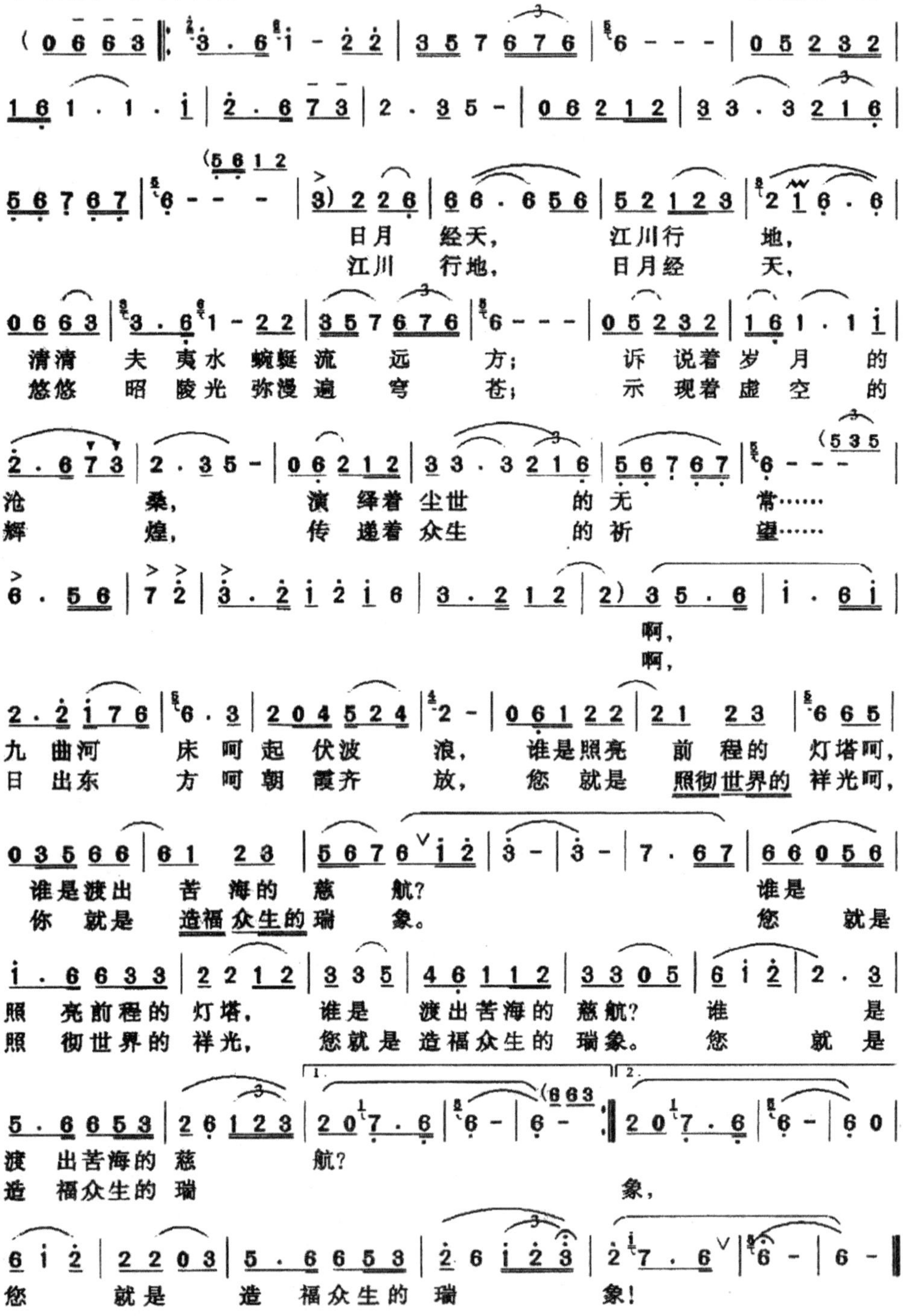

日月 经天， 江川行 地，
江川 行地， 日月经 天，

清清 夫 夷水 蜿蜒 流 远 方； 诉 说着 岁 月 的
悠悠 昭 陵光 弥漫 遍 穹 苍； 示 现着 虚 空 的

沧 桑， 演 绎着 尘世 的 无 常……
辉 煌， 传 递着 众生 的 祈 望……

啊，
啊，

九 曲河 床 呵 起 伏波 浪， 谁是照亮 前 程的 灯塔呵，
日 出东 方 呵 朝 霞齐 放， 您 就是 照御世界的 祥光呵，

谁是渡出 苦 海的 慈 航？ 谁是
你 就是 造福众生的 瑞 象。 您 就是

照 亮前程的 灯塔， 谁是 渡出苦海的 慈航？ 谁 是
照 御世界的 祥光， 您就是 造福众生的 瑞象。 您 就 是

渡 出苦海的 慈 航？
造 福众生的 瑞 象，

您 就是 造 福众生的 瑞 象！

夫夷乐坛七十年艺术探寻摭谈

尹晓星

广西壮族自治区一位资深学者诗云："湘桂毗邻越城岭逶迤，流淌姐妹江南漓北夷；源出一山，分路扬镳，双江碧波荡漾神奇；两岸弦歌，心灵天籁，音乐之江韵流不息……"这首百余行的长诗，以丰沛的情感，紧扣源出桂东北猫儿山被誉为姐妹江的漓、夷二水，寓情于景，情景相即，以"音乐之江"为题旨，直击内心，撼人魂魄，物我同一，美善合一。

漓江，自猫儿山发源南流经桂林，为珠江水系西江支流桂江上游河段之通称。其流域乃"歌仙"刘三姐故乡，千百年来两岸弦歌不断，是驰名中外的"歌舞绿洲"。

诗中"北夷"者即夫夷江，源出自猫儿山往北流，经广西资源县入湖南省新宁县境，流经窑市、崀山等16个乡（镇），于回龙镇车上伍家入邵阳县，成为了长江支流资江南源。

以秀美著称的夫夷江，其江水清澈见底，两岸奇峰异石在碧水蓝天下倒映于水面，如诗如画；扁舟点点，竹笛声声，岸柳成行，渔歌互答，宜人怡心！特别是如桂籍学者诗云，"音乐之江韵流不息"，在我看来，的确名副其实。夫夷江仅以新宁、邵阳两县流域内，民族民间音乐蕴藏量之多，独一无二的资质与神采，在全省乃至在全国都享有盛誉。

比如，两岸流传的《溜溜歌》，早在1957年由民歌歌手杨福珍演唱，参加全国民间艺术会演，唱进了中南海，得到中央首长与专家好评，人民出版社画册曾刊出演唱照片并加评介；1965年仍由杨福珍演唱这首《溜溜歌》，在湖南省民间艺术会演中荣获优秀演出奖与优秀节目奖；又如《邵阳歌》，选作长沙花鼓戏新编现代剧目《补锅》（唐周、徐叔华编剧）一号人物李小聪唱腔音乐。该剧1964年由湖南花鼓戏剧院首演，翌年参加中南区戏剧观摩会演，评价甚高，被选入中南地区赴京汇报演出剧目，并由珠江电影制片厂拍成戏曲艺术片。《邵阳歌》的音乐随影片播放，响彻海内外。

20世纪80年代，全国各省、市（区）都组织力量收集、整理民族民间音乐。当时《邵阳地区民歌集》中，新宁县与邵阳县夫夷江流域入选的民歌，在邵阳地区九县三区中是最具个性最具代表性的，而且数量相对其他县（区）是最多的，共计三百多首。

中国优秀的传统文化既是民族的，也是世界的；是历史的，也是当代的。我们应礼敬自豪地对待夫夷江流域优秀的传统文化，以其所蕴含的独一无二的理念、智慧、气度、神韵，能不断增强与坚定我们的文化自信。我敢说，博大精深的夫夷文化一直弥漫、浸淫夫夷江流域神奇大地，其中优秀的传统音乐艺术，其思想、理念、实践无处不在、无时不有，展示文化自信、文化自尊，弘扬中华美学精神。庆幸在《江花》复刊之际，编辑部约我撰写这篇短文，是在激励与鞭策我坚持“两创”原则，不忘本来，放眼未来，力求在继承中转化，在创新中超越，寻找传播当代价值观念的文化支撑，让夫夷江流域音乐文化永远深入人们生活，充满生机地走向未来，唱（奏）响时代之声、爱国之声、人民之声，其真善美价值永恒。

下面，以我们邵阳县为例，摭谈夫夷乐坛七十年之艺术探寻状况以及点滴思考。

为此，我认为有必要引用著名音乐文学家、诗人、剧作家、文艺评论家刘宝田先生的一段话，即由他主编，已在光明日报出版社出版的《尹晓星的音乐世界》前言中指出：“我们都是啜饮夫夷河的清波、沐浴五星红旗的光辉长大的……”“由中国音乐家协会主编，人民音乐出版社出版的《中国音乐家名录》，国家一级作曲尹晓星词条定位为作曲家、音乐评论家。”我引用刘宝田先生这几句话，意味着明确了为文者资格与为文时段。

一、音乐创作

文化是一个国家、一个民族的灵魂。国家与民族的强盛，要靠文化的支撑，没有文化的繁荣发展，就没有中华民族的伟大复兴。行文至此，将重点阐述半个多世纪以来，在马克思主义文艺思想指引下，在中共邵阳县委、邵阳县人民政府正确领导与亲切关怀下，高度重视社会主义精神文明建设，为“多出人才多出作品”，以文化强县，以“优秀的作品鼓舞人”，引领人民向上向善，实现中华民族伟大复兴。一个县级乐坛一批又一批新秀脱颖而出，在夫夷江水孕育、滋养下，得其灵韵生机与活力，人与大自然、人与物之间，臻于真正的融合之境。无论是运用夫夷江两岸民族民间音乐素材创作歌曲、歌剧音乐、舞蹈音乐、广播剧音乐、电视剧音乐，还是创办音乐报刊编辑出版，无论是歌唱表演二度创作，还是音乐理论研究与音乐评论，都是灵魂的搏动，诗性的呈现。

其一，扎根人民深入生活，歌曲词曲创作累累硕果。

五星红旗在天安门上升起，全国各族人民成了国家主人！在伟大、光荣、正确的中国共产党坚强领导下，在毛泽东文艺思想指引下，在各级党组织与人民政府关切关怀下，文艺生产力得到极大解放。夫夷江两岸人民欢天喜地，鼓乐宣天，弦歌不断，群情振奋，热气腾腾，广大群众热情讴歌新时代，颂扬新中国，赞美新社会、抒写新生活。

群众性歌咏活动蓬勃开展，夫夷乐坛歌曲创作热潮如火如荼，方兴未艾。

人民需要艺术，艺术更需要人民。伟大的导师马克思淳淳教导我们：“人民历来就是作家‘够资格’和‘不够资格’的唯一判断者。”作家、艺术家只有永远同人民在一起，艺术之树才能常青。深入生活，扎根人民，“以人民为中心”，是一切艺术创作的基本态度。

茅盾曾说：“文艺作品不仅是面镜子——反映生活，而须是一把斧子——创造生活。”歌曲艺术如何反映生活、创造生活？我们夫夷乐坛的广大歌词作者与音乐作者一致认为：坚持以强烈的现实主义精神与浪漫主义情怀结合的创作原则，用最具有群众性的歌曲艺术形式，倾心倾情服务人民，热情抒发全国各族人民追梦圆梦的心声！

20世纪五十年代，夫夷乐坛从事歌曲创作的人数不多，然而个个才思敏行，乐群善事，笔挟风雷，心手相应。他们自觉地为蓬勃的群众歌咏活动，为秧歌队拉歌比赛，为腰鼓队组唱、表演唱不断提供演唱曲目，有的作曲家还要为歌咏队、合唱团或指挥或伴奏；歌词作家善于就地取材，编写词章，一个个身手不凡，夫夷乐坛一派生机！由于当时歌谱印刷条件有限，作品绝大部分均已失传，即便有文字记载，词曲作者亦均为佚名。

20世纪50年代，特别是中后期，夫夷乐坛从事歌词、歌曲创作的作者队伍不断壮大。涌现出了音乐文学家刘宝田、艾仔阶、肖雄伟、刘少义、李争光、张智、周芹青等，作曲家胡笳、朱之凡、杨跃文、尹晓星、邓尧民等。特别是到了70年代初，夫夷乐坛歌曲创作人数之多，创作质量之高，委实令世人瞩目。当时湖南音乐界流传顺口溜：“你说稀奇不稀奇，开口闭口Do le mi，泥脚杆子写音乐，夫夷乐坛创奇迹。”创作成就卓著的作曲家有蒋蒲清、肖介君、钟春华、林千杰、刘美春、刘翠兰、刘兴舟、尹明亮、向发良、艾传奇、周检明等，歌词作家有唐畏保、王泽南、王永中等。当时，夫夷乐坛歌曲作者多达二百余人。1973年一次歌曲创作学习班参加培训者达七十余位，由尹晓星授课七天。学习期间创作歌曲三百余首，其气势之旺盛、气氛之热烈，当时地区文化局领导高度重视，赖风副局长亲临现场指导；整个学习班的全程照片送省展出，并在全省音乐创作研讨会上介绍经验。

20世纪80年代以后，夫夷乐坛歌曲创作队伍不仅人数增多，而且涌现出了一批颇有实力的青年作曲家，如林绿琪、邓舜民、黄小二、郭好、周闪耀等，歌词作家如王泽南、李青松、刘振华、张绍雄、邓卫东、刘金平、邓厥清等。

20世纪中后期与21世纪朝暾即将升起之际，夫夷乐坛歌曲家创作实力派，得国风之正旨，扬盛世之强音，一朵朵乐苑新葩，将夫夷江两岸神奇的文坛艺苑，点缀得绚丽多姿，异彩纷呈。一批又一批歌曲作品唱响夫夷江两岸，有的甚至传唱海内外。主要歌曲作品有《红叶》（望安词　林绿琪曲）、《眼望北京唱山歌》（张崇纲原词、杨悠改词　尹晓星曲）、《节约箱》（东栋词　尹晓星曲）、《大海多的声音》（王光池词　林绿琪曲）、《实现四化要提前》（岳永祥、汪道哉词　胡笳曲）、《为子孙留点什么》（王泽南词　尹颂军曲）、《太阳下班了》（陈镒康词　林绿琪曲）、《生活不是红花绿柳》（王晨湖词　尹颂华曲）、《蓝印姑娘》（邓永旺词　尹晓星、邓永旺曲）、《家乡月儿圆》（郭家仪词　蒋蒲清曲）、《七月的歌谣》（王永中词　郭好曲）、《我爱种庄稼》（佚名词　钟春华曲）、《五七干校好风光》（沙千里词　肖介君曲）、《送柴火》（肖雄伟词　尹晓星、钟南阳曲）、《迁新房》（王泽南词　尹晓星、邓尧民曲）、《一人手操百人戏》（邓永旺、曾祖标词　邓永旺、尹颂军曲）、《中国邵阳雪峰蜜橘节主题歌》（刘浚涛词　尹晓星、朱国志、林绿琪曲）、《下岗工人之歌》（王泽南词　刘翠兰曲）、《夫夷河美丽的河》（邓卫东词　周闪耀曲）、《啊，母亲》（马荣升词　朱舞曲）、《我是一农民》（邓厥清词　朱天文曲）、《悠悠乡情》（唐毅词　吕放鸣曲）、《夫夷的歌》（张绍雄词　李连成曲）、《卖豆腐的小姑娘》（王启明词　钟平龙曲）、《霞山之恋》（刘振华、蒋小波词　陈勇军曲）、《我心永远》（肖舞词　王聚宝曲）、《伐木工人下山来》（于沙词　唐运成曲）、《乡村夜》（刘振华词　明远曲），等等。

很显然，以上列举这些歌曲，可谓是挂一漏万。就我所知，夫夷乐坛有好几位作曲家创作刊播、上演了近千首歌曲作品。且有不少作品荣获过国家级、省(部)级以上的奖励。

同样，主要歌词作品也只能挂一漏万意思意思了。市文化局原局长刘宝田先生，他创作发表了近三百首歌词作品，特别是他创作出版了多部大型声乐套曲歌词，如《人生插曲》《江南美》《人与在自然》等，单曲词作有《铁树遐想》《萤之光》《山溪》《致青年朋友》，等等。

在我看来，由于秀美的夫夷江水陶冶与滋养了刘宝田先生的爱美天性，因此，他的歌词美学观，乃本质美与形象美的和谐。先生曾多次在歌词创作研讨会上，反复强调指出："……为美的本质寻找美的形象，如果你想成功。"他进一步阐述说：这是因为"人类，向往美，追求美"。我认为刘先生"大美于心"。他强调的核心乃"和谐是一种美"。因此，他的每一首歌词作品，其味隽永，其意幽远，蕴含着人情美，志趣美、自然美、哲思美。他还强调，"歌词，应是好诗"，力求韵律感强，节奏错落有致；他说，诗讲究音乐性，何况是歌词，更应既具有可唱性，又具有可听性，歌词者乃诗的五谱！由于“音乐是美的艺术”，其“音乐性”乃“美之本质”，与词的“文学性”乃“美之本质”，自然神融，浑然一体。先生为臻于此境，他的每一首歌词致力于立意巧、角度新、手法奇。在以“美”的意象造境中，他自出机杼、独辟蹊径，在情与理的交融中，体现物我同一、情景相即的审美情趣与审美理念。所以说，刘宝田先生“本质美与形象美的和谐”的歌词美学观，是“美善合一”的生活本真的诗意表达，其真、其善、其美，价值永恒。

歌词作家、诗人李青松，于1984年冬在夫夷河畔的邵阳县四中读书时，有缘认识来此宣传即将创办《中小学音乐报》的唐运成老师。唐老师热情地帮他修改《小雪花》歌词习作，后在《中小学音乐报》上发表。从此后，李青松走上歌词创作道路，创作了大量歌词作品，出版了《天真之歌——李青松歌词集》。

全国不少著名作曲家如印青为李青松的《北京圣火》、张卓娅为他的《北京的门为世界打开》、石夫为他的《朝圣》（组歌九首）作曲，还有姜春阳、傅晶等名家大师不仅为李青松歌词赐曲，而且为其词撰写评论或组织乐团演唱，所以，李青松歌词多首在全国获奖并传唱。其中《本焕长老颂歌》经徐磊作曲后由关牧村、韩磊、敬善媛等歌唱家演唱，流传海内外。

在我看来，诗人、歌词作家李青松先生的音乐文学创作，有其独到的追求——呼唤学理品格。所谓歌词的学理品格，在于符合歌词这种可唱可听艺术规律的“诗”，在学术的规范下，具有思想的深度，知识的广度，情感的温度、艺境的高度。就思想深度而言，他的歌词注重于在体现时代精神的语境下，能看到社会的脉象、文化的症候；就知识广度而言，他的歌词从历史的、文化的、社会的相关知识的谱系中把握一首歌曲的独立价值；就情感的温度而言，有对社会的关怀，人类的亲情、友情、爱情的歌赞、理解与关爱。概言之，李青松这位曾就读于中国作家协会鲁迅文学院的学者型诗人、歌词作家，曾被聘为中国人民大学文艺思潮研究所研究员，并任国际联合论科学院院士等，他的艺术修养高于一般人。而且，他“数年来，云游名山，参访古刹，并随缘应邀撰联奉书，庄严道场，利乐人天。他推崇诗书同源追慕禅意境界，参究个中三味，觉悟圆满人生”。（见光明日报出版社《夫夷文澜》）同时，李青松先生尊崇诗乐同源，他的歌词致力于“声诗并著”，文学性与音乐性和谐统一，具有错落有致的节奏，蕴含起伏多变的韵律，注重于语言精练、活泼、灵动；他说：“诗贵意境，词重意象。过于诗化的歌词，不是优秀的歌词，因为其不便入乐，不能一听就能动心，作曲家是‘窥象而运斤’的。”因此，他的歌词，是“能唱能走又能飞的诗”，凡已谱曲传唱者，经久不衰，影响深远。《清清夫夷水》一词，由我作曲，刊载于光明日报出版社出版的《夫夷文澜》

上。此乃一首立意新、开掘深，哲思化作情意出的抒情诗，将“日月经天，江川行地，清清夫夷水蜿蜒流远方；诉说着风月的沧桑，演绎着尘世的无常……您就是造福众生的瑞象”！诗人将顺应大自然，感恩夫夷江，尊重大自然，珍爱夫夷江的情怀，以敬畏的笔触淋漓尽致地抒写、抒发，以“传递众生祈望”的理念，真切地讴歌与表达。

青年歌词作家、作曲家、音乐评论家邓永旺，今年才36岁。他从17岁公开发表音乐评论《音乐，永远的朋友》开始，一直笔耕不辍，即便是在大学专攻声乐艺术的同时，也作词作曲硕果累累，迄今为止已在中央、地方报刊或电台、电视台刊播作词或作曲作品五百余首（部）。其中，他作词又作曲的大型声乐套曲就有《放歌夫夷江》《油茶之歌》《美丽邵阳》《留守儿童之歌》等多部；还创作了舞蹈音乐等多种体裁作品。他公开出版、全国公开发行的歌词专著有三部：《飞向太阳》《追赶太阳》《心灵的流泉》。我国著名的音乐文学大师、歌词作家邬大为、曾宪瑞、任志萍等都撰文给予高度评价，如曾宪瑞大师在其《善于给歌词留下审美空间——读青年词作家邓永旺词集书稿有感》一文中所言：“读完他的书稿，感觉他是一位有悟性的词作家。……有人说，歌词作家应该是半个作曲家，半个歌唱家，不无道理。永旺之所以善于给歌词留下审美空间，与他当过歌手，又会作曲分不开的。”

邬大为大师在其拥有近五千言的评论中一开始就写道：“邓永旺对音乐一听就懂，一点就通，因而心有奇梦，情有独钟。”任志萍大师亦曾撰文评说：“永旺是很有成绩的。”

正因为如此，邓永旺已当选或委任多个省以上社会职务，已被新闻媒体推选为“词坛湘军五少将”之一，已入选“湖南名人网”。

《湖南省文艺六十年（1953—2013）·音乐卷》《湖南当代音乐史》，重点推介夫夷乐坛青年歌词作家、作曲家、音乐评论家邓永旺：

邓永旺（1981—）：男，大学本科学历，湖南邵阳县人，汉族，现供职于邵阳县文化馆。系中国音乐文学学会会员，湖南省音乐家协会会员，湖南省音乐评论委员会理事，邵阳市音乐家协会理事。曾被邵阳市委、市政府授予“邵阳市首届文学艺术先进个人”荣誉称号，入选邵阳市文联“邵阳市十大文艺新闻人物”。已在《词刊》《歌曲》《广播歌选》等报刊发表作品数百篇（首），发表音乐评论七十多篇，参与作词作曲的大型声乐套曲《放歌夫夷江》已出版，其中多个乐章已获全国大奖或获省（部）级奖。出版歌词专集《飞向太阳》《追赶太阳》《心灵的流泉》（与人合作）等，有数十篇（首）作品入选《中华诗歌精选》《中国诗歌选》《中国年度歌词精选》等文集，八十件（首）音乐作品获国家级、省（部）级创作奖。

夫夷乐坛的每位歌词作家、作曲家与时俱进，自强不息。大步跨入21世纪后，勇于创新创造，用高雅的音乐艺术服务人民，歌颂人民。像湖南省音乐家协会会员、邵阳县文化馆馆长陈勇军，他不仅是位青年歌唱家，而且是一位颇有实力的青年作曲家。他扎根人民，善于观察现实，感悟生活，从平凡中发现伟大，从质朴中探寻崇高。他为歌词谱曲时，力求文学形象与音乐形象和谐统一，臻于“声诗并著”、浑然天成，抒写出既有个性又有神采的作品；特别是他接住地气、增强底气、灌注生气地写作，立足夫夷江流域优秀传统音乐创造创新，汲取本土音调中灵韵活力，抒发本土情怀，一曲曲扣人心弦、撼人魂魄，如已唱响夫夷江两岸甚至荣获全市“五个一工程”奖的《茶油之都等你来》《油茶之乡欢迎您》《资江颂》《离不开你》《为祖国祝福为祖国喝彩》等歌曲，都是坚持“两创”原则，在继承中转化的贴近民心之作。像陈勇军这样坚定文化自信，心与时代同频共振，致力于发人民之心的歌词作家、作曲家——夫夷乐坛的青年才俊不断涌现，其创作成就卓尔不群者，如何金龙、易昌龙、刘振华、周挺、蒋小波、肖舞、吴玉情、危阳，等等。他们的歌曲创作，以揭示人类命运与民族前途为追求目标，给人以光明、希望与力量，让人们看到实现中国梦的灿烂前景!

其二，迎难而上夺关攻坚，歌剧音乐创作茹苦实践。

众所周知，歌剧是以声乐与器乐为主要表现手段的音乐戏剧体裁，是一个国家、一个民族、一个地区音乐艺术高度发展水平的重要标志。由于歌剧音乐，既要体现其戏剧性，又要以音乐塑造剧中人物鲜活、典型、完美的艺术形象；既要以音乐揭示剧中人物内心世界，又要以音乐激发戏剧矛盾推动剧情发展；既要以音乐的整体布局为戏剧高峰兀立形成层层铺垫，又要以音乐的多种表现手法与技巧处理好各部分的对比与统一，将色彩各异、诸多“篇章”成为一个无懈可击的艺术整体。所以，歌剧音乐创作，对作曲专业技术要求十分严格。

夫夷乐坛的作曲家们，抓住如何创作歌剧音乐这个主要矛盾，迎难而上夺关攻坚。1971年年初，邵阳地区宣传文化部门，积极组织创作庆祝中国共产党成立五十周年献礼作品。当时，24岁的我作为邵阳县委中心文艺创作组成员，在县委宣传部领导关怀与支持、鼓励、鞭策下，与编剧艾仟价老师接受了创作一部小型歌舞剧《传宝》的任务。《湖南省当代音乐史》（中国广播影视出版社出版，国内外发行），这样记述与评价《传宝》：“全剧音乐立足‘本来’，放眼‘未来’，极富前瞻性地以邵阳民歌与邵阳花鼓戏音乐的风格元素与特色因子为创作素材，运用独唱、对唱、合唱等形式，全剧所有唱段，以及序曲、间奏音乐、尾声音乐等，均具有鲜明的民族风格、浓郁的地方特色与强烈的时代气息，戏剧的音乐性与音乐的戏剧性完美融合。特别是其音乐充分体现了舞蹈肢体语言的特色，音乐既抒情动听，又规范、圆融舞蹈的动律韵致，可谓是‘听得见的舞蹈’。整个歌舞剧情韵、气质、意趣可谓祝融，浑然天成。剧情为小红爷爷到韶山参观瞻仰，带回毛主席像章与一双仿制的红军长征时穿过的草鞋，借此向孙女小红进行艰苦奋斗的革命传统教育的故事。由邵阳县剧团首演成功后，脚本与音乐刊发于《工农兵文艺》，很快全国各地文艺演唱资料转载，广为传演。剧中主要唱段《艰苦奋斗永不忘》，三十年后即2009年入选《中国歌剧优秀唱段选》。”

无场次中型歌剧《相亲亭》，编剧：李荣民，作曲：尹晓星、姚林。1979年4月创作。

《湖南文艺六十年（1953–2013）·音乐卷》（湖南省文联音乐家协会编、湖南人民出版社出版、国内外发行）与《湖南当代音乐史》，分别简介与评述无场次中型歌剧《相亲亭》主要作曲者与该剧——

“尹晓星从17岁开始，写了《找队长》《一颗螺丝钉》《赖宁》等大、小歌剧二十余部。其中他与姚林合作的无场次中型歌剧《相亲亭》影响最大。1979年获省文艺调演一等奖，1980年、1985年，先后两次获全国性大奖，歌剧的主要唱段收入《中国歌剧优秀唱段选》一书中。该剧以歌唱为主，融诗、乐、舞为一体，音乐素材取自湘西南、桂东北地区的苗族山歌，主题音乐《相亲亭会有情人》做主导动机贯穿全剧。苗族山歌自由、高亢，被节拍规范后，加强了舞蹈性，又不失地方风格，《中国戏剧年鉴》评价说：‘《相亲亭》的音乐以浓烈的地方色彩和抒情风格……给人以美的艺术享受。该剧在中央电视台全程直播，这在湖南是首次。’”“全剧33个唱段与3段器乐曲。‘那优美的曲调，诗画般的意境’，‘就像一幅动人的风土人物画，一首优美的抒情诗’，‘其音乐根据剧情发展和刻画人物形象的整体需要尽情挥洒抒发，不但增强了戏剧性，还使每一个唱段更具有独立品格的艺术特性’。《人民戏剧》《人民日报》《湖南日报》等与全国民族音乐核心期刊《民族音乐》曾先后报道并发表音乐界、戏剧界专家评论，对《相亲亭》予以高度评价文章。《相亲亭》这部无场次中型歌剧，已载入《中国戏剧年鉴》《湖南省志》《湖南百科全书》《当代中国（丛书）》《湖南文艺六十年（1953 – 2013）·音乐卷》《湖南文艺六十年（1953–2013）·戏剧卷》等多种典籍。”

大型歌剧《赖宁》，编剧：刘宝田、肖革生，作曲：尹晓星、林绿琪。创作于1989年10月。

大型歌剧《赖宁》，《湖南当代音乐史》是这样评述的：“这部在赖宁尚未被评定为‘感动中国’双百英雄人物之前第一时间创作的大型歌剧。公演成功后，时任中国音乐家协会党组书记、常务副主席、现任中国音乐家协会顾问、著名作曲家孙慎为出版歌剧《赖宁》单行本题词：‘我们的文艺，应当在描写和培养社会主义新人方面付出更大努力，取得更丰硕的成果，歌剧《赖宁》正是这一要求的具体实践’；时任国家教育部艺术教育委员会主任、中国音乐家协会副主席赵沨题写了‘三幕歌剧《赖宁》’的书名；著名作曲家、音乐评论家、中国音乐家协会理事傅晶为之作序。他在序言中写道，‘大型歌剧《赖宁》尚真崇善，有着显露的艺术特色：首先，突破歌剧以往形式的保守性，形式对内容的选择性甚至还巧妙地运用了清唱剧的艺术技法；其次，歌剧音乐音调富有地方特色，又不拘泥于某种特定的民歌；再次，歌剧唱腔，除伴唱外，皆具有性格化、特色化；第四，演唱形式有合唱、对唱、重唱等多种多样，有大段咏叹调、有宣叙调、有叙咏调，整个歌剧唱腔富有变化；第五，在结构唱腔的连接时注意调性对比，还运用了唱段的内部调式转换调性的开展，既丰富了唱腔的艺术性又增强了唱腔的表现力；第六，布局有致，结构合理，从而取得了音乐和剧情发展的完美统一，这一点近似朝鲜歌剧《血海》，但很有自己特色。’音乐评论家许键副教授在《音乐教育与创作》杂志上撰文评价：‘大型歌剧《赖宁》，作曲家在看重音乐戏剧性的同时，在音乐表现技法上充分强调剧中人物个性化特征，力求塑造出鲜活、典型而完美的艺术形象。’大型歌剧《赖宁》的主要唱段已选入《中国歌剧优秀唱段选》。”

其三，涉猎多种音乐体裁，舞蹈广播剧电视剧出彩。

我们这些啜饮夫夷江清波长大的音乐家，不管工作如何变更，不管工作在什么地方与何种岗位，然而，时时刻刻不忘为夫夷乐坛铸就新的辉煌，为夫夷江——音乐之江“韵流不息”，不断以新的不同体裁的成功之作，灿射出智慧与神奇之波光。

舞蹈音乐乃音乐创作的一个重要体裁。古人云：“舞者，乐之容也。”故人们常说音乐是“听得见”舞蹈，舞蹈是“看得见”的音乐。舞蹈动作的语言性和情绪发展、深入等，皆借助于音乐的旋律、节奏来体现。苏联舞剧编导扎哈洛夫说：“音乐包含了并决定着舞蹈的结构、特征和气质。”因此，有人认为，“音乐乃舞蹈之灵魂”。此说也不无道理。

正因为舞蹈音乐如此重要，夫夷乐坛作曲家在创作中多有涉猎。1990年10月，尹晓星与林绿琪作曲的《月夜童梦》与1987年3月作曲的《春》；1984年3月尹晓星与尹颂军作曲的《打喜》等，都在文艺会演中获得过好评。

其中，“《月夜童梦》的音乐，吸取了夫夷江流域民族民间音乐中可塑性元素，时有可闻，尽可能做到舞蹈音乐‘立足传统创新’，注重与舞蹈肢体语言风格和谐统一。同时亦注意到作曲者与编导一起深入生活，一起感受，一起构思，在注重音乐与舞蹈各自本体艺术规律的前提下，发挥各自的长处，同时，亦充分注意到音乐尽可能帮助的舞蹈在动作设计、组合与结构诸方面充分调动音乐的积极因素，千方百计地从美的意象造境上下功夫。”（见《中小学音乐报》）

夫夷乐坛舞蹈音乐创作，让人感到脸上颇有光彩的是，国家二级作曲林绿琪创作的《钹舞》音乐，1986年荣获湖南省民间音乐舞蹈调演创作二等奖；进京演出又荣获作曲“丰收奖”；1987年，湖南民间艺术团带上出访波兰，参加索斯诺维茨国际民间音乐舞蹈艺术节。

《钹舞》音乐，作曲家以夫夷江流域内巫师行法事时吹奏的牛角声为基本音形，糅合祁剧高腔、邵阳丝弦音乐中“可塑性”较强的音调，经过扬长矫短、吹沙沥金，反复琢磨、衍化而成的。其质朴、浑厚、深沉、豪放的品性，成为整个舞蹈点描式的背景与基本情绪。

《钹舞》整个音乐为表现壮士勇猛、激越、昂扬的气质与情感，与舞蹈动作的相互作用，配合十分默契，音乐语言与舞蹈语汇和谐统一。浑洒的乐意，大大强化了舞蹈动作的快与慢、幅度的大与小及动作的虚与实、轻与重形成鲜明的对比，极富艺术感染力。表演程式上的起、承、转、合，与音乐结构上的起、承、转、合，既体现了形式为内容服务，又打破了“模式”，灵活运用，极为精妙。

总之，《钹舞》音乐，给人以雄浑、豪放之壮美，给人以古朴、淳真之神韵，鲜活、生动的艺术形象撼人心灵！

作曲家林绿琪，是啜饮夫夷江清波长大的，他说自己住在江边夏日天天游泳，是夫夷江水泡大的！他曾任邵阳县文化馆音乐专干，后历任《中小学音乐报》编辑部主任、副总编辑，现任《长沙晚报》总编室副主任等职。他不仅创作舞蹈音乐、歌剧音乐，而且群众歌曲、艺术歌曲创作亦成就卓著，近三十首歌曲入编《中外儿童歌曲选》《中外童声合唱歌曲选》等选集，出版音乐作品专著《春天的声音—林绿琪青少年歌曲选》、大型歌剧《赖宁》（合作），并主编或编辑出版各类文艺作品选集近五十部。

同时，作曲家、民族民间音乐理论家朱之屏与人合作的舞蹈音乐《接新郎》，在全国农民文艺调演中荣获优秀奖（一等奖），1982年4月荣获湖南省文艺创作荣誉奖。

青年作曲家、歌词作家、音乐评论家邓永旺作曲的舞蹈音乐《茶油飘香》，2017年，荣获中共湖南省委宣传部、湖南省文化厅、省总工会主办的“欢乐潇湘”全省文艺会演铜奖。

广播剧音乐，在全国来说是很年轻的音乐艺术门类，湖南省从1953年有了零的突破。

《湖南省文艺六十年（1953—2013）·音乐卷》与《湖南当代音乐史》，是这样记

载与评述夫夷乐坛青年作曲家尹颂军，在广播剧音乐领域里的建树——

1999年，尹颂军参与主创的音乐广播剧《黎明的歌》，由长沙人民广播电台音乐频道录制。该剧浓缩与再现了1949年长沙一大批进步文艺青年，在地下党河西学运区委负责人、作曲家宋扬指点、帮助、组织下，以音乐唤起广大人民群众战斗，用歌声迎来古城长沙黎明的故事。《黎明的歌》以音乐（包括独唱、合唱、表演唱、器乐合奏等诸多声乐、器乐形式）推动与深化剧情发展，激发矛盾冲突，塑出一个个典型、鲜活、完美的人物形象。《黎明的歌》荣获中宣部全国第八届“五个一工程”奖。2001年至2004年，尹颂军参与主创的儿童广播音乐剧《堆雪狮》和《三个老乡》《空房子》等多部广播剧播出后，深受好评，均荣获国家级中国广播剧奖。2005年，尹颂军参与主创的广播剧《生死大营救》，长沙人民广播电台音乐频道主播。2007年荣获中宣部全国“五个一工程”奖。2012年，广播剧《扁担上的影院》，尹颂军参与长沙人民广播电台音乐频道主创，荣获中宣部全国“五个一工程”奖。2013年，尹颂军参与主创的音乐广播剧《油菜花开》，由长沙人民广播电台交通音乐频道录制。中共湖南省委宣传部《阅评简报（文艺）》（总第3239期）高度评价音乐广播剧《油菜花开》：四集广播剧《油菜花开》，成功地塑造了以沈克泉父子为代表的农民科学家可敬、可爱而又真实可信的艺术形象，弘扬了社会主义核心价值观。该剧在中央人民广播电台等媒体播出，受到了广大听众和专家的好评。配合编导精心设计的音响环境和音乐，营造极具现场感的审美氛围，成功地塑造了一个形神兼备的农民科学家的听觉形象。背景音乐中运用《洞庭鱼米乡》等民歌和花鼓小调，既烘托了欢快、喜悦的氛围，又体现浓郁的地方特色。《油菜花开》获湖南省“五个一工程”奖。

《湖南省文艺六十年（1953—2013）·音乐卷》与《湖南当代音乐史》，重点推介我们夫夷乐坛青年作曲家尹颂军——

青年作曲家尹颂军，男，国家二级作曲。湖南邵阳县人。毕业于湖南师大艺术学院音乐系，主修理论作曲专业。1994年毕业后分配至长沙人民广播电台参与组建音乐频道。现任长沙人民广播电台交通音乐广播总编室主任。系中国音乐家协会会员、湖南省音协理论创作委员会理事、湖南省音乐评论委员会副秘书长、长沙市音乐家协会副主席。2009年5月被授予“湖南省第二届青年文化名人”荣誉称号。刊播音乐作品二百余部（首），获全国性、省（部）级音乐创作奖六十余项（次）。主要音乐作品代表作有歌曲《党是领路人》（陈楚良词）、《党旗为什么这样红》（田逢俊词）、《为子孙留点什么》（王泽南词）等，音乐专题《他的音乐与春天同在》等，舞蹈音乐《打喜》，大型声乐套曲《张家界大合唱》（金沙作词）等。2005年，中国广播电视出版社出版发行了作品专著《尹颂军音乐作品选》。撰写发表音乐理论与音乐评论文一百余篇，如《斑竹滴泪　情牵千古——评作曲家孟勇的艺术歌曲〈斑竹泪〉》获全省音乐评论金奖，已入选《湖南文艺六十年（1953-2013）·文艺评论卷》；《评声乐套曲〈共和国礼赞〉》，荣获湖南首届声乐创作论文征集评选一等奖；《娓娓道来见深情——评获奖歌曲〈党心民民格外亲〉》，发表于《音乐周报》，获省级铜奖等。系湖南省文艺人才扶持“三百工程”首批入选艺术家。

电视剧音乐，作为一个新兴的音乐艺术体裁，已展现其蓬勃的生机和强大的艺术魅力。

夫夷乐坛的作曲家们，已多有涉猎电视剧音乐体裁的创作成果。

从《湖南文艺六十年（1953－2013）·音乐卷》与《湖南当代音乐史》所展示与评述的夫夷乐坛电视剧音乐成就中，简要地摘录如下。

1990年，上下集电视剧《山河道大道》，尹晓星作曲。由潇湘电影制片厂拍摄。中共中央组织部领导与专家评审电视剧《山河通大道》时认为，该剧塑造人物有力度，故事情节感人，画面与音乐一出来就很有吸引力，且富人情味乡土气息浓郁。中共中央组织部电教中心，于1990年9月18日向全国下发的推荐电视剧《山河通大道》文件中指出：“……这是一部党员教育的形象教材。”因此，电视剧《山河通大道》发行量大，在全国各地电视台播出频率高。全剧除主题歌和插曲外，还有二十二段场景、叙事、环境等音乐。由歌唱家刘兴贵、潘军分别担任主题歌和插曲演唱，均由湖南省歌舞团小乐队演奏录制。中国当代乐坛泰斗，时任中国音乐家协会名誉主席吕骥先生，观看了这部拍摄自家乡湖南的党教电视剧后，对其音乐给予充分肯定：“……音乐很有特点和个性，剧中主要人物都创作了音乐主题，为揭示各自内心世界下了功夫。”“全国党员教育电视剧《山河通大道》，以其富有哲理性、抒情性、思辨性的音乐，揭示剧中人物内心世界，激发矛盾冲突而产生的艺术效果，委实感人至深”（见中国广播电视出版社《乐海文澜——绿色的思考》一书）。

1993年，尹晓星作曲的电视连续剧《湘中剑》，在中央电视台和各个省（市）电视台热播，列入了中国革命历史题材影视剧名录。21世纪初，齐鲁音像出版社又出版VCD，产品列为经典影视剧，全国发行量大。其音乐，包括主题歌、插曲和背景音乐、叙事音乐等，共四十三段。中国当代乐坛泰斗贺绿汀先生，在1995年6月24日下午接见家乡《湘中剑》有关主创人员时，充分肯定该剧拍摄成功。就该剧音乐，贺老说：“《湘中剑》的音乐具有浓郁的地方特色，富有时代气息。音乐与全剧内容、艺术风格和谐统一，音画关系处理科科学而艺术。”《音乐理论与创作》载专文评价：“立足传统创新的电视连续剧《湘中剑》的音乐，以新的气质、新的韵味、新的品格，艺术感染力强，为千千万万受众所认同、所接受。”

1996年，尹晓星作曲的上、下集电视剧《小小蒲公英》，中央电视台与全国各地电视台多次播出。电视剧有四首舞蹈音乐、二十余段背景音乐及主题歌与插曲。该电视剧描写不同家庭三位少年在舞蹈班学习过程中的矛盾冲突。以独舞、双人舞、三人舞、群舞融贯全剧，从头“舞”到尾。音乐乃“听得见”的舞蹈，其动作的语言性之取向发展与深入，皆借助于音乐的节奏与旋律。“《小小蒲公英》音乐之所以能赢得广大观众与专家、领导的认同，接受与赞赏、推崇，除其民族风格浓郁，时代精神鲜明，少儿特点突出，且三者并重、圆融统一，具有可听、可视、可感、可悟的艺术表征外，最能撼人心旌的是该剧音乐有深刻的表情性与深邃的思辨性，强烈的戏剧性与舞蹈性。因此，《小小蒲公英》这部上、下集电视剧人物的音乐形象典型、鲜活、完美”（见全国中文核心期刊《当代电视》。(未完待续)

尹晓星

出生于1947年10月，祖籍金称市，邵阳县蔡桥乡立华村人，著名作曲家、音乐评论家，国家一级作曲等双高级职称。1983年加入中国音乐家协会。他多次立功受奖。1992年10月，国务院授予他“为发展我国文化艺术事业做出突出贡献”专家荣誉证书，终生享受国务院政府特殊津贴。2000年被评为湖南省德艺双馨中青年文艺家。

曾任中国第一张《中小学音乐报》总编辑、湖南省音乐家协会副主席、《湘江歌声》执行主编、湖南省声乐研究会副会长、中国少数民族音乐学会理事、湖南省文艺评论家协会理事等二十一个职务；现任中国少数民族音乐学会常务理事、湖南省音乐家协会名誉副主席、《音乐教育与创作》主编等二十三个职务或社会兼职。

从十五岁发表处女作迄今，已在中央、地方报刊、唱片社、出版社或电台、电视台刊播、出版大、中、小型音乐作品一千一百余部首。其中获国家级、全国性及省（部）级音乐创作奖一百六十余项（次），涉及歌剧音乐、舞蹈音乐、歌舞剧音乐、民族器乐曲、歌曲，大型声乐（合唱）套曲、电视连续剧音乐等多种体裁。

国画作品《和风》 邓星奇

道不尽乡愁(代跋)

李青松

尘世无常路漫漫，
丹心一片迷中参；
老天悯我太执着，
示人引我入妙然。

回想半百人生，思绪纷飞，感念万千。如一颗无名种子般遗落僻远乡野又名落孙山的迷茫少年，在父辈们一辈子也未能走出家门的那个特殊时代，于极为艰难的环境中，能够跳出农门，步步走向远方……实乃是上天的慈悲、祖国的恩赐，和伯乐的扶携以及大众的成就！

1985年早春的一天，我喜出望外地收到来自邵阳县文化馆署名“刘剑”的一封信，说我的习作已录用，拟发《江花》。一想到自己高考落榜后在山乡发狠日里田中耕、夜晚笺上耘的心血之作就要变成铅字被大家传阅的场景而兴奋得夜不能寐！之后没有多少天，刚从田垅插秧收工回家的一个傍晚，我们石湾穷山窝里意外地迎来了一位时髦贵客、后知是刘剑老师设法把他请调到邵阳县文化馆任文学专干的青年才俊、散文诗作家邓杰老师，“慕名”从县城前来周折半天找到我们院子来探访堂兄谢冬云和我这两个业余文学作者，并帮助辅导我们创作的。他同时带来一个好消息，说县文化馆即将在暑期农闲时举办文学创作辅导班，欢迎我们参加。我们更是欣喜若狂，似乎看到了曙光！

于是我们哥俩更加发奋，并发起成立“扬帆文学社”。之后我们如约而去县文化馆参加文学创作辅导班。这是我第一次走出乡村，真如“陈奂生进城”……

我有幸连续在这“黄浦”一期、二期深造，有缘拜识了这位开班元勋、“江花”园丁——刘剑（笔名），即刘少峨老师。至今三十多年了，依稀记得这位园丁忙碌的身影，他像一只蜜蜂一样整天为我们这些大多数来自乡村田野的泥腿子采花酿蜜，连续请来了当时在省社科院就职的著名美学家、散文家后成为推荐提携我的伯乐的陈望衡老师，请来了市文联的贺慈航、胡晓春、伍经建等作家老师们，还有刘剑老师自己和文学热情高涨的邓杰老师，这一个个慈心的灵魂工程师给正在牙牙学语、蹒跚学步的我们授课、辅导并修改习作，为我们呈现出了文学艺术的神秘天地，点燃了我们越来越清晰越来越美妙的文学梦……

同时，庆幸的是刘剑老师自1981年夏发起创办的邵阳县新时期以来的第一个群众文艺园地《江花》的连续编印，扶植并推出了一大批各个艺术门类的作品特别是新人新作，掀起了新时期邵阳县文学艺术创作的第二次浪潮，相继出现了刘宝田、黄连德、唐运成、尹晓星、刘少峨、王启明、唐畏保、林彦博、林绿琪、王永中、伍培阳、易昌龙、易顺良、邓杰、张建安、刘毅翔、邓流沙、张华博、周俞林等弄潮儿。作为《江花》的常务副主编，刘剑老师实乃功不可没！

刘少峨老师为推出我县作者作品，特别在培养新人推出新作上尽心血，当然也会影响这位在20世纪六七十年代就在《诗刊》上发表诗歌的颇具文学天赋的作家的自身创作！但是，岂不知经园丁辛勤培育并用心浇灌和光照而生发成长起来的满园花木，难道不就是园丁的得意作品？！诚然，刘老师在辛勤为人耕耘、为人做嫁衣之空隙，也创作了不少诗歌、散文、小说、戏剧和评论等多种题材的优秀作品，晚年结集成《青草地》，承蒙恩师不弃特嘱晚生作序，愿优秀的作品留给优秀的人去欣赏品评！

前不久，痛心地惊悉刘少峨老师已于今春突遇无常而不幸仙逝了！敬此沉痛哀悼追思和祈祝。

敬此，愿以《江花》出版因缘，告慰为邵阳县文学艺术事业无私奉献的已故原文化馆老馆长朱之凡和刘少峨、邓成元、邓若侠等仙逝者们的在天之灵！

同时，敬此向一直关心、支持和推动邵阳县文学艺术事业的各级领导和文学艺术界同人致以崇高的敬意和诚挚的谢礼。

惭愧青松怀着感恩的心在组织和编辑《江花》出版印行之际，叙述自己成长伊始的一些因缘，同时借此随喜表达对生养我的这方山水沃土和领我上路、扶我上马的园丁伯乐们，以及所有关心和帮助过我的文朋诗友乃至一切血脉相连的父老乡亲的深切感恩和虔诚祝福！

同时，敬此随喜祝愿我们这个拥有光辉灿烂源远流长的千年文脉和现在正在不断涌现出类拔萃与各领风潮的文人雅士的文化大县，在党中央和各级政府浩荡春风的吹拂下，能够承接起20世纪邵阳县文艺事业的光荣与梦想，越来越多地出现走向全国乃至世界的文化艺术大家，奉献更多的感悟世界觉悟大众和引导时代并推动人类文明进程与高度的光芒四射弥久常新的永恒作品，以更加照亮我们这个古老的县度和这个科技不断更新也不断让人迷茫的世界！

2020年9月